CORINNES TOEKOMST

PAULA STERN

CORINNES TOEKOMST

Vertaling Bonella van Beusekom

HarperCollins

MIX
Paper from responsible sources
FSC® C021394
FSC
www.fsc.org

Voor het papieren boek is papier gebruikt dat onafhankelijk is gecertificeerd door FSC®
om verantwoord bosbeheer te waarborgen.
Kijk voor meer informatie op www.harpercollins.co.uk/green.

HarperCollins is een imprint van Uitgeverij HarperCollins Holland, Amsterdam.

Oorspronkelijke titel: *Tage des Aufbruchs*

Vertaling: Bonella van Beusekom
Omslagontwerp: Zero Media
Omslagbeeld: © Lee Avison / Trevillion Images (huis); © Akbar Ibragimov / Getty Images (Aken); FinePic® (tuin); © Valentyn Vokov / Alamy (koffiezak)
Zetwerk: Crius Group, Hulshout
Druk: ScandBook UAB, Lithuania

ISBN 978 94 027 0822 6
ISBN 978 94 027 6209 9 (e-book)
NUR 302
Eerste druk juni 2021

Originele uitgave verschenen bij HarperCollins Germany GmbH, Hamburg, Duitsland.

www.harpercollins.nl

Voor Jan Marc Möbius
Dank je wel

Personen en plaatsen

Euweiler

Een fictief plaatsje in de Eifel in de buurt van Aken, waar Eberhard Ahrensberg zijn kindertijd en jeugd doorbrengt, in de oorlog en in de periode daarna.

Aken

Villa Ahrensberg ligt aan de Preusweg.
Het bedrijfspand van Ahrensberg Koffie is gevestigd aan de Lütticher Straße. In de loop van de decennia zijn er diverse vleugels aangebouwd: bedrijfsruimtes waar koffie wordt opgeslagen, gebrand en verpakt voor de detailhandel.

Brazilië

De verpachte koffieplantage van de familie Ahrensberg ligt in São Paolo.

Familie Ahrensberg

De overgrootouders
August Ahrensberg
Johanna Ahrensberg

Hun kinderen
Eberhard, Marianne, Rudolf en Barbara

De grootouders
Eberhard Ahrensberg, geboren in 1926
Magdalena Ahrensberg, geboren in 1927

Hun zoon
Günther

De ouders
Günther Ahrensberg, geboren in 1950
Esther Ahrensberg, geboren in 1960

Hun kinderen
Alexander Ahrensberg, geboren in 1985
Corinne Ahrensberg, geboren in 1992

Werknemers bij Ahrensberg Koffie en in de villa

Thomas Feldmann – marketing
Beatrice Breithaupt – directiesecretaresse
Karsten Otto – keurmeester
Karl Lohmeyer – buitendienst
Emil – portier
Kurt – conciërge
Klara – huishoudster in Villa Ahrensberg

Vrienden

Susan Jones
Sebastian Wagner

Noah Engel
Sarah Rosenbaum

Familie Pelzmann

Bernhard Pelzmann
Charlotte Pelzmann

Hun dochter
Isabella Pelzmann

Familie Rosenbaum

Jacob Rosenbaum
Rebecca Rosenbaum

Hun dochter
Sarah

De bewoners van de koffieplantage

Fernando Oliveira Silva
Luciana Crepaldi Oliveira

Hun dochter
Katalina Oliveira Silva

Hoofdstuk 1

Een belangrijke reis

Brazilië • Brasilien • Brasil • Brazil

Heden: oktober

Even bleef Corinne staan om diep adem te halen. Ze gebruikte de korte pauze om weer eens vol bewondering om zich heen te kijken. Elke dag dat ze hier was, hield ze nog een beetje meer van Brazilië. Diepblauw en wolkeloos spande de lucht zich boven dit betoverende deel van de wereld. Ter bescherming tegen de schuinstaande zon hield Corinne haar hand boven haar ogen. Haar blik dwaalde over het groene bos langs de glooiende berg omhoog. Tot ver omhoog kon ze de koffiestruiken zien, verscholen in de schaduw van de bomen. Tussen de bladeren fonkelden de knalrode rijpe koffiebessen, die allemaal nog moesten worden geoogst. En niet alleen vandaag, maar de komende weken om de paar dagen opnieuw.

Over Corinnes linkerschouder hing aan een band de halfvolle gevlochten oogstmand. Op haar rechterheup bungelde daarnaast nog de jutezak voor de 'speciale oogst', zoals Fernando die knipogend had genoemd. Jacukoffie – bij de gedachte trok Corinne onwillekeurig haar neus op. Eerst had ze zich echt over iets heen moeten zetten om de koffiebessen met de vogelpoep erop met blote handen te verzamelen. Inmiddels dacht ze er niet eens meer bij na en verheugde zich juist over elke nieuwe vondst. Ze wist dat ze voor Fernando en zijn jonge gezin het goud van de hele oogst waren, het deel waardoor ze een beter leven konden leiden.

Het enthousiasme voor die speciale koffie begreep Corinne weliswaar niet helemaal, maar koffieliefhebbers over de hele wereld waren bereid exorbitante prijzen voor die lekkernij te betalen. Zijzelf had tot dusverre alleen de uit Indonesië afkomstige even dure *kopi loewak*, de civetkattenkoffie, gekend, die ze echter uit principe niet dronk. Van de vogelkoffie had ze tot gisteren nog nooit gehoord. Dat was ook geen wonder, want tot voor kort had ze zich alleen beziggehouden met de containerleveranties arabica aan het familiebedrijf, ze was net begonnen zich intensiever te verdiepen in de koffiehandel. Er was zo ongelooflijk veel wat ze over koffie wilde leren, ze stond nog maar aan het begin.

Eén ding wist Corinne nu echter al: met deze speciale koffie hoefde ze bij haar vader evenmin aan te komen als met kopi loewak. En dat was ook prima. In dit geval moest ze haar vader zelfs gelijk geven: een boon die zo duur was, was echt niet geschikt om op grote schaal te branden.

Corinne had echter nog een voor haar heel belangrijk argument dat grootschalige verwerking in de weg stond. De met sprongen gestegen vraag naar kopi loewak had ernstige gevolgen voor de dieren. Omdat de in het wild verzamelde verteerde koffiebessen niet meer toereikend waren om in de vraag te voorzien, werden de civetkatten nu vaak onder afschuwelijke omstandigheden in kooien gehouden en kregen ze koffiebonen gevoerd. Het ging Corinne aan het hart als ze daaraan dacht. Zoiets mocht je geen enkel dier aandoen en de handel in een product dat onder zulke slechte omstandigheden was geproduceerd zou ze nooit ondersteunen.

Corinne was blij dat de kolonie jacu's hier op de boerderij in vrijheid mocht leven en niet het gevaar liep te worden opgesloten. Om dat te blijven garanderen moest een dergelijke koffie een specialiteit blijven die van nature beperkt ter beschikking stond.

Bij die gedachte moest Corinne onwillekeurig glimlachen. Dan had de halsstarrigheid van haar vader toch nog iets goeds, ook al ging het de koffiebaron vast niet om het beschermen van dieren, maar om het feit dat het niet rendabel was.

Alsof ze haar gedachten gehoord hadden, droeg de wind het roepen van de jacu's naar Corinne toe. De vogels hadden zich voor de plukkers teruggetrokken in het kreupelhout, maar Corinne wist hoe ze zongen. Pas gisteren had Fernando ze haar laten zien. Samen waren ze stilletjes door het bos gelopen en hadden ze ze geobserveerd. De jacu's waren donkergrijs tot zwart en hadden een opvallende rode keel. De volgroeide vogels waren ongeveer zo groot als een kalkoen, maar Corinne vond jacu's veel mooier.

Om zoveel mogelijk dieren op zijn plantage te hebben zorgde Fernando voor de beste leefomstandigheden voor de jacukolonie. Hij was trots dat de vogels uit vrije wil bij hem leefden en zich kennelijk prettig voelden. Voor hem waren het waardevolle 'werknemers'. En de dieren bedankten hem door veel koffiebessen te eten en weer uit te scheiden. Het bleken daarbij grote fijnproevers, wat de uitstekende kwaliteit van de bonen garandeerde: een jacu at alleen bessen die net rijp waren, overrijpe of onrijpe vruchten hoefde hij niet.

Met pijn in het hart maakt Corinne zich los van de aanblik van het landschap en keerde met haar gedachten weer terug naar haar opdracht. Ze was hier tenslotte om mee te werken, niet om de hele dag te zitten dagdromen. Ze trok het losgeraakte lint uit haar haar en knoopte het behendig weer vast.

Met haar donkere krullen en zongebruinde teint viel ze amper op tussen de inheemse mensen. Als haar Portugees niet zo gebrekkig was geweest, had ze zo voor een van hen kunnen doorgaan, en dat beviel Corinne wel. Ze wilde niet gezien worden als de dochter van de verpachter van het land en de belangrijkste afnemer van de oogst, maar op voet van gelijkheid met de mensen omgaan, met hen in gesprek komen en zo het echte leven op de plantage leren kennen.

Zuchtend kromde ze haar rug en wreef over haar geschramde handen – dat was de prijs als je erbij wilde horen. Ze zuchtte nog een keer en nam de volgende koffiestruik onder handen. Ze waren al vanaf de vroege ochtenduren aan het oogsten en het eind was nog niet in zicht. Natuurlijk wist ze dat het werk van de plukkers vermoeiend was, maar iets weten was heel wat anders dan het zelf ervaren, vertelden haar inmiddels totaal verzuurde spieren haar.

Elke dag groeide Corinnes respect voor de arbeiders, die nooit moe leken te worden en het zware werk zo gelaten deden. Corinne sloeg zich er dapper doorheen, maar het lukte haar niet het hoge tempo bij te houden. Hoewel ze regelmatig sportte, ontbrak het haar aan conditie, en ook haar behendigheid liet te wensen over. Daar had ze niet op gerekend. Het zag er zo simpel uit als de handen van de plukkers over de vruchten gingen en letterlijk in een handomdraai de rijpe – en alleen de rijpe! – bessen in de mand terechtkwamen. Bij haar ging het niet alleen heel wat langzamer, maar ook veel onnauwkeuriger. Telkens weer riste ze per ongeluk ook onrijpe bessen van de struiken. Die moest ze er dan met veel moeite weer uit zoeken, want die zouden de kwaliteit verminderen en Fernando duldde geen slordigheid – ook niet van haar.

Voortaan zou ze nooit meer achteloos een kop koffie naar binnen gieten, dat wist Corinne zeker. Het werk op de plantage bracht haar respect bij.

Ondanks die moeilijkheden was Corinne ook na de eerste weken nog steeds helemaal in de ban van het land en de mensen. Ze was gelukkig dat ze op de koffieplantage mocht zijn en trots op zichzelf dat ze haar vader had kunnen overhalen haar deze reis te laten maken. Ze had er veel moeite voor moeten doen om de koffiebaron te overtuigen van het feit dat dit een noodzakelijke 'stage' was. Maar uiteindelijk had hij geen argumenten meer gehad, of hij had geen zin meer gehad in de vervelende discussies, die elke dag al aan de ontbijttafel begonnen. Hoe dan ook had hij ingestemd met Corinnes reis naar Brazilië en haar verblijf op de koffieplantage in São Paolo geregeld.

Het land was in het bezit van de Ahrensbergs, ze verpachtten de plantage al generaties lang aan de familie van Fernando en waren de belangrijkste afnemer van de oogst van het vlakkere deel van de plantage, dat met machines werd bewerkt. Voor de handgeplukte koffie had de koffiebaron geen interesse, die verkocht Fernando aan kleinere tussenhandelaren. De jacukoffie ging rechtstreeks naar uitgelezen kleine branderijen.

Vanaf de eerste seconde had Corinne zich prettig gevoeld in Zuid-Amerika. Ze hield van de open houding van de Brazilianen. Hier waren de mensen niet bang voor lichamelijke aanraking, hier had je geen vormelijke terughoudendheid. Bijna iedereen begroette je met een glimlach en tastbare nieuwsgierigheid. *A alemã* – de Duitse – werd ze door de meeste mensen genoemd als ze het over haar hadden.

Hoewel de mensen hier op de plantage een veel harder leven leidden dan Corinne in Duitsland gewend was, klaagden ze nooit. Of het was Corinne nog niet opgevallen. Ze vond het heel belangrijk om een blik achter de schermen te werpen. Ze wilde niet alleen de processen beter leren kennen, maar ook de mensen met wie Ahrensberg Koffie – dus ook zij straks – samenwerkte. Ze had argumenten nodig als ze erin wilde slagen om een frisse wind door het familiebedrijf te laten waaien.

Al was het lichamelijk en emotioneel heel inspannend, Corinne genoot van elke seconde die ze hier in Brazilië op de koffieplantage kon zijn. Maar ze was vooral blij dat ze nu mee mocht doen met de handoogst. Ze had het gevoel dat ze nog nooit zo dicht bij het geheim van de koffie was gekomen als hier tussen de bomen, met haar kleren nat van het zweet en haar armen vol schrammen.

De afgelopen weken was ze beneden op de vlakte geweest en had ze kennisgemaakt met de machinale oogst. Alle bessen werden direct na de oogst in grote vaten gewassen en daarna op speciale matten uitgestrooid om te drogen. Pas na het drogen, als het vruchtvlees was ingedroogd en bruin verkleurd was, werd het samen met de hoornschil losgemaakt van de bonen. Daarna werden de rauwe groene bonen volgens kwaliteitsgraden gesorteerd en over de hele wereld aan afnemers geleverd.

Op dit deel van de plantage ging alles om massa en snelheid. Corinne had zich, ook al vond ze het fijn dat ze hier kon zijn, in de hectiek van het werk wat verloren gevoeld tussen alle machines. Dat strookte voor haar allemaal niet echt met haar romantische idee van koffie telen. Maar het was wel de operationele basis om mensen over de hele wereld van koffie te kunnen voorzien, en van het succes van de koffieonderneming Ahrensberg, daar kon ze niet omheen.

Misschien moest de romantiek daar onvermijdelijk bij inschieten. Misschien had haar vader ook wel gelijk en was ze maar een droomster die volwassen moest worden.

Was de reden dat hij uiteindelijk had ingestemd met deze reis dat hij wist dat de omstandigheden daar haar wel zouden ontnuchteren? Corinne achtte haar vader ertoe in staat. Het was een slimme zet van hem geweest, en dat hij een slimme man was, stond voor haar als een paal boven water.

Maar met het andere deel van de plantage had hij geen rekening gehouden. En met het feit dat Corinne uiteindelijk toch nog haar koffieparadijs zou vinden. Vermoedelijk had hij geen idee dat dat paradijs hier zelfs maar was. Het was niet interessant voor het bedrijf, dus kon het hem niets schelen. Maar Corinne wel. En ze had haar hart eraan verpand.

Wat was er een groot verschil tussen de koffiefabriek – zoals Corinne de grote plantage in gedachten noemde – en de aanplant hierboven in het bos. Zou die echt rendabel zijn? Voor de natuur wel, in elk geval. Als het daarom ging, zou Corinne altijd pleiten voor een gezonde combinatieteelt, maar het moest ook economisch verantwoord zijn. De kwaliteit moest de hoge oogstkosten rechtvaardigen, en zelfs dan zou het moeilijk zijn om de koffiebaron te overtuigen.

Corinne vermoedde dat er verhitte discussies nodig zouden zijn om haar vader van gedachten te laten veranderen. Hij deed de biologisch-dynamische aanplant en handoogst af als dromen van verblinde idealisten. Voor hem telden alleen financiële feiten. Een zo hoog mogelijke opbrengst met zo min mogelijk kosten en bovendien een goed drinkbaar resultaat. Daar ging het hem om, daarmee was het familiebedrijf Ahrensberg Koffie groot geworden. Voor de koffiebaron was er geen reden om iets aan die bedrijfsfilosofie te veranderen.

Corinne was er echter rotsvast van overtuigd dat een dergelijke manier van denken allang niet meer bij deze tijd paste. In tijden van klimaatverandering en milieubescherming bestond er naar haar mening ook nog zoiets als verantwoord ondernemen.

Toen duidelijk was dat ze drie maanden naar Brazilië zou gaan om de koffieteelt vanaf de basis te leren, was ze daarom van plan geweest zich niet alleen voor de massateelt te interesseren. Ze had geluk gehad dat Fernando beide had. Zijn grote plantage in samenwerking met de koffiebaron en zijn kleinere, maar belangrijkste deel, waarmee hij zijn droom vervulde. Al ging daar behoorlijk wat energie in zitten, zoals Corinne sinds vandaag duidelijk was. Ze haalde nog een keer adem en bekeek de plantage midden in het bos die voor haar lag.

De koffiestruiken stonden mals groen tussen de bomen. De bessen zagen er gezond en stevig uit. De hele ochtend hadden vlijtige handen behendig alleen de rijpe vruchten geoogst. Ze waren goed opgeschoten. Toch hadden ze nog een flink stuk voor de boeg. Fernando wilde dit gedeelte vandaag klaar hebben.

'Kijk niet zo sceptisch. Ik heb de beste plukkers van de streek ingehuurd,' hoorde ze Fernando's stem nu naast zich. 'Dat redden ze vandaag.' De plantagebaas kwam naar haar toe. 'Wat is er? Wil je hier per se verdergaan, of wil je het goud dat hier groeit proeven?'

'Ik kan niet wachten!' antwoordde Corinne met een dankbare glimlach naar Fernando. 'Er moet een goede reden zijn dat je dit werk op je neemt.' Ze aarzelde even, daarna voegde ze eraan toe: 'En een nog betere reden om de koffiebaron te overtuigen.' Haar vader zou haar wat doen als hij wist wat ze hier uitspookte. Hij ging ervan uit dat Corinne zich uitsluitend bezighield met de massateelt en alle daarmee samenhangende processen.

Fernando's warme, parelende lach klonk op. 'Ik geloof dat dat altijd weer de opdracht van de nieuwe generatie is: de vorige overtuigen van vernieuwingen. Mijn vader wilde het bos kappen en ook hierboven een plantage aanleggen waar machines konden komen. We hebben er nachtenlang over gediscussieerd.'

'Wat een geluk dat je hebt doorgezet,' antwoordde Corinne.

'Ik weet niet of het een kwestie van geluk was,' was Fernando's reactie. 'Hij stierf voordat hij zijn plannen kon realiseren. Ik ben er niet van overtuigd dat ik hem had kunnen tegenhouden.'

Vol medeleven legde Corinne haar hand op Fernando's schouder. 'Dat spijt me,' zei ze zacht, zich ergerend aan haar ondoordachte opmerking.

'Geen probleem. Dat kon je immers niet weten en het is al lang geleden. Maar dat is de reden waarom ik de pacht heb overgenomen toen ik nog maar begin twintig was, voordat ik klaar was met mijn studie. Oorspronkelijk wilde ik een jaar in Duitsland studeren en de koffiehandel van de andere kant leren kennen. Maar het leven trekt zich niets aan van plannen.'

Net als ik, dacht Corinne, we wilden allebei de andere kant van het werk leren kennen. Alleen was het bij Fernando een wens gebleven. Opnieuw besefte ze dat ze dankbaar moest zijn dat ze deze kans kreeg.

'Wat zou je ervan vinden als je na de oogst een paar weken bij ons in Duitsland zou komen?' vroeg ze spontaan.

'Wie weet,' zei Fernando knipperend met zijn ogen. 'Op een dag ga ik die droom misschien verwezenlijken en dan neem ik mijn twee vrouwen mee.'

'Jullie kunnen bij ons logeren,' verzekerde Corinne hem. 'In Villa Ahrensberg is genoeg plek en aardige mensen zijn bij ons hartelijk welkom.'

'Zou de koffiebaron dat ook zo zien?' Fernando keek haar sceptisch aan. Corinne wist waarom en ze wist dat hij gelijk had. Haar vader had Fernando en de andere koffieboeren nooit als gelijken behandeld. Hij was fair, maar hard en liet er geen twijfel over bestaan dat hij zichzelf door zijn economische macht superieur voelde.

Maar de villa was ook Corinnes thuis. Zij zou ervoor zorgen dat haar vrienden – want zo beschouwde ze Fernando en zijn gezin – zich welkom voelden.

'Genoeg gedroomd,' zei Fernando, en hij schudde de toekomstdromen van zich af. 'Kom! Luciana wacht op ons en ik ga de eerste vogelkoffie van je leven voor je zetten. Daar zul je van opkijken.'

Corinne leunde met haar hoofd tegen de houten muur van het huis waar ze samen met Luciana voor zat. De zon stond inmiddels hoog aan de hemel en verwarmde haar gezicht. Binnen klonk het tevreden geneurie van Fernando en het gerammel van de kopjes. De geur van koffie werd meegenomen door de wind en zweefde naar hen toe. Corinne hief haar neus op en snoof de geur op. Fernando kwam naar buiten en bood haar een kopje aan.

'Proef maar eens en vertel me dan of dit je rug- en spierpijn waard is,' vroeg de Braziliaan haar.

'*Obrigado*, Fernando.' Corinne bedankte hem en nam het kopje aan.

Ook Luciana kreeg een kopje met de luxekoffie en bedankte haar man met een kus. Baby Katalina lag in de wieg naast Luciana en zoog in haar slaap aan haar knuistje.

Nieuwsgierig boog Corinne zich over haar kopje heen en snoof het aroma van de koffie op. Dit was het dus: jacukoffie. 'Hoe heb je die gebrand?' vroeg Corinne. 'Heel donker?'

Fernando schudde ontkennend zijn hoofd. Hij stond op, liep naar binnen en kwam weer terug met een klein aardewerken doosje. Toen hij voor Corinne stond, deed hij het deksel eraf. 'Hier, kijk zelf maar, hij is best licht. Ik heb het brandproces praktisch meteen na de eerste *crack* afgebroken. Door de fermentatie in de maag van de vogels verandert de samenstelling van de koffie. Die verliest bitterstoffen en moet voorzichtig gebrand worden om zijn volle aroma te kunnen ontvouwen. Nou, wat zeg je ervan?' Hij knikte met zijn kin naar het koffiekopje in Corinnes handen.

Ze nam de eerste slok en probeerde de aroma's te doorgronden. Er volgde een tweede slok. Corinne had haar ogen dicht om zich helemaal op haar smaakbeleving te kunnen concentreren.

'Wauw,' fluisterde ze. Ze deed haar ogen open en keek Fernando aan. 'Zo'n koffie heb ik echt nog nooit geproefd. Hij is ongelooflijk zacht en heeft toch krachtige aroma's. Ik proef fruit, gedroogd fruit en een duidelijk zoete noot; anijs, zou ik zeggen.'

Fernando straalde en prees Corinnes analyse van de aroma's. 'Je bent goed, ga door,' nodigde hij haar uit.

Corinne nam haar derde slok en analyseerde het mondgevoel van de koffie. 'Hij is wat smeuïg, maar niet te zwaar. Het aroma blijft lang hangen. Fantastisch! Fernando, nu heb je me overtuigd. Deze koffie is elke spier die pijn doet waard. Wat jammer dat ik hem niet aan onze klanten kan aanbieden.'

'Gelukkig is de afzet geen probleem,' vertelde Fernando, die intussen ook was gaan zitten. 'We kunnen nu al meer verkopen dan we produceren. Alleen de bureaucratie bezorgt me hoofdpijn. En de hoge transportkosten. Dat is de prijs als je een product direct op de markt brengt en samenwerkt met kleine branderijen. Maar toch ben ik heel tevreden, het geeft me een stuk vrijheid.'

Corinne zag de trots op het gezicht van de man en was blij voor hem. Net toen ze hem wilde vragen of hij haar voor haar vertrek een kilo wilde verkopen, ging de telefoon. Fernando verontschuldigde zich en nam op. Na een kort gesprek overhandigde hij haar de hoorn. 'Je broer,' zei hij.

Alexander? Waarom belde hij via de vaste telefoon en niet via haar mobieltje? Het volgende moment schoot Corinne te binnen dat haar mobieltje uit stond en op haar kamer lag.

'Alexander?' vroeg ze, en ze voelde dat haar hart sneller klopte. Zo gebruikelijk was het niet dat haar broer haar opbelde.

'Corinne, je moet meteen terugkomen naar Duitsland. De koffiebaron...'

'Papa?' riep ze, en ze sprong op.

Katalina begon te huilen, gewekt door Corinnes kreet. Luciana nam de baby op haar arm en wiegde haar om haar gerust te stellen.

Het zwijgen aan de andere kant van de lijn leek een eeuwigheid te duren, tot Corinnes geduld op was. 'Zeg het nou, Alexander. Wat is er met onze vader?'

'Hij heeft een beroerte gehad. Corinne... kom snel, alsjeblieft. Ik geloof dat het er niet goed uitziet.'

Hoofdstuk 2

Onderweg naar huis

Aken • Aachen • Oche • Aix-la-Chapelle • Aquae Granni

Heden: oktober

Ongeduldig wierp Corinne een blik uit het raampje naast haar stoel. Ze dronk de laatste slok van haar tomatensap en trok een vies gezicht. Wat zou ze nu niet voor een lekker kopje koffie geven! Maar ze zou moeten wachten tot ze weer in Aken was. Ze verheugde zich nu al op een bezoekje aan Emotion. De koffie die ze in vliegtuigen schonken was niet te drinken, daar bedankte ze feestelijk voor.

Haar hoofd klopte, haar ogen brandden. Ze was oververmoeid en toch was het haar tijdens de hele vlucht niet gelukt om langer dan een paar minuten te slapen. Als ze nog maar net was ingedut, schrok ze alweer op. Meteen waren haar gedachten in Aken, bij haar vader. Hopelijk kwam ze op tijd. Hopelijk ging het al beter met hem. Hopelijk was het allemaal veel minder erg dan Alexander had beschreven. Hopelijk!

Sinds haar overhaaste vertrek had ze geen nieuws meer uit Duitsland gekregen. Ze had een paar keer gebeld, maar niemand kunnen bereiken. In haar hoofd cirkelden de gedachten sinds uren alleen rond het woord 'hopelijk'.

De piloot maakte net een bocht. De linkervleugel van het vliegtuig zakte en heel ver onder zich kon Corinne de eerste huizen als puntjes ontwaren. Over een paar minuten werd de landing ingezet. Die wetenschap was al voldoende om Corinnes hartslag te versnellen. Ze kreeg meteen klamme handen en een kurkdroge mond.

Het was altijd weer hetzelfde liedje. Corinne kende het en probeerde zich te concentreren op haar ademhaling om haar zenuwen te kalmeren. In gedachten wandelde ze door het Braziliaanse regenwoud, oogstte ze koffie en verzamelde ze jacupoep. Dat leidde haar even af, maar de stem van de gezagvoerder, die nu uit de luidsprekers schalde, haalde haar hardhandig terug in de werkelijkheid.

'Dames en heren, we zijn aan de afdaling begonnen om te landen op Düsseldorf. Wilt u ervoor zorgen dat uw rugleuning weer rechtop staat en uw tafeltje is ingeklapt? Het weer in Düsseldorf is overwegend zonnig en de temperatuur is een aangename zestien graden. Ik bedank u voor uw vertrouwen in mij en mijn bemanning en in Brazil Airwings. Wij wensen u een prettig verblijf of een prettige voortzetting van uw reis. Gaat u alstublieft zitten en houdt u uw stoelriem vast tot het teken "riemen vast" boven uw hoofd is gedoofd. Tot ziens en goodbye.'

Zoals altijd bij de aankondiging van de landing gingen de haartjes op Corinnes onderarmen rechtop staan, terwijl ze met haar vingers zo hard mogelijk in de armleuningen kneep. Het eerste contact met de grond ging haar door merg en been, haar maag trok samen. Het liefst had ze haar hoofd in haar schoot gelegd en zichzelf beschermd met haar armen, maar ze bleef dapper rechtop zitten. De glimlach om haar lippen was bevroren, wie haar nu in de ogen keek zou pure doodsangst zien. Ze wierp een korte blik opzij. Hoe kon haar buurman zo ontspannen voor zich uit neuriën, terwijl zich in haar hoofd de ergste scenario's afspeelden?

Toen de wielen van het vliegtuig over de landingsbaan begonnen te rollen en de machine vervolgens langzaam tot stilstand kwam, blies Corinne opgelucht haar adem uit, want die had ze zonder het te merken ingehouden. Ze maakte haar vingers, die de armleuning nog omklemden, los en voelde dat haar bloed weer kon circuleren. Ze had het overleefd!

Nu kon ze ook weer glimlachen en geamuseerd schudde ze haar hoofd over zichzelf. Haar paniek bij landingen was echt onnozel. Corinnes verstand wist het, maar helaas slaagde dat er niet in dat ook aan haar gevoel door te geven.

Ze hield nota bene van vliegen. Vooral opstijgen riep geluksgevoelens bij haar op. Als ze tegen haar stoel werd gedrukt en de enorme kracht voelde die op haar inwerkte, barstte er een onbedwingbare vreugde in haar los. In die fase van een vlucht moest ze altijd een gejuich onderdrukken, want die had iets van een nieuw begin. Het spreekwoordelijke 'doorstarten' werd op zulke momenten lichamelijk tastbaar en Corinne genoot van het tintelende gevoel dat zich van haar meester maakte en haar optimistisch stemde.

Bij de landingen was het juist elke keer weer een drama.

Maar goed dat Alexander nu niet naast haar zat; die had haar alleen maar uitgelachen. Oudere broers konden echt vals zijn, zelfs als ze eigenlijk al volwassen waren.

Haar paniek tijdens de landing had haar maar kort afgeleid van de reden voor haar reis. Nu ze zich ontspande, schoof de donkere wolk weer snel haar bewustzijn binnen. Hopelijk! Daar was het weer, het woord dat haar al uren opjaagde.

Normaal gesproken genoot Corinne ervan om te blijven zitten en in alle rust te wachten tot de drukte afnam. In die minuten kon ze na de landingsstress weer tot bedaren komen. Maar vanavond niet. Ongeduldig sprong ze al een paar seconden voordat het FASTEN SEATBELTS-bordje doofde op om haar reistas uit het bagagevak te trekken. Ze had alleen het allernoodzakelijkste ingepakt. Fernando zou haar koffer nasturen.

Met veel verontschuldigingen en wat geduw wist Corinne zich door de menigte reizigers heen te wurmen, die allemaal weg wilden, en bereikte als een van de eersten de uitgang. Ze koerste af op de autoverhuur en rende kort daarna met de papieren en de autosleutel in haar hand verder. Toen ze slalommend om de vele mensen heen door de gangen van de luchthaven rende, ging haar mobieltje. Eindelijk!

'Alexander, hoe gaat het met papa?' riep ze meteen nadat ze had opgenomen. Ze drukte de telefoon tegen haar rechteroor en met haar wijsvinger duwde ze haar linkeroor dicht om het lawaai om haar heen weg te drukken.

'Onveranderd,' antwoordde haar broer. Hij klonk uitgeput. 'Ze hebben hem in coma gebracht. Ik heb mama naar huis gebracht zodat ze wat kan uitrusten. Waar ben jij?'

'Net geland,' antwoordde Corinne. Ze had de halte van de SkyTrain bereikt en ging bij de wachtenden staan. 'Ik ben er over dik een uur. Waar ligt hij? In het academisch? Ontmoeten we elkaar daar?'

'Kom naar huis, Corinne. Het is al laat. Ze laten je nu vast niet meer bij hem.'

Laat? Corinne had geen idee meer van de tijd. De blik op haar horloge, dat radiogestuurd was en zich dus al aan de nieuwe tijdszone had aangepast, bevestigde de woorden van Alexander. Het was al bijna tien uur. Echt geen goed moment voor een ziekenbezoek. 'Prima. Ik probeer zo snel mogelijk te komen.'

Toen ze eindelijk de oprit naar de villa op reed, straalde het verlichte huis haar tegemoet. Het maakte een warme en behaaglijke indruk. Je kon het je haast niet voorstellen dat de bewoners niet gezellig bij elkaar zaten en van de avond genoten, maar zich zorgen maakten en verontrust waren. Straks zou ze horen hoe het met haar vader ging. Straks kon ze haar angsten met haar familie delen. Samen zouden ze erdoorheen komen, daarvan was ze overtuigd.

Tranen van opluchting sprongen Corinne in de ogen. Tussendoor had ze getwijfeld of ze het wel zou redden om naar huis te rijden of toch niet beter de auto kon laten staan en een taxi moest nemen. Het was ook een optie geweest om Sebastian te bellen; haar beste vriend sinds de peuterspeelzaal was vast meteen in de auto gestapt om haar op te halen. Maar dan had ze zich de volgende dag om haar geparkeerde huurauto moeten bekommeren of iemand moeten vragen dat voor haar te doen.

Het zou haar al te veel zijn geweest om erover na te denken hoe ze dat allemaal moest organiseren. Ze had immers geen idee wat haar thuis te wachten stond. Dus had ze zich erdoorheen geslagen en zichzelf verbeten wakker gehouden. Ze had hard gezongen en gekke bekken getrokken om niet in slaap te vallen achter het stuur.

De wielen slipten een stukje over het grind toen Corinne hard remde voor de trap naar de ingang. Ze haalde de sleutel uit het contact en sprong bijna tegelijkertijd al de auto uit. De voordeur ging open toen Corinne, die altijd twee treden tegelijk nam, de trap op stormde. Haar broer stond met een ernstig gezicht in de hal.

'Hallo, Alexander. Hoe gaat het?' Corinne omarmde Alexander kort en zocht daarna zijn blik. Ze had zich graag even in zijn armen gevlijd, maar dat liet hun relatie, die vroeger zo innig was geweest, niet meer toe. Alexander had zich van Corinne en de rest van zijn familie gedistantieerd en zijn eigen leven opgebouwd. Toch was het heel duidelijk dat de huidige situatie hem aangreep.

'Hij leeft nog,' stelde haar broer haar gerust. Hij haalde zijn schouders op. Zijn stem klonk krachteloos en hij zag er moe uit. Onder zijn ogen had hij donkere kringen en zijn kapsel, dat hij normaal zo belangrijk vond, zat in de war. 'Laten we naar binnen gaan. Mama is in de haardkamer.'

Hij had de zin nog maar net uitgesproken of Corinne rende er al vandoor, langs de brede, gewelfde trap in de hal naar de tweede kamer aan haar rechterhand. Ongeduldig duwde ze de deur open en ging snel naar binnen.

'Mama!' Met een paar passen was Corinne bij haar moeder, hielp haar omhoog uit de oorfauteuil en gaf haar een stevige omhelzing. Wat maakte ze een kleine en zwakke indruk, en dat terwijl Esther Ahrensberg de sterkste vrouw was die Corinne kende. Hoewel ze deze zomer haar zestigste verjaardag had gevierd, zat de vrouw van de koffiebaron normaal gesproken barstensvol energie. Ze lachte graag en veel, hield van het leven en vormde in het huis het tegenwicht tegen haar strenge man. Op dit moment was er van die kracht echter niet veel te merken. Vermoeid legde ze haar hoofd op de schouder van haar dochter.

'Goed, dat je er bent, krullenkop.'

'Logisch, toch.' Normaal gesproken had Corinne er een hekel aan als haar moeder haar aansprak met dit koosnaampje uit haar jeugd, maar nu vond ze dat niet erg. Ze liet Esther weer terugzakken in haar stoel en ging tegenover haar zitten. Alexander legde nog twee blokken hout op het vuur. Voor hij bij hen ging zitten, vroeg hij: 'Zal ik Klara laten komen? Heb je honger?'

Bijna tegelijkertijd zei haar moeder: 'Je bent vast helemaal uitgeput, lieverd. Heb je nog wat kunnen slapen in het vliegtuig?' Ze wierp haar dochter een bezorgde blik toe.

Maar Corinne weerde haar af. Het was immers totaal onbelangrijk of ze voldoende slaap had gekregen en de honger – en die had ze echt – kon ook wachten. Op Klara, hun huishoudster, kon je vertrouwen. Zij had er vast voor gezorgd dat Corinne nog iets eetbaars in de koelkast kon vinden. Waarschijnlijk stond er een extra portie oma Lilo-bavaroise voor haar klaar. Klara verwende 'haar kindje', dat Corinne voor haar nog steeds was, graag. En Corinne was dol op de koffiecrème, waarvan het recept binnen de familie al generaties werd doorgegeven en volgens de overlevering van haar betovergrootmoeder Lilo stamde. Maar voordat ze een hap kon eten, moest ze de feiten weten.

'Ik wil eerst weten wat er is gebeurd en hoe het met papa gaat,' zei Corinne daarom op heel besliste toon.

Naast het lichtschijnsel van de open haard hulden de twee staande lampen de kamer met het gezellige zitje in hun warme licht. Corinnes moeder had duidelijk verstand van inrichten. Voor de haard had ze uitnodigend een paar stoelen met donkerrode kussens en een klein bijzettafeltje met gedraaide gietijzeren pootjes en een kersenhouten blad neergezet. Het behaaglijke beeld stond in schril contrast met de onrust in Corinnes hoofd.

Op het tafeltje naast haar stonden een karaf citroenwater en glazen klaar. Corinne schonk zichzelf in. Gulzig nam ze een paar grote slokken terwijl ze wachtte tot haar moeder of Alexander eindelijk het woord nam.

'Je vader heeft een beroerte gehad,' legde haar moeder uit, waarmee ze niets nieuws vertelde, wat Corinne een ongeduldig snuiven ontlokte.

'En hij heeft een hersentrauma,' vulde Alexander aan voordat Corinne erop in kon gaan. 'Het ziet ernaar uit dat hij is gevallen en toen heel ongelukkig met zijn hoofd tegen de rand van het bureau is gestoten. Terwijl er een paar minuten daarvoor nog helemaal niets aan de hand was. Beatrice vertelde dat hij om hoofdpijntabletten had gevraagd, maar dat is immers niets bijzonders. Ik bedoel, je denkt toch niet meteen aan zoiets ergs als iemand hoofdpijn heeft?' Alexander boog zich naar voren en veegde met zijn handen door zijn korte lichtbruine haar.

'Was er iemand bij hem?' vroeg Corinne. 'Konden ze hem snel behandelen?'

'We hadden kort daarvoor een discussie gehad over de juiste manier van leidinggeven, je weet het wel, de gebruikelijke discussie. Ik was woedend en heb het gesprek afgekapt. Toen het gebeurde, zat ik in mijn kantoor. Beatrice zat in de kamer ernaast achter haar bureau. Ze hoorde een bons en is gelukkig meteen gaan kijken. Daarop trof ze vader bloedend op de vloer aan: hij was bewusteloos. Natuurlijk heeft ze meteen alarm geslagen en eerste hulp verleend.' Driftig sloeg haar broer met zijn vlakke hand op de leuning van de stoel. 'Was ik maar een paar minuten later weggegaan. Dan had ik hem misschien kunnen opvangen. Maar ik was zo pissig...' Alexander verborg zijn gezicht in zijn handen en bleef in die houding zitten.

'Alexander.' Nu bemoeide hun moeder zich ermee en legde haar hand op de schouder van haar zoon. 'De ruzie heeft er niets mee te maken. En zelfs al was je in de kamer geweest, hoe had je dan zo snel moeten reageren? Maak jezelf niet langer gek. Je hebt gehoord wat de dokter zei: niemand had dit kunnen voorspellen of voorkomen.'

Alexander hief zijn hoofd. Hij keek in het hoog oplaaiende vuur in de open haard en Corinne zag tranen in zijn ogen glinsteren. Op dat moment was er niets te voelen van de afstand die Alexander altijd wilde bewaren.

'Dat weet ik,' zei hij na een tijdje. 'Natuurlijk weet ik dat. Maar ik wil niet dat de laatste herinnering aan mijn vader een ruzie is.' Nu wrong hij zijn handen. Zijn stem trilde toen hij verderging: 'Het is nooit gemakkelijk geweest tussen ons, maar zo mag het niet eindigen. Alsjeblieft, niet zo.'

'En zo zal het ook niet eindigen,' zei Corinne beslist. Ze begon zo langzamerhand haar geduld te verliezen. Ze was niet de halve wereld rondgevlogen om hier nu met haar familie somber te gaan zitten doen. Ze wilde zich vastklampen aan de hoop en helemaal geen andere gedachten toelaten. 'Wat heeft dit te betekenen? Papa leeft nog. Als ik jullie goed heb begrepen, is hij snel behandeld. Dat is bij een beroerte toch een heel bepalende factor, of niet? Papa komt er weer bovenop, anders zou het toch belachelijk zijn.' Ze trilde. Papa, zorg ervoor dat ik gelijk heb, zorg ervoor dat je snel weer gezond bent, smeekte ze in gedachten.

Haar moeder glimlachte even naar haar, maar sloot zich niet bij haar optimisme aan. 'Laten we het hopen, lieverd, maar om eerlijk te zijn kwam de arts tijdens ons gesprek niet erg optimistisch over. Niemand weet hoe ernstig zijn hersenen beschadigd zijn. De situatie is vooral ingewikkeld door het dubbele probleem: aan de ene kant de beroerte en aan de andere kant het trauma door de val. Ze hebben hem in coma gebracht zodat hij kan herstellen. We zullen moeten afwachten.'

'Er is hoop,' hield Corinne boos vol. 'Daar gaat het om.' Het idee dat haar vader dood zou kunnen gaan, benam haar de adem. Hoe lastig hij soms ook kon zijn, ze hield van hem. Zonder hem ging het niet. Echt niet!

'Ja, daar gaat het om.' Haar moeder was het met haar eens.

'Toch is de situatie kritiek, we mogen onszelf niets wijsmaken,' zei Alexander. 'En hoe het zich ook zal ontwikkelen, één ding is zeker: vader zal lang uit de running zijn.'

Esther Ahrensberg maakte een uiterst beheerste indruk. Ze ademde diep in en uit en rechtte haar rug. Corinne zag dat haar moeder de zwakte die ze bij hun begroeting had gevoeld energiek terzijde schoof en haar normale houding terugvond. Nu keek ze haar kinderen ernstig aan. Eerst Alexander en daarna Corinne. 'We moeten ervoor zorgen dat alles geordend verloopt. We hebben de verantwoording voor het bedrijf en voor de werknemers. Jullie beiden moeten invallen voor Günther. Jullie moeten tijdelijk de leiding over het bedrijf overnemen, tot jullie vader het weer zelf kan.'

'Maar natuurlijk val ik in.' Alexander haastte zich hun moeder gerust te stellen. 'Ik zit tenslotte al een aardige tijd in het bedrijf en ken de processen en weet wat er van me gevraagd wordt. Corinne is zover nog niet, maar dat is geen probleem, ik ben er immers.'

'Ben je gek geworden?' snauwde Corinne tegen haar broer, wat feller dan ze van plan was geweest. Haar ergernis over zijn arrogante houding tegenover haar en haar angst om hun vader kwamen op dat moment tot ontlading.

Hoe kwam haar broer daarbij? En uitgerekend nu, in deze situatie. Omdat zij de jongste was, hoefde hij toch niet het alfamannetje uit te hangen? Vroeger had Alexander haar graag om zich heen gehad, ze wist niet waarom hij haar nu zo buitensloot, maar ze liet zich niet wegdrukken uit het familiebedrijf. Bovendien was ze het haar vader verschuldigd dat zij zich er ook voor zou inzetten. 'Natuurlijk val ik ook in. Na mijn stage bij Fernando zou ik sowieso in het bedrijf zijn gekomen, dan begin ik nu gewoon wat eerder.'

'En meteen maar in de directie in plaats van eerst de processen te leren kennen, zoals gepland was?' Spottend trok Alexander zijn wenkbrauwen op. 'Denk maar niet dat het zo simpel is, krullenkop. Het is een keiharde handel. De concurrentie slaapt niet.'

'Ik denk helemaal niet dat het simpel is, en noem me geen krullenkop. Als iemand dat mag doen, is het mama. Ik heet Corinne. We zullen papa samen vertegenwoordigen en het bedrijf leiden. Precies zoals mama zei.' Corinne keek haar broer met fonkelende ogen aan. Dat zou hij wel willen: zelf een beetje de baas spelen en zij als zijn boodschappenmeisje. Maar dan had hij zich vergist. Ze baalde dat hij geen bijnaam had waarmee ze hem lik op stuk kon geven. Haar moeder had hem altijd alleen 'mijn grote jongen' genoemd; hij vond het natuurlijk best als Corinne dat ook deed.

Tegelijkertijd voelde ze een steek van pijn. Alexander was zo onbenaderbaar, zo totaal anders dan vroeger. Ze miste de liefdevolle grote broer die hij tijdens hun jeugd voor haar was geweest. Ondanks het leeftijdsverschil van zeven jaar waren ze altijd heel hecht geweest. Alexander had zijn zusje aanbeden. Wanneer had hij die muur van afstandelijkheid eigenlijk om zich heen opgetrokken? Corinne kon het niet precies zeggen; het was er langzaam in geslopen.

Ergens op zijn weg van jeugd naar volwassenheid waren ze hun innerlijke verbondenheid kwijtgeraakt. Ze gingen weliswaar beleefd met elkaar om, maar hadden geen intieme band meer. En nu probeerde hij haar zelfs heel openlijk buiten te sluiten. Corinne kon het amper geloven. En ze was ongelooflijk verdrietig: de angst om haar vader, de jetlag en nu ook nog Alexanders oorlogsverklaring... het werd haar allemaal een beetje te veel. Met moeite vocht ze tegen de tranen die opwelden in haar ogen. Ze mocht nu niet huilen, ze moest bewijzen dat ze sterk was.

'Jullie zijn de kinderen van jullie vader,' verzuchtte Esther. 'Dat kunnen jullie echt niet ontkennen. Maar luister, jullie allebei, ik verwacht van jullie dat jullie goed met elkaar omgaan. Ik duld geen gekibbel tussen broer en zus, begrepen? Dat betekent voor jullie dat alle besluiten op basis van gelijkwaardigheid genomen worden. Kunnen jullie het eens worden, dan is alles oké, dan laat ik jullie de vrije hand. Maar als er problemen rijzen, dan moeten jullie mij consulteren. Ik houd de aandelen van jullie vader. Alles duidelijk?' Hun moeder keek eerst Corinne en daarna Alexander strak aan, tot ze haar gebod allebei met een knikje beantwoordden. Tevreden knikte ook Esther. 'Goed. Dan is voorlopig alles besproken. Ik ga nu slapen. Morgenvroeg wil ik meteen naar het ziekenhuis om te kijken hoe het met jullie vader gaat. Welterusten, Alexander. Welterusten, krullenkop.' Ze gaf hun allebei een zoen, glimlachte even naar hen en liep daarna met vermoeide passen de kamer uit.

Corinne keek haar moeder na. Het was echt verbazingwekkend. Nog maar net daarvoor had ze immers gedacht hoe klein en kwetsbaar haar moeder overkwam, maar Esther Ahrensberg wist zich niet voor niets al tientallen jaren aan de zijde van de koffiebaron te handhaven. Als het erop aankwam, had Corinnes moeder een kracht die veel andere mensen op de knieën dwong.

Alexander leek er net zo over te denken, want hij grijnsde schuins naar Corinne. 'Bijna net als vroeger, toch? Als ze ons betrapte op kattenkwaad en ons een standje gaf.'

Corinne stemde ermee in en zei: 'Mama is echt heel bijzonder.' Als hij haar zo ondeugend aankeek, voelde het even bijna net als vroeger, toen ze nog een hechte band hadden. Maar die verbondenheid was er niet meer, dat kon ook dit korte moment van intimiteit niet verdoezelen, Alexander had haar dat net heel duidelijk gemaakt.

Even zaten ze zwijgend in hun stoelen naar de vlammen te kijken die aan de houtblokken likten. Alexander had besloten de nacht in de villa door te brengen, iets wat niet vaak meer voorkwam sinds hij zijn eigen huis aan de rand van de binnenstad had. Hij had zichzelf een glas whisky ingeschonken en ook Corinne een glas aangeboden. Dat had ze echter afgeslagen door met haar hoofd te schudden. Overmand door de jetlag en de opwinding was ze zo oververmoeid en hongerig dat ze waarschijnlijk van de eerste slok al achteroversloeg. Hoewel ze zo lang niet echt had geslapen, voelde het alsof ze onder stroom stond.

Samen met haar broer zou ze Ahrensberg Koffie gaan leiden. Dat was een enorme verantwoordelijkheid, daarvan was ze zich bewust, maar het was ook een onvermoede kans. Vader zou zeker een paar weken, misschien zelfs langer, uit de running zijn. Ze kon die tijd benutten om zich in te werken en haar broer, maar ook haar ouders, te laten zien dat ze er de capaciteiten voor had. Eindelijk zou ze erbij horen en had ze medezeggenschap. Ze had zoveel ideeën die het bedrijf konden moderniseren en aan de verdere ontwikkeling ervan konden bijdragen. Veel structuren waren immers behoorlijk gedateerd, de koffiebaron had zich altijd tegen elke vernieuwing verzet. 'Traditie is de beste basis,' was altijd zijn lijfspreuk geweest.

Al tijdens haar studie was Corinne vaak met hem in discussie gegaan. Als haar opa alleen gehecht was geweest aan tradities, bestond Ahrensberg Koffie waarschijnlijk helemaal niet, had ze altijd betoogd, maar tegen de onbuigzame wil van haar vader was ze nooit opgewassen geweest.

Corinne was dol geweest op haar opa en ze miste hem nog steeds erg. En het was waar: als Eberhard Ahrensberg niet altijd weer de moed had opgebracht om te vernieuwen en te veranderen, dan was het familiebedrijf nooit geworden wat het nu was. Hij had ervoor gezorgd dat Ahrensberg Koffie een wereldonderneming was geworden en in Duitsland zelfs marktleider was. Maar die dominante positie gold niet voor de eeuwigheid, je moest met je tijd meegaan, en dat was nou precies waar de koffiebaron heel veel moeite mee had.

De ideeën tolden door Corinnes hoofd. Ze barstte van de energie. Het liefst was ze meteen begonnen.

'We moeten het samen voor elkaar spelen,' zei Alexander, haar gedachten onderbrekend. 'We moeten papa laten zien dat we dat kunnen. En we moeten ervoor zorgen dat hij trots op ons is.'

Verbaasd keek Corinne op. Dat klonk immers heel anders.

'We gaan Ahrensberg Koffie verder brengen,' antwoordde ze.

'En precies zoals onze vader dat van mij verwacht. Alles is nu stabiel en volgens plan en ik zal ervoor zorgen dat dat ook zo blijft,' vulde Alexander aan.

Corinne onderdrukte de neiging om haar broer de rest van het citroenwater in zijn gezicht te gooien. Hij had het weer alleen over zichzelf. Hij moest maar lekker geloven dat hij de teugels in handen had. Ze zou hem snel uit de droom helpen en hem laten zien dat zij haar plek in de directie net zo goed verdiende als hij.

Om niet toch alsnog haar zelfbeheersing te verliezen vluchtte Corinne weg.

'Ik ga slapen,' zei ze daarom alleen. Ze stond op en zette haar halfvolle glas met een zacht tinkelend geluid terug op het tafeltje. 'Welterusten.'

Die strijd zouden ze in het bedrijf uitvechten, niet hier en nu, oververmoeid en overrompeld door de situatie.

Hoofdstuk 3

Sicherheitstruppe

Euweiler • Euwiller

Maart 1943

Het schemerde al. Niet lang meer en de nacht zou over de wereld neerdalen. Het werd de hoogste tijd dat Eberhard naar huis ging als hij geen problemen wilde riskeren. Zo laat had het eigenlijk niet moeten worden, hij wist immers dat jongeren niet in het donker op straat moesten zijn. Dat zag men niet graag en normaal gesproken hield Eberhard zich daaraan.

Hij had het nog maar net gedacht of hij hoorde het gehate schelle gelach al en zijn haren gingen meteen overeind staan. Moesten ze hier uitgerekend nu voorbijkomen? Voor de gevreesde Sicherheitstruppe de hoek om kwam, kon Eberhard zich snel in veiligheid brengen achter de hoge beukenhaag van het volgende huis.

Wat een geluk dat er overal van dit soort hagen tegen de wind stonden. Even dacht Eberhard eraan hoe vaak hij zich eraan had geërgerd dat het in de Eifel zo vaak waaide, nu was hij er dankbaar om. Alles is wel ergens goed voor, zei zijn moeder altijd.

Eberhards hart ging tekeer terwijl hij zich diep in de schaduw van de takken drukte en hoopte dat ze hem niet zouden ontdekken. Hij klemde zijn kaken zo stevig mogelijk op elkaar zodat hij niet ging klappertanden, wat hem zou verraden. Toen hij een kriebel in zijn keel kreeg, smeekte hij de hemel: alsjeblieft niet! Lieve-Heer, help me alstublieft zodat ik nu niet hoef te hoesten. Hij probeerde de hoestprikkel zo krampachtig te onderdrukken dat zijn ogen begonnen te tranen. De seconden sleepten zich voort, de tijd leek stil te staan. Eberhard ademde zo oppervlakkig mogelijk om de kriebel in zijn keel te onderdrukken. Hij had het gevoel dat hij elk moment flauw kon vallen.

De stappen kwamen steeds dichterbij. Luid bonsden de hakken van de zware laarzen tegen de ondergrond. Nu waren ze dichtbij genoeg om te kunnen verstaan wat ze zeiden, maar meteen daarna was het Eberhard duidelijk dat hij het liever niet had gehoord.

'Die snol van een Maria zal zo snel niets meer durven,' zei de onnozele Heinz met onmiskenbare trots in zijn stem. 'Die is de lust nu wel vergaan om rassenschande te plegen.' Hij lachte hard om zijn eigen uitspraak.

Eberhard verstarde. Even vergat hij zelfs zijn aandrang om te hoesten en hij balde boos zijn vuisten. Maria was de vriendin van Isabella. Wat was er met haar? Wat hadden ze haar aangedaan? Maar voor hij de volgende zinnen hoorde, had hij al een vermoeden. Hij had Isabella vaak gewaarschuwd. Maria was te roekeloos geweest, iemand had haar kennelijk gezien en verraden. De bende wachtte gewoon op dat soort kansen, dat had hij hun immers gezegd. Wanhoop welde in hem op toen hij verder luisterde.

'Dat verlopen sujet mag blij zijn dat hij nog leeft,' zei Friedrich instemmend.

'Wijven.' Max spuugde het woord gewoon uit. Daarna gilde hij het uit van het lachen. 'Hoe die Dariusz zich onder pieste van angst toen ze hem wegbrachten. Zo laf als wat, die Poolse smeerlap, dat zeg ik jullie. Maar wel zo'n praatjesmaker dat hij onze meisjes aangaapt. Nou, dat zullen ze hem wel afleren, daar ben ik van overtuigd. Ik hoorde dat hij een speciale behandeling krijgt.'

Tijdens het gesprek waren ze de plek gepasseerd waar Eberhard op zijn hurken achter de heg zat en zich onzichtbaar probeerde te maken. Toen ze een paar meter verder waren, ademde hij opgelucht uit. Maar hij bleef voorzichtig: als ze hem maar niet hoorden en zich omdraaiden. Eberhard veegde het koude zweet van zijn voorhoofd. Dat was nog maar net goed gegaan.

Maar dat gold alleen voor hem; Dariusz, de vrolijke, goedhartige Pool, de arbeider die bij de Pelzmanns woonde, hadden ze weggevoerd. Had gewoond, corrigeerde Eberhard meteen zijn eigen gedachten. De waarheid kwam bitter als gal in hem op. Hij wist wat het betekende als ze het over een speciale behandeling hadden; Dariusz zou niet meer terugkeren. Nooit meer.

Hij moest morgen meteen naar Isabella toe gaan. Op school konden ze niet praten; de muren hadden oren. Maar hij moest horen wat er precies gebeurd was. Hopelijk had ze zichzelf niet ook in gevaar gebracht. Even kwam hij in de verleiding meteen naar zijn vriendin toe te gaan, maar daarmee zou hij niet alleen zichzelf problemen op de hals halen, maar ook Isabella. Dat wilde hij niet riskeren.

Max Markwart en zijn kameraden surveilleerden op bevel van August Ahrensberg in het dorp om voor orde te zorgen. August Ahrensberg was met zijn winkel in koloniale waren niet alleen de meest toonaangevende zakenman van de hele omgeving, maar ook Ortsgruppenleiter van de NSDAP en bovendien Eberhards vader, wat hem echter absoluut geen enkel voorrecht opleverde. Eerder het tegendeel. De Sicherheitstruppe, zoals de jongens zich hoogdravend noemden, zat juist te wachten op een kans om Eberhard een flinke loer te draaien.

Knokploeg zou een passender betiteling zijn geweest, vond Eberhard.

Misschien had zijn vader ze zelfs tegen hem opgehitst, had hij hun ingeprent zijn verwekelijkte zoon bij een geschikte gelegenheid een keer te grazen te nemen. Dat leek Eberhard niet onmogelijk, hij wist dat hij met zijn vreedzame instelling een teleurstelling was voor zijn vader. August Ahrensberg liet geen moment voorbijgaan om zijn wrevel te uiten. En Max was al vanaf de eerste klas berucht geweest om zijn vechtlust en zijn snelle vuisten. Daaraan was tot op de dag van vandaag niets veranderd.

Max zat twee klassen boven hem en had vanaf de eerste dag de onbeperkte macht op het schoolplein gehad. Al op zijn elfde had hij zich vrijwillig aangeboden om jonge poesjes te verzuipen. Als hij vervolgens op het schoolplein luid en gedetailleerd vertelde hoe dat in zijn werk ging, liep hij over van trots. Hij genoot dan van de bleke gezichten van de meisjes. Jongens die bij dat soort beschrijvingen zwakte toonden, kregen het zwaar te verduren van Max en zijn aanhangers.

Wanneer Max Eberhard na het vallen van de avond op straat betrapte, zou hij er eerst op slaan en pas daarna vragen waarom hij 's avonds buiten rondzwierf, dat was zo klaar als een klontje.

En dat terwijl Eberhard geen problemen wilde. Integendeel. Hij had een hekel aan vechtpartijen en ruzie. Als het aan hem lag, verslond hij liever boeken dan dat hij marcheerde en leerde vechten. Reisverslagen en verhalen uit verre landen fascineerden hem. De kleuren, geluiden en geuren die erin beschreven werden, riepen bij hem een verlangen naar de wijde wereld op. Wat zou hij graag naar Zuid-Amerika reizen om eens een koffieplantage te zien. Op een dag ging hij dat doen, dat had hij zich vast voorgenomen.

Als klein kind was Eberhard al dol op de smaak van koffie en als hij de kans kreeg, dronk hij stiekem uit het kopje van zijn moeder. Toen hij twee jaar geleden op zijn verjaardag voor het eerst heel officieel een kopje koffie mocht drinken, was hij zo trots als een pauw geweest. Hij had met opzet heel kleine slokjes genomen en lang getreuzeld voor hij de koffie doorslikte om zo lang mogelijk van de smaak te genieten.

Sinds hij jaren geleden in een tijdschrift iets over de teelt van koffie had gelezen, was hij gefascineerd door het onderwerp. Zo was Zuid-Amerika een begeerd reisdoel geworden. Zorgvuldig verzamelde hij sindsdien alle informatie over koffie die hij te pakken kon krijgen. Tot zijn spijt was dat niet echt veel. Maar een groene en een geroosterde koffieboon behoorden tot zijn schatten. En wel van een heel uitgelezen arabicasoort.

Die bonen had hij te danken aan mevrouw Müller. Eberhard had voor haar een paar weken lang de boodschappen gedaan toen ze met een longkwaal in bed moest blijven. Op een gegeven moment had ze hem gevraagd groene koffie voor haar te branden. Vanuit bed gaf ze hem aanwijzingen, die hij allemaal exact uitvoerde. Later had ze gezegd dat hij onmiskenbaar talent had. Zo goed was het haar de eerste keren niet gelukt, zei ze lovend. Eberhards gezicht had geglommen van trots.

Omdat hij zijn blik niet meer van de bonen had kunnen losmaken en er met grote ogen naar was blijven kijken, had mevrouw Müller hem er als dank voor zijn hulp twee van gegeven. Een groene en een gebrande. Eberhard had haar alleen moeten beloven er zijn vader niets over te vertellen, maar dat was toch al vanzelfsprekend voor hem geweest. Hij had ook niet gevraagd waar de koffie vandaan kwam. Als hij het niet wist, kon hij het ook niet per ongeluk verklappen. Maar een vermoeden had hij wel.

Hij had een keer een gesprek afgeluisterd waarbij zijn vader zich had uitgelaten over het gepeupel, dat liever koffie smokkelde dan zijn krachten ter beschikking te stellen aan de Führer. Terwijl de mensen gewoon een beetje het gevoel wilden hebben dat ze leefden. Eberhard begreep dat wel, en hij peinsde er niet over om iemand te verraden. Al helemaal niet als het om koffie ging.

De teelt en verwerking van koffie waren voor Eberhard veel fascinerender dan met kameraden door de modder tijgeren. Alleen vroeg niemand naar zijn mening en was het min of meer verboden om na te denken over Zuid-Amerika. Eberhard bewaarde zijn dromen als een schat en vertelde niemand erover. Bijna niemand.

IJzig floot de wind door de stegen, hij leek Eberhard naar huis te willen drijven. Wie niet buiten hoefde te zijn, verschanste zich achter vier muren om zich te warmen. Toch had het er gisteren nog op geleken dat er een zweempje lente in de lucht hing. Maar nu trok Eberhard huiverend zijn jas dichter om zich heen om zich enigszins te beschermen tegen de winter die zich nog een keer liet gelden.

Omdat de arbeidsinzet in Aken vandaag langer had geduurd dan gepland, had Eberhard de weg naar Euweiler rennend afgelegd, hij baalde dat hij niet met de fiets was gegaan. Maar ook rennen had niet geholpen tegen de kou, die genadeloos tot in zijn botten drong. Straks zou hij zijn kruk dicht bij de kachel zetten om zijn verdoofde ledematen te ontdooien.

Weer waaide een windvlaag hem tegemoet en in een poging zich te beschermen dook Eberhard nog verder weg in de kraag van zijn uniformjasje. Hij haastte zich met zijn handen diep in zijn broekzakken naar huis.

Dat was zijn laatste arbeidsinzet als lid van het Jungvolk geweest. Overmorgen werd hij toegelaten tot de grote jongens, dan was het geen spelletje meer, dat was de echte Hitlerjugend, had de Gruppenführer gezegd. 'Daar kunnen jullie laten zien dat jullie flinke Duitse mannen zijn en geen jammerende kinderen. Snel als windhonden, hard als Kruppstaal en taai als leer zullen we jullie maken!' had hij gebruld, en tevreden had hij toegekeken hoe de jongens enthousiast klapten en juichten.

Al vond hij het allemaal vreselijk, ook Eberhard had geklapt. Hij had geleerd zich zo te gedragen dat hij zo min mogelijk de aandacht trok. Alsof de arbeidsinzet en de training een fluitje van een cent waren geweest. Eigenlijk was Eberhard liever bij zijn groep van sukkels gebleven, als hij dan toch met dit gedoe mee moest doen. De militaire dril die de oudere jongens over zich heen moesten laten komen, joeg hem angst aan.

Voor Eberhard dook een licht gebogen gestalte op. Hij hield even in en herkende meteen daarna de oude Erna. Zachtjes in zichzelf mompelend sukkelde de oude vrouw voor hem de weg naar de kapel op. De mensen fluisterden dat ze haar verstand had verloren toen een halfjaar geleden haar vijfde zoon aan het front was gevallen, net als eerder haar vier andere zonen en haar man.

Eberhards vader bekeek Erna sindsdien vol misnoegen. Een goede Duitse vrouw werd niet gek enkel doordat het leven haar voor moeilijke opgaven stelde. Ze kon zich beter bekommeren om de mensen die voor het land vochten en zich inzetten voor de dappere soldaten. Tot dusverre had zijn moeder zijn vader tot bedaren kunnen brengen als hij daarom over Erna tekeerging. Ze praatte nadrukkelijk op hem in en verzekerde hem dat Erna vlijtig naaide en haar steentje bijdroeg om de gemeenschap te sterken. Mocht vader van mening veranderen, dan zouden ze de oude Erna komen halen, dat wist Eberhard.

Toen Eberhard de oude vrouw inhaalde, groette hij haar, maar ze keek dwars door hem heen en onderbrak haar gemompel niet.

'Uw rijk kome, Uw wil geschiede, want hoor, o, Vader, ze zijn als mosterdzaadjes en de zee week uiteen toen Jezus zijn hand ophief en de farizeeën...'

Er ging een rilling over zijn rug. Dat deed de oorlog met mensen: die maakte ze dood of waanzinnig. Hoofdschuddend dacht Eberhard eraan hoe fanatiek zijn vader opkwam voor de zaak. 'De Führer weet wat juist is. Het is aan ons om kracht te tonen en hem te volgen,' verkondigde hij te pas en te onpas.

De oude Erna had een mand aan haar arm hangen, waarschijnlijk had ze kruiden en wortels gezocht. Veel leverde de grond zo vroeg in het jaar echter nog niet op. Eberhard wist dat van Isabella. Terwijl hij bij het Jungvolk van de Hitlerjugend oefende in marcheren of samen met de anderen werd ingedeeld bij de arbeidsinzet, bracht Isabella haar middagen vaak door bij de Bund Deutscher Mädel. Ze deden aan gymnastiek, breiden en naaiden en verzamelden kruiden.

Vroeger hadden Eberhard en Isabella veel tijd met elkaar doorgebracht, ze kenden elkaar van jongs af aan en zaten niet alleen in dezelfde klas, maar waren ook goed bevriend. Sinds het begin van de oorlog was tijd samen echter zeldzaam. In de winter en sinds de avondklok helemaal.

Isabella had Eberhard in de pauze op school verteld over de verzamelspeurtocht die de Gruppenführerin een paar dagen geleden had georganiseerd. Behalve dennennaalden en een paar handjesvol paardenbloembladeren hadden Isabella en de andere meisjes ondanks al hun inspanningen en kilometers lopen niets gevonden.

Eberhards gedachten dwaalden naar de mannen aan het front. Als hij het al zo gruwelijk koud had en honger had, hoe ging het dan met de kameraden daar? Zijn hart werd zwaar als hij dacht aan het leed dat Duitsland te verduren kreeg. Wat zijn vader ook zei, het was niet goed, het was gewoon niet goed.

Uitgeput sleepte hij zich voort. Niet lang meer, dan was hij weer thuis. Zijn stemming was tot het nulpunt gedaald. Hij kreeg het steeds kouder, zijn rechterknie deed pijn en hij had honger als een paard. Zo erg dat hij zich zelfs verheugde op de opgewarmde knolraapstamppot die zijn moeder hem vast zou voorzetten.

Misschien had hij geluk en was er een boterham met een flintertje worst. Dat verwarmde weliswaar niet zo goed als stamppot, maar het was heerlijk. En voor zaterdag had moeder hem oma Lilo-bavaroise beloofd. Ze hadden het eten dat ze vroeger op zondag aten naar de zaterdag verschoven sinds de verordening van de Führer dat er 's zondags eenpansgerechten moesten worden gegeten. Lachwekkend, want ze aten al zoveel eenpansgerechten dat het Eberhard straks de neus nog uit kwam. Maar over verordeningen kon je beter niet in discussie gaan, je wist nooit wie er meeluisterde.

Des te dankbaarder was Eberhard als moeder hem verwende met zijn lievelingstoetje, het maakte niet uit op welke dag van de week. Zijn maag begon luid te knorren als hij aan die lekkernij dacht.

Bij elke stap die hij zette, waaide het schuldgevoel koud door het gapende gat in de knie van zijn uniformbroek en verslechterde zijn humeur nog meer. Het speet hem ontzettend, ook al kon hij er niets aan doen dat die stuk was. De stof van zijn uniformbroek was allang versleten en vergaan, vooral op de knieën en de billen, en Eberhard had er daarom speciaal op gelet dat hij die niet onnodig belastte. Maar toen hij bepakt met een zwaar pak papier over een stoeprand was gestruikeld en ten val was gekomen, was het ondanks al zijn voorzichtigheid toch gebeurd: de versleten stof was gescheurd.

Zijn moeder zou haar handen jammerend in elkaar slaan. Het zou haar minstens een extra uur naaien kosten om de helaas vrij grote scheur te verstellen. En dat naast al haar andere huishoudelijke werk, de drie jongere kinderen en de sokken die ze breide voor de soldaten aan het front. Ze ging zo gebukt onder die last dat ze binnenkort nog maar een schim was van wat ze vroeger was.

Woedend schopte Eberhard een steentje weg. Het was allemaal de schuld van zijn vader met zijn vreselijke bekrompenheid. Arm waren ze niet, zijn vader had allang een nieuw uniform voor hem kunnen regelen. Maar August Ahrensberg was niet alleen maar zuinig, hij was gierig. En hij verdedigde de onwrikbare opvatting dat een man in zijn positie, en met hem natuurlijk ook zijn gezin, het goede voorbeeld moest geven. Voor Eberhards vader betekende dat dat hij altijd correct en bescheiden moest zijn. Voor Eberhards moeder betekende dat dat ze van één knolraap vijf maaltijden moest koken en kleren moest verstellen die eigenlijk allang niet meer te redden waren. Het was uitgesloten dat ze in opstand kwam tegen haar man. Wat zou ze ook moeten doen? Een vrouw moest gehoorzaam zijn, haar man zorgde er immers voor dat ze een dak boven hun hoofd en genoeg te eten hadden. En dus onderwierp ze zich en sloofde zich dag in, dag uit af.

Eberhard kon zich nog maar vaag de opgewekte vrouw herinneren die zijn moeder ooit was geweest. Zijn moeder had graag gelachen. Hij hoorde haar heldere stem nog voor zich als ze blij was. Maar ook haar stembanden leken tegenwoordig moe te zijn, haar stem was de afgelopen jaren steeds matter geworden. Hij had zijn moeder deze extra last door een kapotte broek graag bespaard. Zou Isabella hem niet kunnen helpen? Nu had hij al twee goede redenen om toch nog een omweggetje te maken en bij de Pelzmanns langs te gaan.

Resoluut liep hij niet de straat in waar hij woonde, de Eifelstraße, maar de Moorgasse. Hij moest op zijn hoede zijn, maar het zou vast goed gaan. De knokploeg was de tegenovergestelde richting ingeslagen.

Hoofdstuk 4

Koud water

Aken • Aachen • Oche • Aix-la-Chapelle • Aquae Granni

Heden: oktober

Nadat ze de plastic hoesjes over haar schoenen had aangetrokken en haar handen had gedesinfecteerd, opende Corinne aarzelend de deur van de ziekenhuiskamer. Haar hart klopte hevig tegen haar ribben. De angst voor wat haar hier te wachten stond, dreigde haar te overspoelen, maar ze onderdrukte vastberaden haar paniek en ging de kamer binnen.

Eerst werd ze verblind door het allesoverheersende wit. Witte muren, wit beddengoed, een wit bed, een witte tafel en een witte stoel, fel licht uit tl-buizen aan het plafond. En te midden van alles, amper terug te vinden tussen alle apparatuur, klein en bleek, haar vader. Corinne begonnen te snikken toen ze hem zag. Ze had hem bijna niet herkend. Hij had een beademingsbuis in zijn mond en zijn ogen waren gesloten.

Toen Corinne hem zo ellendig in dat bed zag liggen, voelde ze haar knieën slap worden. Uit voorzorg liet ze zich op de stoel naast het bed zakken, ze was bang dat ze elk moment kon omvallen. De tranen rolden over haar gezicht en ze kon ze niet tegenhouden. Ze vond het hartverscheurend om haar vader zo hulpeloos en ziek te zien.

'Papa,' fluisterde ze, en ze streelde zacht met haar vingertoppen over de huid van zijn arm, om de infusen en snoeren heen.

Haar vader bewoog zich niet. Zijn oogleden bleven gesloten, hij vertrok geen spier. Alleen zijn borstkas ging op en neer op het ritme van de machine die zuurstof bij hem naar binnen pompte.

Corinne praatte zachtjes tegen haar vader. Ze vertelde hem over Brazilië, hoewel ze het wel wat onnozel vond. Hij hoorde haar immers toch niet. Of wel? Wie zou het weten. Ze lachte zacht om haar gêne te verdoezelen.

Ze kon het bijna niet verdragen om hem daar zo roerloos te zien liggen, de angst om hem groeide uit tot een tandenblikkerend monster, de situatie werd haar echt te veel. De geur van ontsmettingsmiddelen en ziekte, het schrille gepiep en geknipper van de apparaten... het was vreselijk! Nog geen vijf minuten na haar binnenkomst moest ze weer naar buiten. Ze kon dit alles hier geen seconde langer verdragen.

'Het spijt me,' fluisterde Corinne tegen de bewusteloze man die helemaal niet haar vader leek te zijn, en ze stond op. Snel liep ze de kamer door en rukte de deur open. Precies op het moment dat Alexander die van de andere kant wilde opendoen.

'Corinne!' riep haar broer verbaasd. Ze liep haastig langs hem heen, ze kon nu geen woord uitbrengen. En wat had ze ook moeten zeggen? Het was allemaal veel te verschrikkelijk. Zonder op of om te kijken rende ze door de hal naar het trappenhuis.

'Wat is er aan de ha...' riep Alexander haar na. Maar ze schudde alleen haar hoofd, hief afwerend haar hand en rende door. Ze kon echt niet blijven staan. Ze wilde weg, alleen maar weg. Weg van haar roerloze vader, weg van het gepiep, gegorgel en geklepper, en zo snel mogelijk het ziekenhuis uit. Met twee treden tegelijk rende ze de trap af. Beneden aangekomen merkte ze dat ze nog steeds de blauwe plastic hoesjes om haar schoenen had.

Tegen haar oorspronkelijke plan in liep Corinne de voor het ziekenhuis wachtende taxi's voorbij. Ze zou lopend naar het bedrijf gaan. Het was wel wat koud, maar daar zat ze niet mee. Ze haalde een keer diep adem en trok vervolgens de kraag van haar kiezelgrijze loden jas omhoog, sjorde de bijpassende antracietgrijze sjaal strakker om haar hals en stak haar handen diep in haar grote, opgestikte jaszakken.

De jas was een van haar favoriete kledingstukken van Camila, het label van een jonge kledingontwerpster uit Aken. In het begin had Corinne gedacht dat dat de naam van de ontwerpster was, maar later had ze ontdekt dat Camila voor *casual mind lambswool* stond.

Het grind knarste onder Corinnes voeten toen ze er stevig de pas in zette. Gulzig zoog ze de frisse lucht, die geurde naar vochtig blad en een grasveld in de herfst, in haar longen. Met elke uitademing probeerde ze de muffe geur van het ziekenhuis kwijt te raken, die overal in was gaan zitten. Wat ze echter niet kon uitademen, was de angst die zich met zijn monstertanden in haar had vastgebeten. Corinne had het beeld voor ogen dat haar vader haar altijd had geschetst toen ze als kind ergens bang voor was geweest. Van het angstmonster dat je klein kon krijgen door het uit te lachen. Maar op dit moment was ze niet in de stemming om te lachen.

Gelukkig was het inmiddels opgehouden met regenen. Steeds vaker barstten er in het lichter wordende wolkendek gaten, waar de najaarszon fonkelend doorheen scheen alsof die zijn kans had afgewacht. De laatste mistflarden zweefden boven de grasvelden en losten langzaam op.

De afgelopen uren waren er enorme hoeveelheden water uit de lucht neergekomen, waarvan de grote plassen op straat getuigden. Corinne moest telkens weer uitwijken om niet het risico te lopen dat haar schoenen doorweekt raakten. Goddank had ze haar mokkabruine leren laarzen aan, die konden tegen een stootje en pasten bovendien perfect bij de lichtbruine broek die ze voor vandaag had uitgekozen. Door de chique trui van wol en zijde, ook weer in dezelfde mokkakleur als haar schoeisel, was haar look deze eerste dag als zakenvrouw helemaal af. Als het om kleding ging, had ze tenminste het gevoel gewapend te zijn voor de komende uren.

Ze had er vandaag heel zorgvuldig over nagedacht wat ze moest aantrekken, want ze wilde ook niet te formeel gekleed zijn en zich juist daardoor belachelijk maken. Maar een spijkerbroek en een shirt zou echt te nonchalant zijn geweest en niet passen bij haar nieuwe positie. Ze vond het belangrijk om de mensen te laten zien dat ze zich bewust was van de betekenis van haar nieuwe rol.

Maar vooral wilde ze Alexander niets geven om haar op te pakken. Niet nadat hij gisteren zo duidelijk had laten merken dat hij haar niet als volwaardige partner beschouwde.

Hij achtte haar overduidelijk niet opgewassen tegen haar taak en wachtte er waarschijnlijk op dat zij dingen ging doen die zijn mening bevestigden. Die gedachte deed Corinne pijn. Vroeger zou hij haar de hand hebben gereikt en haar geholpen hebben de weg te vinden in haar nieuwe positie, zoals een grote broer eigenlijk zou moeten doen.

Was zijn reactie simpelweg te wijten aan de angst en de spanning van de afgelopen dagen? Daar wilde ze achter komen en ze zou alles op alles zetten om samen met haar broer een goed team te vormen. Zoals vroeger toen ze die rottige Sven lieten zien dat hij niet de baas van de buurt was, of toen ze elkaar in bescherming namen als ze iets uitgevreten hadden.

Bij die gedachte moest ze lachen, waardoor de situatie iets van zijn ernst verloor. Ja, ze zou Alexander eraan herinneren hoe close ze waren geweest. Ze zou toenadering tot hem zoeken.

Dat allemaal ging door Corinnes hoofd terwijl ze flink doorstapte. De lichaamsbeweging hielp haar om goed na te kunnen denken en ook daardoor verschrompelde het angstmonster een beetje. Papa zou het redden. Dat moest gewoon.

Corinne was blij dat ze haar huurauto onderweg naar het ziekenhuis al had afgegeven. Zo buiten zichzelf en in de war als ze zich nu voelde, had ze niet willen rijden. Ook haar beslissing om te gaan lopen in plaats van een taxi te nemen bleek de juiste. De wandeling naar het bedrijf zou ongeveer een halfuur kosten. Dat gaf haar voldoende gelegenheid om haar gedachten op een rijtje te zetten en haar zenuwen te kalmeren, waardoor de storm in haar binnenste tot bedaren kwam.

Hoewel ze om de plassen moest slalommen, genoot Corinne ervan om buiten te zijn. De wereld leek wel pas gewassen. In het licht van de zonnestralen hadden de herfstkleuren een warme gloed. Ook al was het eind oktober, zelfs het gras stond er nog sappig groen bij. De winter leek dit jaar geen haast te hebben. Als het aan Corinne lag, mocht hij het kort houden. Twee weken kou en sneeuw rond de kerst zou ze ideaal vinden, verder mocht het voor haar het hele jaar lente zijn.

Ze vond het prachtig als alles ontwaakte, als het nieuwe leven eerst schuchter zijn kopje boven de grond uitstak en daarna met volle kracht doorgroeide. In die periode zat ze zelf ook altijd vol energie en had ze er zin in om actief te zijn en iets nieuws te beginnen.

Bij de gedachte aan haar favoriete weer schoot het Corinne te binnen hoe verschillend de voorkeuren binnen hun gezin waren en moest ze onwillekeurig lachen.

Alexander zou drie maanden kou en sneeuw waarschijnlijk ideaal vinden, dan kon hij elke vrije minuut die hij had in de Hoge Venen gaan skiën.

Zou je het de koffiebaron vragen, dan zou hij zeggen dat elk seizoen iets moois had en dat de wereld nu eenmaal zo in elkaar zat. Waarvoor had je anders structuren als je er niet op kon vertrouwen? Ja, zo zat haar vader in elkaar, zo zou hij ertegenaan kijken.

Haar moeder zou daarentegen vast graag helemaal afstand doen van sneeuw en kou en voor minstens een halfjaar zomer kiezen als zij het voor het zeggen had. Hoe warmer het was, hoe prettiger ze zich voelde. Esther Ahrensberg hunkerde echt naar zon. Hartje zomer, als iedereen om haar heen kreunde en steunde, bloeide zij op. Het was telkens weer hetzelfde liedje. Als Corinne smolt van de hitte en verkoeling zocht in het zwembad, bleef haar moeder onbewogen in de felle zon liggen, terwijl ze zich zichtbaar prettig voelde. Op haar lichaam was amper een zweetdruppeltje te zien. Wat een geluk dat de mensen het weer niet konden bestellen, dat zou uitmonden in een ongelooflijke chaos.

Dit kleine zijsprongetje dat ze in gedachten had gemaakt, had Corinne goedgedaan, maar de realiteit liet zich niet lang verdringen. Snel kwamen het beeld van haar zieke vader en het grote vraagteken boven de toekomst van Ahrensberg Koffie weer haar bewustzijn binnen.

Straks zou ze voor het eerst als nieuwe directeur de werknemers tegemoet treden. Ze moest zichzelf dan onder controle hebben, ze wilde tenslotte serieus genomen worden en in elk geval een zelfverzekerde indruk maken, ook al voelde ze zich allesbehalve zo.

Veel medewerkers kende ze al van kinds af aan, ze zouden moeten accepteren dat Corinne nu geen klein meisje meer was, maar hun leidinggevende. En iedereen, niet alleen zijzelf, had vast ook tijd nodig om aan deze nieuwe situatie te wennen.

Natuurlijk had Corinne zich haar toetreding tot het familiebedrijf anders voorgesteld. Net als Alexander had ze stage willen lopen op de verschillende afdelingen en zich de kennis van de dagelijkse processen gaandeweg in alle rust willen eigen maken. Nu moest ze halsoverkop in het diepe springen. Ook al zou ze het tegenover Alexander nooit toegeven, ze was behoorlijk zenuwachtig voor die moeilijke taak. Vooral omdat ze wist dat ze het met bepaalde processen en benaderingen niet eens zou zijn.

Jarenlang drong ze er al bij haar vader op aan dat hij met zijn tijd meeging. Ze had hem proberen duidelijk te maken dat hij als grote afnemer ook een verantwoordelijkheid tegenover de mensen en het land in de teeltgebieden had. Ze had geprobeerd hem milieubewuster te maken en hem ervan te overtuigen dat het goed was om kwaliteit boven kwantiteit te stellen. Maar ze had altijd bot bij hem gevangen. Ze moest haar studie maar eens afmaken en ervaring opdoen. Dan kon er, misschien, over nieuwe ideeën worden gesproken.

Nu zou ze moeten zien hoe ze de leiding van het bedrijf met haar eigen opvattingen kon verenigen. Aan bepaalde knoppen wilde ze per se draaien, op het juiste moment. Ze was ervan overtuigd dat dat belangrijk en goed was, zeker nadat ze in Brazilië bepaalde dingen had gezien en gehoord. Maar ze moest natuurlijk ook rekening houden met de wensen van haar vader en ze mocht het bedrijf niet helemaal op zijn kop zetten terwijl hij voor zijn leven vocht. Dat zou hij haar nooit vergeven.

Ze moest heel behoedzaam te werk gaan. En het was nodig dat Alexander naast haar stond. Als ze een overzicht had gekregen, wilde ze met hem op gelijke voet haar overwegingen en eventuele maatregelen bespreken. Hopelijk was hij daartoe bereid.

Met weemoed dacht Corinne terug aan de zorgeloze bezoekjes die ze vroeger aan het bedrijf had afgelegd. Als klein kind had ze altijd al met opa en papa naar hun werk willen gaan, dat was haar liefste wens geweest. Maar ze zeiden altijd dat ze te klein was. Als troost had haar opa haar vaak over koffie en over de koffieteelt in Zuid-Amerika verteld. Op die momenten was Corinne gelukkig geweest en ze had aan zijn lippen gehangen. Maar haar wens om met hem mee te gaan naar het bedrijf was gebleven.

En toen had ze eindelijk haar doel bereikt. Voor haar zesde verjaardag had de koffiebaron haar een bedrijfsbezichtiging cadeau gedaan. Alleen zij tweeën. Corinne barstte van trots en had aandachtig naar de uiteenzetting van haar vader geluisterd, al had ze nog niet de helft begrepen van wat hij uitlegde.

Toen ze de eerste keer de branderij had betreden, was ze verkocht geweest. Die magie had haar sindsdien nooit meer losgelaten. De menging van geluiden en geuren had Corinne betoverd.

Voor Corinnes vader was het onderwerp met deze bezichtiging afgedaan, Corinne was tenslotte een kind en kinderen hadden in een bedrijf als Ahrensberg Koffie niets te zoeken. Wat een geluk dat Corinne dus nog haar opa Eberhard had. Hij had haar passie voor koffie al vroeg herkend en gestimuleerd. En tot haar grote vreugde had hij haar ook telkens weer meegenomen naar het bedrijf.

Corinne was vanaf het begin het liefst in de branderij en het magazijn geweest, dat was tot op heden niet veranderd. Al die zakken met die vreemde tekens en woorden erop – in haar jeugd hadden ze nog de magazijnen gevuld, tegenwoordig werden de bonen meestal in bulk aangeleverd. Het ritselen en kraken van de koffiebonen, de geur als de verse koffie uit de brander werd gehaald en werd afgekoeld... dát was Corinnes wereld. Dáár had ze zich vanaf het eerste moment prettig gevoeld.

Soms was ze, als ze moe was en haar opa nog wilde werken, de zolder op gekropen. Daar was het knus en rustig, de perfecte plek om lekker te lezen. Corinne hield van verhalen. Ze was tijdens het lezen ook weleens in slaap gevallen, en dan was haar opa haar gaan zoeken als het tijd was om naar huis te gaan en had hij haar gewekt.

Het fijnst waren echter de momenten met opa samen op het bedrijf, wanneer hij echt tijd voor haar had. Wat was ze trots geweest als hij haar koffie had laten proeven. Vaak samen met meneer Otto uit het laboratorium. Dat waren heel serieuze proeverijen en ze hadden Corinne altijd naar haar mening over de kwaliteit gevraagd. Zo had ze spelenderwijs al heel vroeg geleerd om de verschillende koffiearoma's, de zuren en de textuur te herkennen en classificeren. Daarvoor was ze haar opa tot op heden erg dankbaar.

Haar vader had weliswaar ook gewild dat Corinne al die dingen leerde, maar hij was jammer genoeg geen erg geduldige leraar en hij had haar daarom maar al te graag aan de zorgen van haar opa overgelaten. Daar kwam nog bij dat opa Eberhard al uit de directie teruggetreden was en dus genoeg tijd had om zich om zijn kleindochter te bekommeren.

De koffiebaron was er al snel aan gewend dat dit duo vaak ronddwaalde in het bedrijf. 'Zolang er geen klachten komen,' luidde zijn commentaar op hun excursies. Van tijd tot tijd had hij ook bij zijn werknemers geïnformeerd of Corinne de mensen niet van het werk hield of kattenkwaad uithaalde. Maar ze was van onbesproken gedrag, zoals haar vader niet zonder een zekere trots had vernomen. Hij had het alleen altijd betreurd dat Alexander niet dezelfde belangstelling voor koffie aan de dag legde als zijn zus, iets waaraan tot op heden niets was veranderd.

Een zachte zucht steeg op uit Corinnes borst. Vandaag zou ze tijdens haar ronde over de afdelingen de branderij hoogstens bezoeken, verder zou ze, net als anders haar vader altijd, in een van de kantoren zitten en met papieren en kolommen cijfers in de weer zijn. Ze probeerde het zich voor te stellen, maar het lukte niet. Haar fantasie kwam telkens weer bij de koffiezakken en de branders terecht. Tja, ze zou eraan moeten wennen, ze had geen andere keus.

Tijdens hun gezamenlijke ontbijt hadden Alexander en zij afgesproken wat de eerste stappen voor vandaag zouden zijn. Corinne zou haar intrek nemen in het lege kantoor tussen dat van Alexander en dat van haar vader in. Wie welke taken op zich zou nemen, moesten ze nog bespreken; veel zou de praktijk uitwijzen. 's Middags wilden ze een vergadering beleggen om de werknemers op de hoogte te stellen van de nieuwe situatie. Daarmee zouden ze de geruchtenmolen tot stilstand brengen, die sinds het voorval vast op volle toeren draaide. En dat was ook heel begrijpelijk. De directeur was tenslotte met een ambulance weggevoerd. De werknemers wilden vast weten hoe het met de baron ging en hoe het nu verder zou gaan met het bedrijf.

Het was belangrijk om een stabiele directie te presenteren. Het bedrijf zou ordelijk blijven draaien, de arbeidsplaatsen liepen geen gevaar. Dat moesten Alexander en Corinne op een geloofwaardige manier zien over te brengen, alleen dan wisten ze zeker dat het personeel trouw achter hen zou staan.

Bij die gedachte realiseerde ze zich dat ze er misschien behoorlijk verfomfaaid uitzag. Ze had zichzelf weliswaar zorgvuldig opgemaakt voordat ze de villa had verlaten, maar geen rekening gehouden met alle tranen die na het bezoek aan haar vader over haar wangen hadden gestroomd en die ze niet tegen had kunnen houden.

Gelukkig had ze een spiegeltje in haar tas. Ze hield het in haar hand, wierp er een blik in en zag dat haar vrees gegrond was. Haar mascara was over haar wangen gelopen en had zwarte sporen achtergelaten.

Corinne overwoog of ze nog even naar huis zou gaan en haalde haar mobieltje uit haar tas om te kijken hoe laat het was. Vervolgens besloot ze even bij haar favoriete koffietentje in het centrum langs te gaan. Susan, de eigenaresse, was vast blij om Corinne te zien. Daar kon ze een koffie verkeerd drinken, zichzelf weer presentabel maken en daarna rustig op weg gaan, dan was ze nog op tijd. Snel typte ze een berichtje aan Alexander, zodat hij zich niet zou afvragen waar ze bleef.

Emotion was al jaren Corinnes favoriete koffietentje. Het lag midden in de binnenstad van Aken, slechts een paar passen van de dom vandaan. Als ze aan het raam zat, kon ze de bezoekers aan de dom observeren, wat vaak heel amusant was.

Meestal was het een samenraapsel van de meest uiteenlopende mensen overal vandaan, die elkaar verdrongen om het gebouw binnen te gaan. Sommigen bleven lang binnen, maar er waren er ook die meteen rechtsomkeert maakten omdat ze niet voldeden aan de kledingvoorschriften en daarom niet langs de suppoost kwamen. De kerk deed zijn best om ondanks de moderne tijden in elk geval minimale kledingeisen af te dwingen.

Bij Emotion werd niet alleen perfecte koffie, maar ook heerlijke taart geserveerd en er hing een heel prettige sfeer. De eigenaresse, Susan Jones, kwam uit Engeland en ze had verstand van inrichten en decoratie. Het tentje had een vintagelook met veel rozenpatronen. 'Dat is *the English flair*,' zei Susan altijd op haar innemende manier. 'Zodat ik niet *homesick* word, of hoe zeg je? Huisziek?'

Susan woonde nu vijf jaar in Aken en had nog steeds weleens moeite om op de juiste Duitse woorden te komen. Ooit was ze vanwege de liefde naar Duitsland gekomen, maar inmiddels was ze een happy single en had ze besloten te blijven. Ze hield van Engeland, maar in Aken voelde ze zich thuis.

Terwijl Corinne de Valkenburger Straße afliep, genoot ze van de rust. Maar goed dat het geen zomer was, anders zou de Hollandwiese vol mensen zijn. Daar kwamen bij mooi weer mensen van alle leeftijden bij elkaar om te genieten van hun vrije tijd. Ze lagen in de zon, frisbeeden of balden en vierden het leven. Maar nu lag die geliefde ontmoetingsplek er stil en verlaten bij. Slechts één voetganger met een riesenschnauzer kruiste Corinnes pad. Het baasje en zijn hond hadden lol met een konijn van stof, dat de hond sneller kon apporteren dan zijn baasje het konijn weg kon werpen. De twee keurden Corinne geen blik waardig, en daar was ze blij om. Tijdens het lopen liet ze haar gedachten de vrije loop en die kwamen telkens weer bij haar vader terecht.

Natuurlijk had ze geweten wat er op haar af zou komen. Maar in het echt was het veel erger geweest dan ze zich had voorgesteld.

De koffiebaron, de man die al decennialang met strakke hand het bedrijf bestuurde en zich door niemand knollen voor citroenen liet verkopen.

Die ook als pater familias hun steun en toeverlaat was met zijn duidelijke en meestal onwrikbare mening. Corinne en Alexander hadden de afgelopen jaren meerdere malen strijd tegen hem geleverd en daarbij vaak bakzeil moeten halen.

Haar vader was geen gemakkelijke man, dat kon je echt niet zeggen. Maar haar moeder wist haar vader zodanig te bewerken dat Corinne zich erover verbaasde. Als de situatie muurvast zat en de tegenstellingen tussen de vader en zijn kinderen dreigden te verscherpen, kon haar moeder het met een lach of een gebaar voor elkaar krijgen dat hij in elk geval over zijn beslissing nadacht. Esther had haar echtgenoot ook over de streep gehaald om in te stemmen met Corinnes stage in Brazilië. En nu lag hij ineens hulpeloos en doodziek in dat bed.

Ondanks zijn behoorlijke lengte van één meter negentig had hij heel klein geleken. En mager. Papa was nooit smalletjes geweest. Hij at graag en genoot van een of twee glazen whisky, hij hield van koekjes bij de koffie en van koffiebonbons. En nu lag hij daar, aan de slangen en via snoeren aangesloten op bewakingsapparatuur en werd hij gevoed via een infuus.

Het was echt de juiste beslissing geweest om nog even bij Susan langs te gaan. Met haar verfrissende kijk op het leven hielp de eigenaresse van het koffietentje Corinne weer op de rit. Zoals altijd hielpen Susans liefdevolle standje en een goede kop koffie. Wat voor ergs kon haar eigenlijk overkomen? Ahrensberg Koffie was een familiebedrijf en zij maakte deel uit van die familie. Bovendien was ze dol op koffie. Dat was de beste basis om haar nieuwe taak aan te kunnen.

Corinne bestelde meteen een koffie verkeerd. Voordat ze echter een tafeltje zocht, ging ze naar de wc, waste haar gezicht en poetste de zwarte sporen van haar emoties zo goed mogelijk weg. Nadat ze opnieuw mascara, rouge en lipstick op had gedaan, voelde ze zich meteen wat beter. Weer bij de tafeltjes besloot ze zoals altijd aan het raam te gaan zitten.

In plaats van de koffie verkeerd die ze had gewild, bood Susan haar echter een kop filterkoffie aan. 'Handgeplukt, Colombia, arabica caturra,' zei ze veelbetekenend, en ze klakte met haar tong.

Corinne was het helemaal met haar eens. Zodra de koffie zwart en dampend voor haar stond, zoog ze het volle aroma in. En hij smaakte verrukkelijk.

Terwijl Corinne haar koffie opdronk, vertelde Susan haar over de kleine branderij waar ze in aanvulling op haar standaardassortiment speciale koffiesoorten inkocht. Corinne luisterde heel goed naar haar. Die kleine branderijen waren een punt op haar lijst waar ze zich per se mee wilde bezighouden. Misschien kon ze daar voor Ahrensberg iets van leren.

Een lange pauze kon Corinne niet nemen, maar dat was ook helemaal niet nodig. Even bijtanken was al genoeg. Na de heerlijke koffie was ze er eindelijk klaar voor om de wereld het hoofd te bieden.

Vol nieuwe energie nam ze afscheid van Susan en liep met grote passen de straat uit naar de Lütticher Straße. Ze kon niet wachten om op het bedrijf te zijn.

Eindelijk rees het gebouw aan de rechterkant voor haar op. De statige villa was helemaal gemoderniseerd en uitgebreid. In de brede glaspui weerspiegelde zich de blauwe herfstlucht met de schapenwolkjes.

Terwijl Corinne erop afliep, werd dat spiegelbeeld ineens heel donker. Plotseling leek het of iemand het licht uit had gedaan. Verbaasd keek ze omhoog en zag een groot wolkenfront in sneltreintempo voor het vrolijke herfstblauw schuiven.

Ze versnelde haar pas. Ze moest nog een paar honderd meter tot ze bij de ingang was toen de eerste dikke druppels op de grond petsten. Waarom had ze geen paraplu bij zich? Waarom had ze per se willen lopen in plaats van een taxi te nemen?

Voor nog meer overwegingen had Corinne geen tijd meer, een paar seconden later begon het hard te regenen. In een paar tellen was haar haar kletsnat, het hing in slierten in haar gezicht. Het water was ijskoud en liep onvermurwbaar haar kraag in, langs haar rug. De laatste paar meter trok Corinne een sprintje, maar dat hielp niet meer. Eindelijk in de hal aangekomen, was ze nat tot op haar ondergoed. De volgezogen loden jas hing zwaar om haar schouders.

Emil, de portier, snelde met een badhanddoek op haar af, stamelde een begroeting en probeerde haar te helpen. De deuren van de lift gingen open en Alexander kwam eruit. Hij liep op haar af en trok grijnzend zijn wenkbrauwen op. 'Dus daar ben je, zusje. Net onder de douche vandaan, zie ik.'

Hoofdstuk 5

De boel opschudden

Aken • Aachen • Oche • Aix-la-Chapelle • Aquae Granni

Heden: oktober-november

Corinne zat achter haar bureau en liet haar blik ronddwalen. Als een tulband had ze de handdoek die Emil haar had gegeven om haar haar gewikkeld. De kletsnatte jas, die ze op een hangertje aan een van de haken van de garderobe had gehangen, drupte op de vloerbedekking. Er had zich al een donkere vlek op het lichte velours gevormd.

Dit was nu dus haar kantoor. Ze bekeek de chique gepolitoerde kersenhouten meubels, de zware mokkabruine fluwelen gordijnen en het zitje met de twee gemakkelijke lichtbruine leren stoelen en het ronde glazen tafeltje, waarop iemand een schaal met koffiebonbons, glazen en een karaf citroenwater had neergezet.

Qua kleuren paste Corinne met haar kleding perfect bij de inrichting, maar dat was helaas dan ook alles. Ze voelde zich ongelooflijk slecht op haar gemak in deze kamer. Hoezo haar kantoor? Het was zoals altijd, alsof ze slechts een bezoeker was.

Terwijl ze dat nou juist niet meer was. Dit was nu haar domein, van hieruit zou zij haar steentje bijdragen om het bedrijf te besturen, in elk geval tot haar vader het roer weer kon overnemen. Daarna moesten ze erover nadenken hoe het verder zou gaan.

Hopelijk konden zij en Alexander dat echt voor elkaar krijgen. De berg die ze aanvankelijk had gedacht gemakkelijk te kunnen nemen, leek haar op dit moment ineens veel te hoog en veel te steil. Ze werd zich er pijnlijk van bewust hoe weinig ze wist van wat er op haar afkwam.

Corinne legde haar armen op het glimmend gepolitoerde bureaublad en vlijde haar hoofd erop. Ze had een moment nodig voordat ze er klaar voor was om de confrontatie aan te gaan met de wereld en de taken die voor haar lagen.

Uitgeput sloot ze haar ogen en ze droomde even dat ze weer bij Fernando in Brazilië was. Wat zou ze nu graag op de plantage zijn, door het bos zwerven en bij de oogst helpen. Op de plantage maakte het niet uit als ze als een verzopen kat rondliep. Daar waren geen overspannen verwachtingen.

Woedend op zichzelf begon Corinne ontstemd te snuiven. Ze had haar start als lid van de directie grandioos verprutst. Al het nadenken over haar eerste officiële optreden in het bedrijf, haar bezoekje aan Susan en het feit dat ze zich zorgvuldig had gekleed en opgemaakt, had ze zich kunnen besparen.

Ze moest ervoor zorgen dat ze weer presentabel werd. Dat was hoognodig! Jammer genoeg had ze geen idee hoe ze haar haar en natte kleren weer snel droog en in vorm kon krijgen. Natuurlijk kon ze naar huis gaan, theoretisch kon dat. Wie zou het haar verbieden? Maar dat was praktisch gezien uitgesloten. Ze zou niet meteen al de eerste dag het veld ruimen voor Alexander. Hij zat immers te popelen om haar te laten zien dat hij een betere manager was en zonder haar alles onder controle had.

Alleen al zijn gezichtsuitdrukking toen ze kletsnat in de hal stond... Bij de gedachte daaraan vlamde haar woede opnieuw op. Maar ze was niet boos op haar broer, maar vooral op zichzelf. Wat was ze toch een oen.

Het volgende moment probeerde ze zichzelf te verdedigen, zoiets kon immers iedereen overkomen. Maar toen dacht ze aan haar vader. De koffiebaron zou zoiets vast niet zijn overkomen, en waarschijnlijk zou hij haar pech op niet mis te verstane wijze afkeuren. Hij zou zich niet zo hebben laten overvallen door het weer, hij zou natuurlijk een paraplu hebben meegenomen. Hij was altijd voorbereid.

Maar ik nu eenmaal niet, dacht Corinne koppig. Het was gebeurd en ze kon er ook niets meer aan veranderen. Ze had geen zin zich te laten intimideren door de schaduwen van haar onberispelijke vader, die in deze vertrekken alomaanwezig leken te zijn.

Haar opa zou erom gelachen hebben. Om haar, niet ten koste van haar. Alles is wel ergens goed voor, Corinne, zou hij glimlachend over het ongelukje gezegd hebben. Dat zei hij altijd tegen haar als iets niet helemaal zo was verlopen als ze graag had gewild. Dat was zo'n beetje zijn levensmotto geweest en hij had dat zo verinnerlijkt dat niets hem van zijn stuk kon brengen.

Ineens kwam er een herinnering bij haar op. Ze zag voor zich dat ze stiekem een slokje van opa's koffie had mogen nemen, ook al vond haar moeder haar nog te jong. Jammer genoeg was het kopje heet geweest en had ze het met haar kleine kinderhanden moeilijk vast kunnen houden. En het ging zoals het ging: het was uit haar handen gegleden. De koffie was in een plas op het schoteltje en op tafel terechtgekomen. Corinnes ogen waren vol tranen geschoten, haar onderlip pruilde en ze probeerde dapper om niet te huilen. Zo had ze voor haar opa gestaan en ze had er rekening mee gehouden dat hij haar een standje zou geven. Maar hij had juist gelachen, haar getroost en haar verzekerd dat het ergens goed voor was. 'Hoe kan dat nou goed zijn?' had Corinne ongelovig met trillende stem gezegd. Maar de tranen in haar ogen waren verdwenen.

Haar opa had haar een knipoog gegeven. 'We moeten waarschijnlijk naar de keuken gaan om een doekje te halen en het op te vegen. Dan kunnen we meteen de koektrommel pakken. Dat is immers iets goeds, toch?'

En dat hadden ze gedaan, herinnerde Corinne zich. Ze voelde een trekkend verlangen in haar borst. Wat zou ze haar opa nu graag naast zich hebben. Die korte herinnering gaf haar troost, ondanks de weemoed die ermee gepaard ging.

'Maar waar zou de regen goed voor zijn geweest, opa?' vroeg ze zachtjes in de lege kamer. Ze kon zich met de beste wil van de wereld niet voorstellen waarvoor. Waarom had ze uitgerekend Alexander tegen het lijf moeten lopen? Het leedvermaak was van zijn gezicht te scheppen geweest.

Thuis zou ze Alexanders uitlating als broederlijke plagerij hebben opgevat en hem luchtig van repliek hebben gediend. Maar hier op het bedrijf met Alexander in een gelikt designerpak en zij kletsnat en rillend van de kou kon ze niet lachen om zijn ironie. Door die manier van doen slaagde hij erin een hiërarchisch onderscheid tussen hen tot stand te brengen, waartegen Corinne echt iets moest ondernemen. Hoezo net onder de douche vandaan! Als ze erover nadacht, vond ze het nog steeds niet grappig.

Het klopje op de deur haalde haar uit haar gedachten. Voordat ze 'binnen' kon roepen, ging de klink al naar beneden en kwam Alexander de kamer binnen.

'Alles oké? Ben je weer droog achter de oren?' Hij keek haar keurend aan en trok zijn wenkbrauwen op. 'We hebben zo een afspraak met de chef van de buitendienst.' Alexander aarzelde even en zei toen: 'Misschien is het beter als ik dat alleen doe. Je ziet er echt niet uit. Hij moet niet de indruk krijgen dat we de situatie niet onder controle hebben.'

Dat kwam hem natuurlijk mooi uit, maar zo gemakkelijk zou ze zich niet gewonnen geven en voor hem het veld ruimen. Als hij dat dacht, had hij het goed mis.

‘Geef me tien minuten, dan kan ik ertegenaan.’ Corinne rechtte haar schouders en keek hem strak aan.

Nu was het belangrijk om kracht te tonen. Op den duur wilde ze geen machtsspelletjes, maar op dit moment had ze geen andere keuze. Als blikken konden doden. Corinne nam zich voor zo snel mogelijk een openhartig gesprek met Alexander te voeren, het liefst nog voordat ze vanmiddag het personeel bij elkaar riepen. Het tegen elkaar opbieden, waardoor er nu voor niets anders meer plaats leek, voelde verkeerd. Dat moest hij zelf immers ook merken. Ze probeerde dat gevoel in haar blik te leggen, al haar kracht, maar ook de liefde die ze voor hem voelde. Hij was immers haar broer.

Maar Alexander ging te zeer op in zijn rol van alfamannetje. Hij hield haar blik een paar seconden vast, daarna gaf hij toe en knikte. ‘Goed. Over een kwartier in de vergaderruimte.’ Daarmee had Corinne het duel weliswaar gewonnen, maar Alexander had met die laatste opmerking opnieuw de chef uitgehangen, terwijl hij dat helemaal niet was. Voor ze dat tegen hem kon zeggen, had hij de kamer alweer verlaten en had hij de deur achter zich dichtgetrokken.

Corinne zuchtte. Ze deed de handdoek af en begon voorzichtig haar haar te deppen. Toen dat niets uithaalde, besloot ze de handdroger op het damestoilet als föhn te gaan gebruiken. Ideaal was het niet, maar ze had geen beter idee. Ze wilde net gaan toen er opnieuw werd aangeklopt.

‘Wat nou weer?’ siste Corinne in de overtuiging dat het opnieuw Alexander was die iets van haar wilde.

Het was echter niet de deur naar de gang die openging, maar de verbindingsdeur naar het kantoor van haar vader. Beatrice, de secretaresse van de koffiebaron, kwam binnen. Ze was midden dertig en een waardevolle hulp voor Corinnes vader, en zwaaide al jaren de scepter in diens kantoor. Soms was ze wat te jongensachtig, maar ze was altijd vriendelijk en hulpvaardig. Corinne mocht haar graag.

Beatrice droeg haar sluike blonde haar in een kort stekeltjeskapsel en gebruikte nauwelijks make-up. Haar groene ogen leken altijd alles op te merken. Haar gezicht leek wel wat op dat van Brigitte Nielsen – voor ze het slachtoffer van haar eigen schoonheidswaan was geworden. Beatrice was in elk geval iemand die de aandacht trok, en niet alleen door haar indrukwekkende lengte van één meter tachtig. Ze was slank en had een getraind en pezig lijf. Geen wonder, want ze was een gepassioneerd marathonloopster. Twee jaar geleden had ze deelgenomen aan de marathon van New York en ze had het parcours in minder dan drie uur gelopen; de droom van iedere marathonloper, had Beatrice haar verzekerd. Corinne herinnerde zich hoe enthousiast ze haar over het gebeuren had verteld: haar hele gezicht straalde.

Als je haar zo hoorde, kreeg je er bijna zin in om zelf te gaan hardlopen. Corinne had zich tot dusverre niet tot meer kunnen zetten dan een paar rondjes joggen door het Von-Halfern-Park of door het Aachener Wald. Ze ging liever wandelen om in alle rust van de natuur te genieten. Een marathon lopen trok haar totaal niet.

'Excuus,' zei Beatrice nu, 'ik wilde je niet storen, Corinne. Maar ik zag toevallig dat je in die wolkbreuk terechtkwam en wilde vragen of ik je misschien kon helpen.' Omdat ze elkaar altijd al graag hadden gemogen, waren ze al jaren geleden op 'je' overgestapt. Haar vader had er met gefronst voorhoofd nota van genomen en er geen bezwaar tegen gemaakt, ook al was hij er zelf niet zo'n voorstander van om zo familiair met het personeel om te gaan.

'Beatrice, sorry dat ik zo reageerde, ik dacht dat het Alexander was,' zei Corinne glimlachend tegen de secretaresse van haar vader. Daarna haalde ze haar schouders op. 'Helpen? Ik weet het ook niet zo goed. Op de een of andere manier moet ik zo snel mogelijk weer toonbaar worden,' legde ze haar situatie uit. 'Straks spreken we...' Corinne probeerde het uit haar geheugen op te diepen. 'Lohmeyer, heet hij toch?'

Beatrice knikte. 'Karl Lohmeyer, de chef van de buitendienst,' voegde ze eraan toe. 'Die afspraak heeft de baas nog gemaakt, voordat...' Ze werd bleek en slikte. Het was duidelijk te zien hoe het gebeurde haar aangreep. 'Alexander heeft me op de hoogte gesteld van de situatie zoals die nu is. Het is verschrikkelijk. Ben jij al in het ziekenhuis geweest?'

'Ja, vanochtend. "Verschrikkelijk" is het juiste woord. Hij komt zo... Ik weet niet.' Zuchtend haalde ze haar schouders op. 'We moeten het afwachten. Papa is een vechter, hij redt het vast.' Daarmee probeerde ze zowel de directiesecretaresse als zichzelf moed in te spreken. Een andere gedachte wilde ze absoluut niet toelaten.

Beatrice knikte. Meelevend raakte ze Corinnes arm aan.

'Het is allemaal niet zo simpel, maar weet je wat? We doen het samen. Eerst je haar en je kleren. Als je wilt, help ik je de komende dagen zodat je weet wat er moet gebeuren. Alles loopt op rolletjes, je hoeft je geen zorgen te maken.'

'Fijn als je me zou kunnen ondersteunen, Beatrice. Maar heb je daar wel tijd voor? Ik bedoel, je moet nu min of meer twee bazen bedienen. En wij beginners bezorgen je vast meer werk dan onze vader. Legt Alexander veel beslag op je tijd?'

'Je broer wil alleen af en toe wat documenten van me. Hij werkt immers al een tijd bij het bedrijf en is vertrouwd met de dagelijkse gang van zaken. Dat gaat vast lukken.'

'We moeten dat op de een of andere manier verdelen. Ik zal het met Alexander bespreken. Maar nu moet ik eerst toonbaar worden en wel snel. De bespreking begint zo.'

'Dat gaan we meteen doen. Momentje.' En Beatrice was al op weg naar haar kantoor. Ze wees naar de tussendeur. 'Vind je het goed dat we die openlaten?' vroeg ze over haar schouder aan Corinne.

'Natuurlijk. Als je die van jou ook openlaat, kunnen we elkaar op elk moment om hulp vragen.'

Zo zat alleen het kantoor van haar vader tussen hen. Corinne hoorde Beatrice in haar kamer typen. De toetsen klikten zo snel dat Corinne ervan stond te kijken, zelf typte ze met vier vingers en veel langzamer.

Het was een paar tellen stil, daarna hoorde ze Beatrice nog een keer kort typen. Even daarna stond ze weer bij Corinne in de kamer. Met blij glimmende ogen en gewapend met een föhn en een sporttas.

'Ik heb het mezelf toegestaan de bespreking een halfuur te verschuiven. Je broer is geïnformeerd via het bedrijfscommunicatiesysteem.'

'Dank je, Beatrice. Jij bent mijn redding.' Corinne stokte. 'Het bedrijfscommunicatiesysteem, zeg je?' vroeg ze toen. 'Alexander haat dat programma. Hij heeft er vanaf de eerste dag mee geworsteld. Hij heeft er zelfs diverse ruzies met vader over gehad, omdat die afspraken niet had ingevoerd. Ik geloof niet dat hij het regelmatig raadpleegt.'

Om Beatrice' lippen speelde een glimlachje. 'Dan zit hij straks in de vergaderruimte en vraagt zich af waar jullie blijven. Lohmeyer heeft het in elk geval al gelezen en een bevestiging gestuurd.'

Corinnes opende haar mond en deed hem vervolgens weer dicht. Daar had ze geen rekening mee gehouden en er schoot haar zo snel geen antwoord te binnen.

'Ik vind dat vrouwen elkaar moeten bijstaan,' luidde Beatrice' nonchalante commentaar op Corinnes blik. 'Zo, nu gaan we je haar doen en dan krijg je mijn outfit voor noodgevallen.'

Corinne had zich heel goed door de bespreking met Karl Lohmeyer heen geslagen. Ze had naar de productverkoop voor kerst en naar de orderpositie gevraagd. Alexander had haar vragen aangevuld en Lohmeyer had verslag gedaan. Corinne had aandachtig naar hem geluisterd en belangrijke informatie genoteerd. Wat die punten betreft was de bespreking heel harmonieus verlopen, maar met betrekking tot de rest was Corinne helaas nog niet veel verder gekomen.

Nu zat ze weer op haar kamer, wachtend op haar broer. Ondertussen bladerde ze de lijsten van de markten waar ze actief waren en de nieuwste catalogus van Ahrensberg Koffie door. Opnieuw vroeg ze zich af waarom ze geen fairtradekoffie verkochten. Ze moest echter wel toegeven dat haar vader een flinke stap had gezet en het assortiment in de loop van de jaren voortdurend had uitgebreid en intussen naast koffie ook een heel scala aan producten voor bij de koffie had opgenomen, die voor hen in opdracht werden gemaakt door diverse andere bedrijven.

Precies daar wilde Corinne graag beginnen. Het moest toch mogelijk zijn om hun aanbod te verbeteren: niet de kwantiteit, maar de kwaliteit. Waarom werden de bonbons niet van hoogwaardige chocolade – misschien zelfs biologische – vervaardigd? Daarmee kon Ahrensberg Koffie zich onderscheiden van anderen en een nieuwe unieke verkooppositie verwerven. Bovendien hielden ze dan rekening met het aspect duurzaamheid.

Ook wat betreft de verpakking wilde ze op lange termijn iets veranderen. In plasticfolie verpakte bonbondozen was niet meer van deze tijd. Er bestonden oplossingen die ecologischer en vast ook niet duur waren.

Ook wat betreft de markten waar ze actief waren, zou ze heel graag aan de knoppen draaien. Op dit moment leverden ze overwegend aan supermarkten, discounters en ook aan de groothandel.

Hoe zat het met de kleinere aanbieders? Waarom ondersteunden ze geen regionale bedrijven? Als je de verkoop uitbreidde, kon je ook aan koffietentjes gaan leveren en door persoonlijk advies de nadruk op kwaliteitskoffie leggen.

Het duizelde Corinne. Ze had zoveel ideeën, ze had er zoveel zin in om het stof weg te blazen en een frisse wind door het bedrijf te laten waaien. Maar voordat ze iets kon veranderen, moest ze eerst de processen doorgronden en goed leren kennen. Gelukkig wilde Beatrice haar helpen.

Een kort klopje, daarna kwam Alexander binnen.

'Zusje, je hebt me om een gesprek gevraagd? Vooruit dan. Waar wringt de pump?' Hij ging in een leren stoel zitten, pakte een bonbon en propte die in zijn mond. 'Niet slecht, dit spul,' zei hij, en hij nam er meteen nog een.

'Heel goed zou gepaster zijn. Dit is tenslotte een van onze producten.'

Corinne kon het niet laten om het commentaar van haar broer te beoordelen. Maar daarna bedacht ze zich. Daarover moesten ze het nu nog niet hebben. 'Alexander, ik wil graag dat we samenwerken. Ik weet niet wat er met je aan de hand is, maar je bent zo afwijzend, zo afstandelijk.' Ze sloeg haar blik neer en zei zacht: 'Zo arrogant.'

'Ach, krullenkop,' antwoordde Alexander. 'Reageer toch niet meteen zo gepikeerd. Dit is een bedrijf, geen zandbak. Je speelt nu met de grote kinderen. En ik vind het nu eenmaal onjuist om je meteen op directieniveau in te zetten. So what? Iedereen heeft toch recht op zijn eigen mening, of niet soms?'

Corinne rechtte haar rug, hief haar hoofd en keek haar broer aan. 'Oké, Alexander. Jij heb je mening nu dus gegeven. Een paar keer en heel nadrukkelijk. Maar nu is het welletjes geweest, want daar kunnen we op dit moment geen rekening mee houden. Het gaat hier niet om persoonlijke gevoeligheden, maar om de voortzetting van het familiebedrijf. We moeten die klus klaren, wij samen. Je kunt de situatie niet veranderen, dus is het zinvol om je haantjesgedrag te temperen, niet meer te kraaien en met mij te gaan samenwerken in plaats van me tegen te werken.' Ze schraapte haar keel en wachtte op een protest van Alexander, maar die luisterde naar haar en kauwde op zijn derde bonbon.

'Ik heb je zonet al een klein overzicht gegeven. Voor zover ik dat op het eerste gezicht kan zien, verloopt alles gesmeerd. De kerstzaken beginnen netjes te lopen, daar hoeven we niet actief te worden. Ook voor Pasen is de planning grotendeels afgerond. Morgen komt er een nieuwe levering koffie. Zullen we 's ochtends samen gaan proeven?' Corinne was opgestaan van haar bureaustoel, naar Alexander toe gelopen en was in de stoel tegenover hem gaan zitten.

'Alexander, alsjeblieft. Ik weet dat je onder druk staat. Onze vader heeft het je niet gemakkelijk gemaakt en nu wil je hem geen aanleiding tot ontevredenheid geven. Maar wees eens eerlijk, ben je echt jezelf hier? Wat zou je ervan vinden als we vanavond nadat we bij papa zijn geweest uit eten zouden gaan? Alleen jij en ik? Dan vertel ik je over Brazilië en wat ik op de plantage heb meegemaakt en geleerd. En we halen wat herinneringen op, ik wil zo graag dat we het weer samen kunnen vinden, weet je wat ik bedoel? We hebben toch ooit een fijne band als broer en zus gehad?' Ze hield haar adem in en keek hem aan.

Even zag ze een flikkering in zijn ogen en kreeg ze hoop. Dat duurde echter maar een paar seconden, daarna had Alexander zijn masker weer perfect onder controle.

'Zusje, dit is geen kwestie van nostalgie. Die kunnen we ons in onze huidige situatie echt niet veroorloven. We moeten ons concentreren op de cijfers en het bedrijf en zakelijk blijven. Samen uit eten gaan zal ons daarbij ook niet verder helpen. Bovendien heb ik al plannen voor vanavond. Sorry.'

Bij de laatste zin werd Alexanders blik zachter. Corinne begon meteen te schakelen en greep de strohalm vast. Als hij verliefd was, kon ze hem misschien op die manier bereiken. Ze wist bijna niets over Alexanders liefdesleven. Toen hij een jaar of zeventien, achttien was, had hij één keer een meisje mee naar huis genomen. Maar die relatie had niet lang geduurd. Verder had hij geen vriendinnen gehad of – wat Corinne eerder vermoedde – hij had ze aan niemand van het gezin voorgesteld. 'Plannen? Hebben die misschien lange benen en een sexy decolleté? Broertje, heb je soms een date? Ken ik haar?'

Maar ook hier ving ze bot. Abrupt stond Alexander op en keek haar met fonkelende ogen aan. 'Bemoei je niet met mijn leven, Corinne. Je weet dat ik een hekel heb aan nieuwsgierigheid. Ik denk dat we alles nu wel besproken hebben. We houden vast aan vaders lijn.' Hij wierp een blik op zijn horloge. 'Over een halfuur zien we elkaar bij de vergadering.'

Wat was er de laatste jaren toch gebeurd? Corinne nam haar broer op en zag niets meer dan een vreemde. Ook zij stond op.

'Nou, een prettige avond dan, wat je ook van plan bent.'

Zonder nog een woord te zeggen verliet Alexander het kantoor van

Corinne. Ze stapte achter haar bureau, liet zich op haar draaistoel vallen en legde gefrustreerd haar kin in haar handen. Dit was echt niet haar dag. Toch gaf ze zich nog niet gewonnen. Ze zou zich inwerken en op een gegeven moment zou het haar ook lukken om hier iets te veranderen.

Hoofdstuk 6

Op zolder

Aken • Aachen • Oche • Aix-la-Chapelle • Aquae Granni

Heden: november

Twee weken waren er inmiddels verstreken sinds Corinne haar eerste dag als lid van de directie van Ahrensberg Koffie niet bijster goed had doorstaan. Het waren twee lange weken geweest waarin ze verder om haar positie had gevochten. Corinne werkte veel en Alexander maakte het haar lastig. Hij probeerde haar nog steeds de directie uit te duwen.

Het was haar duidelijk dat als ze zich daartegen wilde verzetten, ze alleen punten kon scoren met veel vakkennis en kennis van de bedrijfsprocessen. Daarom probeerde ze vanaf de eerste dag beetje bij beetje vooruit te komen. Alles wat Alexander de afgelopen jaren van hun vader had geleerd, probeerde ze zichzelf nu eigen te maken. Ze had veel geluk dat Beatrice haar bijstond. Door haar ondersteuning had Corinne inmiddels een vrij goed overzicht en stond ze vooral goed aangeschreven bij de werknemers. Ze traden haar vol welwillendheid tegemoet en hielpen haar altijd wanneer ze iets nodig had. Al lukte het Corinne zo snel niet om op alle afdelingen uitgebreid mee te lopen, ze wilde in elk geval een korte officiële introductie op elk werkveld krijgen. Ook dat kon op veel waardering bij de medewerkers rekenen. Na sluitingstijd zat ze 's avonds vaak nog lang op haar kantoor om documenten, grootboeken en productieverslagen te bestuderen. Ze kon inmiddels serieus meepraten, wist waar de grootste problemen lagen en wat hun allereerste aandacht nodig had.

Bovendien was ze er intussen van overtuigd dat Ahrensberg Koffie een paar veranderingen zonder problemen aankon en daar op lange termijn in elk geval van zou profiteren. Corinne was ervan overtuigd dat als ze die nu doorzetten en erin slaagden de positieve aspecten door goede cijfers te bevestigen, haar vader na zijn genezing zou zien dat niet alles wat niet in overeenstemming was met de traditie meteen ook slecht was. Ze zouden hem voor zijn bestwil dwingen.

Vandaag wilde ze voor het eerst een serieus gesprek met Alexander voeren over haar ideeën. Ze haalde een keer diep adem voordat ze bij hem aanklopte en zijn kantoor binnenging.

Ze begonnen met de gebruikelijke onderwerpen en wisselden nieuwtjes uit. Daarna nam Corinne een aanloopje: 'Vandaag heb ik weer eens door onze catalogus gebladerd en ik zou graag een paar ideeën met je bespreken die betrekking hebben op ons assortiment.' Uit voorzorg hield ze haar handen omhoog, omdat ze vermoedde dat Alexander meteen fel van leer zou trekken. 'Ik vind dat we samen ons koffieaanbod moeten doornemen en erover na moeten denken wat we kunnen veranderen. We staan er goed voor, de dagelijkse zaken lopen wel en het bedrijf is stabiel. Fernando heeft op zijn plantage een heel interessante lijn met handgeplukte soorten. We kunnen het oude assortiment laten zoals het is en aanvullen met een premiumreeks. Het hoeft immers niet meteen jacukoffie te zijn, maar ook niet altijd alleen maar massagoed. Ik heb Fernando monsters van zijn premiumkoffie laten sturen.' Het monster met de jacubonen, dat ook in het pakje had gezeten, verzweeg ze vooralsnog. 'En ook van andere plantages heb ik monsters aangevraagd.'

Alexander stoof op en begon tegen haar te schreeuwen. Maar als hij dacht dat ze zich liet intimideren door lawaai, kende hij zijn zus slecht. Ze liet hem brullen en vroeg daarna heel rustig: 'Ben je nu klaar? Heb je je stembanden genoeg getraind voor vandaag? Dan is het goed. Dan kunnen we nu normaal verder praten. Je kunt brullen wat je wilt, maar je bent niet het enige directielid, we leiden dit bedrijf samen. Zolang ik geen verplichtingen aanga, heb ik jouw toestemming niet nodig voor wat ik doe. Ik mag zoveel informatie inwinnen als ik wil, over elk onderwerp.'

Corinne was geschokt. Wat was dit voor manier van doen? Wat dacht Alexander wel, dat hij zo'n toon tegen haar aansloeg?

Ook over het onderwerp duurzaamheid had ze al wat meer nagedacht en met Beatrice' hulp wilde ze offertes bij verschillende bedrijven aanvragen, maar na Alexanders uitbarsting liet ze dat onderwerp voorlopig rusten.

Haar broer haalde diep adem voordat hij rustiger verderging, wat hem zichtbaar grote moeite kostte. 'Ik weet echt niet wat je daarmee wilt bereiken, Corinne. Ahrensberg Koffie is in eerste instantie één ding: een economisch bedrijf. We willen winst maken. Hoe meer, hoe beter. Wat heeft die aanstellerij met handgeplukte koffie en een premiumreeks te betekenen? Ten eerste betalen de klanten niet voor kwaliteit; ze willen goedkope koffie kopen. Mensen zijn erg op de centen, dat staat jou misschien niet aan, maar daar draait het wel om. En ten tweede – dat argument is voor mij nog veel belangrijker – we nemen waar voor onze vader. Jij weet maar al te goed hoe belangrijk het bedrijf voor hem is. En traditie. Wat denk je dat hij gaat zeggen als we zijn levenswerk op zijn kop zetten zodra hij een keer uitvalt? Stel je voor dat hij langzaam herstelt en dat soort activiteiten hem ter ore komen? Wil je op je geweten hebben dat hij weer een beroerte krijgt? Of stel dat hij sneller weer op de been is en over een paar weken weer hier is en de zaken overneemt.

Wat denk je dat er dan zal gebeuren?' Hij haalde diep adem en schudde zijn hoofd. 'Ik kan wel een kop koffie gebruiken, jij ook?'

Na een kort knikje van Corinne stond Alexander op, liep naar de tussendeur en vroeg Beatrice om twee koppen koffie. Toen hij weer zat, begon Corinne opnieuw te praten. Zo gemakkelijk wilde ze zich niet gewonnen geven.

'Ik geloof dat jouw inschatting van het bedrijf de kern van ons probleem is, Alexander. Voor jou is Ahrensberg Koffie een zielloos instituut dat alleen wordt gebruikt voor economisch gewin. Voor gaat er koffie in en achter komen de gouden munten eruit. Maar voor mij is deze onderneming veel meer, en ik geloof ook dat we er veel meer van kunnen maken.'

Corinne zweeg toen Beatrice binnenkwam. Ze bracht de koffie en zette ook nog een schaal koekjes op tafel.

'Dank je, Beatrice,' zei Corinne, waarna ze de draad weer oppakte. 'Inmiddels hebben we een traditioneel bedrijf dat al drie generaties in de familie is. We verkopen de mensen niet alleen koffie, maar ook een levensgevoel. Een kop koffie – als het goede koffie is – is een kleine vakantie. Je voelt de warmte in je handen als je het kopje vasthoudt. Allereerst adem je het aroma in, dan neem je een slok en laat de koffie over je tong stromen. Onze klanten moeten voelen dat we onze koffie met respect behandelen: het knisteren van de bonen tijdens het branden is een belofte en ik wil dat iets van die magie overkomt bij de mensen. Ik ben ervan overtuigd dat ze dan ook bereid zijn voor die kwaliteit te betalen.'

'Je ziet dat allemaal te hemels en romantisch. Je bent nu twee weken hier en ik had gedacht dat je in elk geval een beetje had begrepen waar het werkelijk op aankomt en waarom het bij het leiden van een dergelijk bedrijf draait. Als de koffiebaron zo dromerig met de zaken om was gegaan, zouden we hier allebei vandaag niet zitten, dat zeg ik je. Dan zou Ahrensberg Koffie namelijk allang niet meer bestaan.'

'Als onze opa niet zoveel liefde voor koffie had gehad, net als ik, dan zaten we hier vandaag ook niet, beste Alexander. Dan was het bedrijf namelijk nooit opgericht,' bracht Corinne ertegen in. 'Ik weet dat papa een uitstekende zakenman is, die terecht door iedereen gerespecteerd wordt. Maar om heel eerlijk te zijn heb ik de laatste jaren de indruk dat hij het contact met zijn eigen roots niet meer heeft. Hij is de liefde voor koffie kwijt, het gaat hem alleen nog om cijfers. Hoewel hij altijd vasthoudt aan traditie en bezweert dat je daarop kunt vertrouwen, heeft hij de ziel van het bedrijf uit het oog verloren. In werkelijkheid betekent traditie voor hem niets meer dan het houden zoals het is en geld en macht verkrijgen. En jij volgt hem, zonder erover na te denken wat opa, aan wie we deze erfenis te danken hebben, voor de geest had.'

'Nu haal je opa er ook nog bij,' mopperde Alexander. 'Het wordt ook steeds gekker. Maar sorry, ik speel het spelletje niet mee.' Zijn toon werd scherper. 'We zullen het bedrijf in de geest van vader verder leiden. Geen experimenten. Begrepen? Ik ben ervan overtuigd dat mama het net zo ziet als ik.'

Corinne nam de laatste slok van haar koffie en schudde haar hoofd. 'Jij bent degene die hier iets helemaal niet begrijpt, Alexander.' Ze zuchtte. 'Laten we dan in elk geval de brandtemperaturen iets verlagen, zodat het branden wat langzamer en behoedzamer gaat. Dat 'turbobranden' bij zeshonderd graden, zoals dat nu wordt gedaan, is zielloos, en zo smaakt onze koffie ook,' sloot ze met een vaag gebaar in de richting van haar lege kopje af. Maar opnieuw kreeg ze nul op haar rekest.

'Corinne, het gaat verdomme niet om jouw ideologieën. Het gaat om zwarte cijfers. Hoe zwarter, hoe beter. Ik herhaal mezelf niet graag, maar we zijn een economische onderneming en verder niets. Houd eindelijk op met die hemelse romantische onzin. Koffie is handelswaar en geen wellnessproduct om de wereld te verbeteren,' slingerde Alexander haar naar het hoofd. Het was erg: hij had echt alleen cijfers en afzet in zijn hoofd. Hoe konden broer en zus zo verschillend zijn? Corinne was teleurgesteld. Er moest toch een weg zijn om de Alexander weer te bereiken die hij vroeger ooit was geweest? Ze kon niet geloven dat de ongenaakbare man die tegenover haar zat, zo glad als een aal, alles was wat er van haar broer was overgebleven.

'Goed, dan laten we het daarbij. Voorlopig. Ik denk dat we vandaag niet verder komen. Nog een fijne dag.' Corinne hield de spanning tussen hen beiden niet meer uit. Ze stond op, knikte nog een keer naar haar broer en verliet zijn kantoor.

Een moment lang stond ze doelloos op de gang en dacht na over wat ze nu moest doen. Het had niet veel zin om nu achter haar bureau te gaan zitten. Daarvoor had het haar te veel aangegrepen. Maar toen herinnerde ze zich dat ze als kind al dol geweest was op de zolder van het bedrijfspand, en ze besloot daar zonder aarzelen naartoe te vluchten. Ze had dringend een adempauze nodig. En ze was op zoek naar antwoorden.

Had Alexander gelijk als hij zei dat ze een droomster was die de motieven van hun opa met betrekking tot de koffiehandel romantiseerde? Corinne herinnerde zich dat er op de zolder spullen van haar opa opgeslagen waren. En allerlei afgedankte meubels en andere rommel. Misschien zou ze in de oude documenten aanwijzingen vinden die haar herinnering bevestigden. Ze had bewijzen nodig, anders was Alexander niet van zijn overtuiging af te brengen.

Er dwarrelde stof op toen Corinne de zolder betrad. De stofdeeltjes glinsterden en fonkelden in het zonlicht dat naar binnen viel door het raam in de dakkapel en alles in een zacht gouden herfstlicht hulde.

Ze had de zolder nog maar net betreden of ze voelde zich al rustiger en optimistischer. De sfeer tussen alle spullen die van vroeger tijden getuigden, was voor Corinne als een cocon die zich beschermend om haar heen legde. Hier had ze rust, terwijl beneden het normale dagelijkse werk doorging. Hier zou niemand haar zoeken, hier wilde niemand iets van haar.

Corinne zette een paar stappen, de ruwe plankenvloer kraakte zacht onder haar voeten. Zoekend keek ze om zich heen. Tamelijk veel dozen, bedekte voorwerpen – oude meubels, vermoedde Corinne – en onder de schuine kant in de hoek, tegen de muur, een paar schilderijen die niemand meer in zijn kantoor wilde hebben hangen. Daarna ontdekte ze een houten stoel, die ze in het zonlicht trok. Hij was wat wankel en Corinne ging voorzichtig op de rand zitten. Ze boog zich naar voren, leunde met haar ellebogen op haar bovenbenen en legde haar kin op haar gevouwen handen. In die positie bleef ze zitten en genoot van de zachte warmte van de herfstzon op haar gezicht en van de rust om zich heen.

De situatie beroofde haar van haar energie en was erg onbevredigend. Alexander wilde gewoon niet begrijpen dat het de hoogste tijd voor verandering was. Al waren het maar kleine veranderingen. Corinne verwachtte immers helemaal niet dat ze het bedrijf helemaal op zijn kop zouden zetten, zoals hij dat graag dramatisch en nogal overdreven formuleerde. Maar zij wilde achter de dingen kunnen staan die ze deed. En dat kon ze alleen als die overeenkwamen met haar overtuiging, als ze het gevoel had dat ze het juiste deed. Niet alleen voor het bedrijf, ook voor het milieu en voor de mensen die voor haar werkten, zowel hier in Duitsland als in de teeltgebieden. Het ging tenslotte niet alleen om het hier en nu, maar ook om een goede toekomst. Niemand had er iets aan als ze de natuur verwoestten en de mensen uitbuitten. Maar Alexander accepteerde haar argumenten niet.

Corinne voelde zich ook nu nog steeds het prettigst in de branderij en in het koffiemagazijn. Als de bonen ritselden en iets later knapperden, als de betoverende geur opsteeg uit de branders en de koffie kraakte, dan was Corinne in haar element. Voor haar was er niets mooiers. Zelfs de geur van vers gezette koffie kon niet op tegen de magie van het branden. Als ze dan ook nog zou weten dat de bonen biologisch waren of in elk geval duurzaam werden geteeld, zou het perfect zijn.

Het ging daarbij niet per se om certificering, daarover had ze lang met Fernando gediscussieerd toen ze in Brazilië was. Aanvankelijk was ze gebrand geweest op het biokeurmerk, vanuit de overtuiging dat het zo moest en niet anders, maar ze had zich door hem laten overtuigen. Zoiets kostte veel geld en was niet eenvoudig te realiseren. Duurzame teelt kon ook zonder biokeurmerk, als je de boeren de ruimte gaf die ze daarvoor nodig hadden en hun werk vervolgens ook waardeerde door er een bepaalde prijs voor te betalen, zonder tot het uiterste af te dingen.

Natuurlijk was daarvoor vertrouwen nodig, aan beide kanten. Koffieboeren en -handelaren moesten nauw samenwerken. En dat was precies waar het Corinne om ging, om een respectvolle samenwerking, om respect voor hulpbronnen. De waardeketen moest van de planter tot de eindgebruiker lopen, dan zou er veel gewonnen kunnen worden.

Ook van haar moeder zou Corinne geen hulp krijgen. Zij wilde alleen worden lastiggevallen als haar kinderen het bij belangrijke beslissingen met betrekking tot lopende zaken niet eens konden worden. Ze had vanaf het begin duidelijk gemaakt dat ze niets te maken wilde hebben met ruzies tussen broer en zus. 'Ik heb het nu druk genoeg met de zorg voor jullie vader.' Daarin moest Corinne haar gelijk geven.

Corinnes moeder zat dag in, dag uit, uur in, uur uit aan het bed van haar man, die nog steeds in coma lag. Ze las hem voor, praatte tegen hem, liet hem zijn lievelingsmuziek horen en hield zijn hand vast. Corinne voelde zich schuldig dat ze zich zelf niet wat meer om haar vader bekommerde, maar ze kon het niet.

Als excuus voerde ze het werk aan, maar de werkelijke reden was dat ze het in de ziekenkamer naast haar roerloze vader altijd maar een paar minuten uithield, dan kreeg ze al het gevoel dat ze stikte.

Ze zou veel liever ruzie met de koffiebaron maken en haar standpunten verdedigen. In het verleden had ze hem vaak verwenst om zijn halsstarrigheid en nu verlangde ze juist naar zijn stijfkoppigheid en het feit dat hij vasthield aan tradities die in haar ogen helemaal geen tradities waren. In plaats daarvan lag hij in het ziekenhuis, en ze kon niets doen, alleen maar hopen. En daar kwam nog bij dat ze de discussie met Alexander moest aangaan, die zijn vader wat onverzettelijkheid betrof kennelijk naar de kroon wilde steken.

Corinne was blij dat ze Sebastian had, die in deze moeilijke tijd weer eens haar beste vriend bleek te zijn en haar steun en toeverlaat was.

'Wat goed dat je nu single bent,' had Corinne de vorige dag tijdens een gezamenlijke wandeling tegen hem gezegd. Als Sebastian een vriendin had, zou die waarschijnlijk allang stennis hebben geschopt omdat hij zo intensief met Corinne omging.

'Daar heb je gelijk in,' had Sebastian geantwoord. 'Het heeft lang geduurd voor ik daar weer de goede kanten van kon zien.'

Corinne had instemmend geknikt en zich met een rilling zijn diepe liefdesverdriet herinnerd. Zijn vriendin Svenja had het een halfjaar geleden uitgemaakt, omdat ze verliefd was geworden op iemand anders. Corinne was toen nachtenlang bij Sebastian geweest om hem te troosten. Ze waren altijd al onafscheidelijk geweest.

'Wij tweeën zijn best goed in single zijn,' had Corinne gezegd, en ze had Sebastian een arm gegeven. 'Ik ben je ongelooflijk dankbaar voor je steun, Sebastian. Ik weet niet hoe ik het zonder jou allemaal zou moeten redden.' Daarna was ze even blijven staan, had hem doordringend aangekeken en erachteraan gezegd: 'Maar je weet dat je dat niet hoeft te doen. Het is geen probleem als ik tussendoor een keer een avond zonder jouw persoonlijke begeleiding moet doorbrengen. Ik ben een grote meid, ik kan dat.'

'Heb je soms al genoeg van me?' had Sebastian plagend gezegd. 'Maak je geen zorgen, grote meid. Ik ben er echt graag voor je.'

Sinds Corinne terug was uit Brazilië was het een gewoonte geworden dat Sebastian haar na haar werk ophaalde, haar naar het ziekenhuis bracht en haar opving als ze afgemat en verdrietig na korte tijd de deur weer uit vluchtte. Ze hoefde Sebastian niets te vragen, hij was er gewoon voor haar. En dat niet alleen na werktijd. Als freelancewebdesigner kon hij werken wanneer hij wilde en ook overdag tijd nemen voor Corinne als alles haar te veel dreigde te worden. Soms was hij ook simpelweg haar telefonische 'hulpverlener'.

Na de ziekenhuisbezoekjes gingen Sebastian en Corinne meestal een hapje eten of wat wandelen. Sebastian hoorde de verhalen van Corinnes frustratie over Alexander geduldig aan. Hij werd niet ongeduldig als haar gedachten telkens weer in een kringetje ronddraaiden. Hij begreep haar, leidde haar af, bracht haar op andere gedachten en maakte haar aan het lachen door haar te vertellen over de overdreven wensen van klanten en grappige ontmoetingen die hij door zijn werk had.

Sebastian maakte op dat moment een website en webshop voor een bedrijf in seksspeeltjes, wat tot grote hilariteit leidde. Tot zijn klanten behoorde ook een oudere kunstenares die met haar tijd mee wilde gaan en door hem een website had laten ontwerpen waarop ze zelf schilderijen wilde zetten. Omdat ze nog nooit iets met computers had gedaan, moest Sebastian elke stap voor haar uitleggen en opschrijven. Het toppunt van haar onbeholpenheid was het moment dat ze tijdens een paniekerig telefoontje hysterisch in de hoorn schreeuwde: 'Sebastian, ik vind het heel erg, maar ik heb het internet gewist!'

Corinne had zich in haar tomatensoep verslikt van het lachen toen Sebastian haar dat vertelde. En ook nu weer schoot ze in de lach als ze eraan dacht.

Meteen daarna zuchtte ze. Waarom was juist op dit moment alles zo moeilijk? Waarom kwam papa niet eindelijk bij en werd alles weer goed? Hij zou haar ideeën weliswaar ook dwarsbomen, maar ze had het gevoel dat ze haar vader op de een of andere manier toch zou kunnen overtuigen, als ze maar met de juiste argumenten en plannen zou komen. Inmiddels kon hij haar immers niet meer verwijten dat ze een onervaren studente was.

Bij Alexander was ze haar hoop op dit moment kwijt. Het leek bijna alsof hij tegenstribbelde om haar dwars te kunnen zitten, om haar te laten zien dat hij het voor het zeggen had en beter dan zij wist hoe het bedrijf functioneerde.

'Opa,' fluisterde Corinne in de stilte van de zolder. 'Wat moet ik toch doen?'

Hierboven had ze het gevoel dat haar opa dichtbij was, want hier waren al zijn spullen terechtgekomen die haar vader had uitgezocht en die voor het bedrijf niet meer van belang waren. Corinne stond op van haar gammele stoel en begon de spullen te bekijken die zich hierboven ophoopten. Ze vond dozen met documenten uit het kantoor van haar opa. Een penhouder in de vorm van een koffieboon, potloden met de bijtsporen van haar opa er nog in. Beelden van het verleden flitsten in haar op: opa had altijd op een potlood gebeten als hij nadacht, herinnerde ze zich.

Ook vond ze een in bruin leer gebonden handgeschreven boek, en ze herkende meteen het duidelijke, rechte handschrift van haar opa, alsof het gisteren was dat ze hem iets had zien noteren. Een warm gevoel van nabijheid kwam over haar heen. Corinne begon te lezen, ze vloog over de eerste regels heen. Veel bladzijden waren met de hand beschreven, op andere waren briefjes geplakt. Tussen de bladzijden zaten briefjes. Het was te omvangrijk om de inhoud te kunnen bepalen, maar ze zag dat het herinneringen van haar opa waren, een soort dagboek.

Toen tot haar doordrong wat ze had gevonden, kreeg ze kippenvel. Ze had geen idee gehad dat hij iets over zijn leven had opgeschreven. Ook nadat haar opa het bedrijf had overgedragen aan zijn zoon had hij zijn kantoor gehouden en zich daar vaak uren teruggetrokken. Corinne had er toen verder niet bij nagedacht, ze was immers nog een kind geweest. Had hij zijn memoires geschreven? Hij had er in elk geval nooit iets over gezegd. Niemand in de familie had het geweten, dat wist Corinne bijna zeker. Waarschijnlijk had haar vader na opa's dood iemand de opdracht gegeven om alles in dozen te doen en op te slaan op zolder.

Resoluut sloeg Corinne het boek met een klap dicht en legde het naast zich. Dat zou ze meenemen naar huis om het in alle rust te lezen. Ze zette haar speurtocht over de zolder voort en kwam bij iets groots wat bedekt was met een wit laken. Bij de meeste spullen was duidelijk wat zich onder het laken bevond. Ze herkende de vormen van stoelen, tafels, kasten en zelfs een lamp. Maar toen trok iets Corinnes aandacht. Nieuwsgierig trok ze het stoflaken weg.

Verrast slaakte ze een kreetje. Ze stond voor een oude trommelbrander.

Nadat ze had gelezen over de begintijd van het bedrijf, voelde Corinne zich gesterkt en bevestigd. Ze had niet alleen de memoires van haar opa gevonden, maar ook zijn allereerste trommelbrander. Zo was alles begonnen, heel klein en vol liefde voor koffie.

Opa had haar vaak verteld hoe het toen voor hem geweest was, dat hij voor elke zak koffie had moeten vechten. Vlak na de oorlog was het een moeilijke tijd geweest. Hij had bij nul moeten beginnen. En hoe trots hij was geweest toen hij Ahrensberg Koffie had opgericht. Veel was diep begraven geweest in Corinnes herinnering, maar op de zolder, tussen alle oude spullen, was alles weer tot leven gekomen.

Ze had lang rondgesnuffeld en was op een gegeven moment met stof in haar haar en het boek in haar handen weer naar beneden gegaan, naar haar kantoor. Maar eenmaal daar kon Corinne zich niet concentreren, er was te veel waar ze over na wilde denken.

'Ik zet er voor vandaag een punt achter, Beatrice. Ik moet eruit,' had ze kort daarop de secretaresse meegedeeld. 'Mocht mijn broer ernaar vragen: vrouwenprobleempje.'

Daarmee zat ze veilig, want Alexander zou het vast pijnlijk vinden om daarop door te vragen. Beatrice had haar een knipoog gegeven en met haar duim omhoog aangegeven dat ze het prima vond dat Corinne vroeger naar huis ging. Ze had al vaker tegen haar gezegd dat ze te veel tijd op het bedrijf doorbracht, steeds bleker werd en wat tijd voor zichzelf moest nemen.

Ze was echter niet naar huis gegaan, maar was de weg naar de binnenstad ingeslagen. Eerst was ze naar de dom gegaan en had daar een kaarsje aangestoken. Ze was niet gelovig, maar ze hield van de kerk. Van de stilte, de verhevenheid die de hoge muren uitstraalden en de koelte. Bovendien vond ze een kaarsje aansteken een mooi ritueel.

Vervolgens was ze bij Susan in het koffietentje beland, waar ze een plekje bij het raam had gekozen.

'Hé, Corinne, tijd dat je je liet zien, *honey*! *Oh my god*, je ziet zo moe uit. Kom, zit. Ik breng koffie en we kletsen.'

'Weet je, Susan, ik begrijp Alexander gewoon niet. Waarom laat hij geen veranderingen toe? Waarom wimpelt hij me af alsof ik een brutale snotneus ben?'

'Misschien wil hij laten zien wat hij kan. Kan het zijn dat hij is *scared*, ik bedoel...' Susan zocht naar het woord. 'Bangig. Begrijp je? Hij heeft niet makkelijk gehad. Nu dat is zijn kans.'

'Maar datzelfde wil ik immers ook.' Corinne veegde wanhopig met haar handen door haar krullen. Tot haar ergernis begreep ze wat Susan tegen haar wilde zeggen. Maar ze wilde het niet accepteren. Het was verkeerd om door te gaan zoals ze altijd hadden gedaan, alleen om hun vader een plezier te doen.

'We moeten toch met onze tijd meegaan? Wat mij betreft kan de huidige opzet gewoon behouden worden. Maar we moeten ook nieuwe markten aanboren. Een meer eigen koers is belangrijk. Ik wil dat we ook kleine klanten benaderen en inzetten op kwaliteit in plaats van kwantiteit. Dat is de toekomst, daarvan ben ik rotsvast overtuigd. Ik zou zo graag hoogwaardige koffie inkopen en in contact komen met kleine branderijen. Zoals opa dat deed. Hoewel hij succes, winst en goede cijfers ook altijd belangrijk vond, heeft hij de kwaliteit nooit uit het oog verloren. Hij heeft in onze eigen branderij een kwalitatief hoogwaardig massaproduct geproduceerd en tegelijkertijd kleine klanten bediend die bijzondere koffiesoorten zochten. Ik weet niet waarom onze vader dat niet heeft voortgezet en uitgebreid.

'Honey, het spijt me. Ik begrijp probleem, maar nu ik moet aan het werk. Ik breng nog een kopje. Blijf zitten en relax. Oké? Je zult verbaasd zijn, het is bijzondere koffie van Noah. Je weet wel, die *lovely* branderij waar ik je over heb verteld.'

Corinne leunde achterover op haar stoel en keek uit het raam tot Susan haar de beloofde koffie bracht. Ze nam het kopje in haar beide handen en voelde de warmte, precies zoals ze het Alexander had beschreven. Het was een geisha arabica uit Peru, zacht gebrand. Susan had ook een paar bonen op een bordje voor haar neergezet. Ze wist dat Corinne er sowieso naar zou vragen.

Eerst hield Corinne haar neus boven het kopje en ademde de warme koffiegeur in. Die rook verleidelijk, als een belofte. Daarna nam ze nieuwsgierig haar eerste slok en hield de warme drank even in haar mond. Hij smaakte nog beter dan ze had verwacht. De geisha betoverde haar op slag met zijn intensiteit. Hij smaakte heel vol. Corinne moest een paar keer nippen en proeven om alle aroma's te registreren, die uiteenliepen van vanille via citroen naar rijpe bessen.

Slokje voor slokje ploos Corinne de smaak uit, en haar enthousiasme groeide. Alles bij elkaar was de koffie bijna zoet en bij de afdronk overheerste een toon die ze eerst niet kon plaatsen. Pas toen Susan aan het tafeltje naast haar thee serveerde, viel het kwartje in Corinnes aromageheugen: in de afdronk had de geisha een zweem van bergamot, een aroma dat ze van earl grey kende.

Noah Engel heette de brander over wie Susan haar al een paar keer enthousiast had verteld. Peinzend leunde Corinne achterover, ze keek rond en liet haar gedachten de vrije loop. Ze observeerde de mensen die voor het koffietentje langsliepen. Het was aan het begin van de middag. Een moeder had haar dochtertje aan de hand, dat om de stap een huppeltje maakte en vrolijk kletste. De twee genoten zichtbaar van hun moment samen. Een groep Japanse toeristen dromde de ingang van de dom binnen. Twee meisjes hadden een geanimeerd gesprek. Ze praatten even snel als ze liepen en sprankelden van levensenergie.

Haar blik bleef hangen bij een gestalte aan de overkant van de straat. Het was een jongeman die voor de ingang van de dom stond en naar de grond keek. Corinne keek verbaasd op. Die gestalte maakte een vertrouwde indruk en meteen daarop zag ze dat het Alexander was. Hij stond naar de grond te staren en had zijn schouders naar voren getrokken alsof hij het koud had. Terwijl het helemaal niet zo koud was, de novemberzon had de temperaturen ongebruikelijk hoog opgejaagd.

Wat deed Alexander daar? Waarom was hij niet op het bedrijf? Corinne dacht erover na of ze naar buiten zou gaan om hem aan te spreken of dat ze hem beter met rust kon laten.

Alexander maakte een eigenaardig verloren indruk. Op dat moment leek hij in niets op de bazige zoon van de chef, die hij haar de laatste tijd graag liet zien. De man die daar stond, leek veel meer op haar Alexander. Op de persoon die hij ooit was geweest.

Ze zag dat hij over zijn ogen veegde. Huilde hij misschien? Voor ze had besloten wat ze wilde doen, had Alexander zijn rug en schouders gerecht en zijn hoofd weer geheven. Nu zag zijn gezicht er weer normaal uit, al meende Corinne een zweem van verdriet waar te nemen. Hij snoot zijn neus en liep met haastige passen weg.

Nu hoefde Corinne niet meer lang na te denken. Ze wilde weten waarnaar hij gestaard had. Meteen vloog ze naar buiten, naar de plek waar Alexander zonet had gestaan.

Ze bekeek de stenen en hapte naar lucht. Ze was al zo vaak in de dom geweest, maar deze plek was haar nog nooit opgevallen. Waarom had Alexander hier gestaan?

Peinzend liep Corinne weer terug naar Emotion. Ze probeerde chocola te maken van wat ze had ontdekt, maar het lukte niet.

Ze ging weer aan haar tafeltje zitten en dronk de rest van de heerlijke koffie op. Haar gedachten bleven eerst nog bij Alexander en zijn vreemde gedrag, daarna dwaalden ze terug naar de zolder. Naar de oude trommelbrander van opa. Corinne nam een besluit.

'Weet je wat, Susan?' zei ze tegen haar vriendin, die net bij haar tafeltje was komen staan. 'Ik ga nu op bezoek bij die Noah van je om zijn branderij te bekijken. Je hebt me nieuwsgierig gemaakt.'

Hoofdstuk 7
Geheimen

Euweiler • Euwiller

September 1943

Eberhard en Isabella wandelden over een weiland, tussen de tevreden grazende koeien door, van het meer terug naar Euweiler. Een stukje verderop zagen ze de oude boer Friedrich, van wie de dieren waren. Hij laadde het laatste hooi van dit jaar op een kar. Met zijn onderarm veegde hij het zweet van zijn voorhoofd en keek bezorgd naar boven. Aan de horizon trok het dicht. Even leunde de oude man op de steel van de hooivork om diep adem te halen. Slechts heel kort, daarna werkte hij snel door. Zijn angst dat het weer zou omslaan en regen het hooi kon bederven, was te groot.

De hele zomer hadden de dieren op de weilanden voldoende voedsel gevonden, maar overal zagen de mensen de winter angstig tegemoet. Hoe langer de oorlog duurde, hoe lastiger het was om het land van voedsel te voorzien. Hoewel de mensen voedselbonnen hadden, was er niet voldoende te koop om dier en mens erdoorheen te slepen. De boeren werden door de voedselbevoorradingsorganisatie Reichsnährstand streng gecontroleerd en maar al te vaak werden hun schrale oogsten hun afgenomen.

Eberhard wist dat er op veel boerderijen clandestien extra dieren werden gehouden, die niet op de officiële lijsten stonden. Dat was levensgevaarlijk, maar al werden er regelmatig mensen ingerekend, de wanhoop was sterker dan de angst voor arrestatie. Vorige maand nog was Otto Meier, een boer uit een dorp in de buurt, gearresteerd, omdat hij had geprobeerd tijdens een controle twee varkens achter te houden. Ze hadden hem 's ochtends om vijf uur opgehaald.

Het werd van jaar tot jaar lastiger om de dieren in leven te houden. Afgelopen winter moesten er al veel varkens en koeien geslacht worden, omdat de boeren ze niet meer te eten konden geven. Terwijl hier op het platteland bijna niets zo waardevol was als een melkkoe – in elk geval zolang die melk gaf. De gebrekkige voeding liet overal zijn sporen achter. De lastige omstandigheden waarin de dieren gehouden werden, leidden steeds vaker tot misgeboorten: de kalfjes kwamen veel te vroeg en vaak dood of misvormd ter wereld. Ook was de sterfte onder de kalfjes abrupt gestegen doordat de koeien te weinig melk hadden om hun jongen voldoende te kunnen voeden.

Eberhard wist hoe wanhopig de boeren vochten om te overleven. Als dat mogelijk was geweest, had hij graag meer tijd op de boerderijen doorgebracht, de boeren ondersteund en in de stallen geholpen. Hij hield van dieren en was graag in hun nabijheid. Maar helaas zagen de meeste boeren hem niet graag vanwege zijn bikkelharde vader, die iedereen het leven zuur maakte. August Ahrensberg was gehaat en de mensen waren bang voor hem. Daarom wilden ze zo min mogelijk met hem en zijn familie te maken hebben, ook al waren ze uiterlijk natuurlijk beleefd. Niemand was zo gek om ruzie te zoeken met de machtigste man van het dorp.

August Ahrensberg werd terecht als onvermurwbaar gezien als het ging om het doordrijven van de verordeningen van de Führer. Ook tegenover zijn eigen familie kende hij geen pardon, terwijl hij er zelf in deze magere tijden nog steeds weldoorvoed uitzag. Eberhard verachtte zijn vader om het verdriet dat hij elke dag in de ogen van zijn moeder zag.

Vastberaden verdrong hij die sombere gedachten, ze holden hem alleen maar uit en hielpen hem niets verder. Hij dacht liever aan zijn plan. Zijn hart bonkte opgewonden nu hij had besloten het echt te gaan uitvoeren.

Ze hadden het weiland aan de rand van het bos bereikt. Eberhard hielp Isabella om haar mand met kruiden te vullen. Zogenaamd hadden ze de hele middag kruiden en bessen verzameld.

Het waren gestolen uren, die ze die zomer één keer per week samen doorbrachten, en het was elke keer fantastisch. Isabella was Eberhards enige echte vriendin. Haar familie wist dat hij niets te maken had met de kuiperijen van zijn vader en dat hij het daar absoluut niet mee eens was. Daarom zagen ze hem graag.

Met Isabella kon Eberhard overal over praten. Ze luisterde gefascineerd als hij haar over Zuid-Amerika en over de koffieteelt vertelde, over de reizen die hij graag zou maken als deze waanzin eindelijk voorbij was.

En Isabella vertelde hem vol enthousiasme over haar toekomstdromen. Ze wilde dolgraag danseres worden. Ze hield van klassieke muziek en ballet en oefende stiekem als ze er tijd en energie voor had. Maar omdat ze bij de arbeidsdienst van de Bund Deutscher Mädel vaak moest werken tot ze erbij neerviel, schoot de heimelijke danstraining er meestal bij in.

Na de oorlog kon niets haar meer tegenhouden, daarvan was ze overtuigd. Ook niet haar ouders, die wilden dat ze een fatsoenlijk beroep zou leren: ze moest kokkin of secretaresse worden. Of misschien kon ze zelfs onderwijzeres worden, als ze op school wat beter haar best deed en haar cijfers hoog genoeg waren. Maar ze zouden haar in geen geval toestemming geven om een dansopleiding te volgen. Met kunst kon je geen droog brood verdienen en bovendien was het heel zondig, aldus in elk geval haar moeder.

De heimelijke ontmoetingen van Isabella en Eberhard waren een kleine oase van rust en vrede in alle ellende. Als hij met Isabella aan het meer was, kon Eberhard de werkelijkheid een beetje van zich afzetten. Daar was het leven nog goed, ook al lagen er om hen heen veel huizen in puin en gaapten er in weilanden en velden kraters door verkeerd afgeworpen bommen.

Thuis had Eberhard verteld dat hij regelmatig moest zwemmen om zijn lichaam te trainen. Hij wilde fit zijn om de Führer te kunnen ondersteunen, had hij aan het begin van de zomer snoevend gezegd, en met moeite had hij alle gal ingeslikt die bij hem boven was gekomen. Hij had zijn vader niet in de ogen gekeken, maar zijn blik strak vooruit gericht. Daarna had hij zijn rechterhand in een groet geheven en 'Heil Hitler!' gebruld.

Wat verafschuwde hij die groet. De groet en evenzeer de Führer zelf en de oorlog die die waanzinnige, vreselijke man op touw had gezet. Maar ook nu de oorlog al zo goed als verloren was, bleef zijn vader uit volle overtuiging partijlid. Net als de Führer en de door hem in gang gezette propaganda ontkende hij de dreigende nederlaag. Ook ontkende hij de honger waar de mensen ernstig onder leden. Met een van trots opgezwollen borst wees hij naar affiches van het Winterhilfswerk, waarop te lezen was dat in dit prachtige land niemand last mocht hebben van honger of kou.

De mensen wisten echter allang dat dat holle frasen waren. Ze hadden de leus overgenomen en aangepast aan de werkelijkheid. 'Niemand mag honger hebben zonder last te hebben van de kou,' zeiden ze fluisterend. Hardop durfde bijna niemand iets te zeggen wat tegen de Führer of tegen de partij gericht was. Het gevaar was te groot dat je verraden en gearresteerd werd. Dat was in deze tijden zo gebeurd. Eberhard had het vaak meegemaakt en elke keer opnieuw was hij geschokt over de hardvochtigheid van de mensen en het egoïsme dat de samenleving regeerde. Hij had zijn geloof in de mensen in Duitsland verloren.

Eberhards moeder was nog maar een schim van zichzelf. De afgelopen winter hadden zijn twee jongere zusjes en broertje kinkhoest gehad. De kleine Marianne en Rudolf hadden het zwaar te pakken gehad. Marianne was gestorven, het was een marteling geweest: ze was gestikt in de armen van moeder. Sindsdien was Rudolf ziekelijk en vatbaar en hij moest telkens weer het bed houden. Alleen zijn zusje Barbara van tien had de kinkhoest goed doorstaan.

'Laten we hier nog even blijven,' smeekte Eberhard Isabella nu. Als ze het kleine bos betraden, moesten hun wegen zich scheiden, want meteen daarachter lag Euweiler. Het was een vast ritueel geworden om hier aan de rand van het bos nog één keer te stoppen.

Aan het meer waren alledaagse onderwerpen taboe, daar ging het om toekomstdromen en onbelangrijke dingen. Daar genoten ze van wat luchtigheid te midden van de allesverslindende zwaarte van de oorlog. Ze hielden zich eraan, ook al was dat vaak helemaal niet zo eenvoudig, zozeer beheersten de oorlog en de bommen hun gedachten. Ze dwongen zichzelf tot dat kleine geheime geluk.

Op deze plek dus, vlak voordat ze zich weer onderdompelden in hun leven, in de wrede werkelijkheid, wisselden ze nieuwtjes uit, troostten elkaar nog één keer en spraken elkaar moed in.

'Hoe zal het zijn als de geallieerden binnentrekken?' vroeg Isabella, en ze liet zich in het gras vallen. De angst in haar stem liet de woorden trillen. Dát ze zouden binnentrekken, daar had noch Eberhard, noch Isabella ook maar de geringste twijfel over.

'Het zal in elk geval niet erger zijn,' antwoordde Eberhard droogjes. 'We mogen blij zijn dat het niet de Russen zijn. Wat zeg de BBC? Hoe zit het echt?'

Eberhard had niet de mogelijkheid om naar de vijandelijke zender te luisteren. Dat was hoogst strafbaar en zijn moeder zou zoiets achter de rug van haar man nooit durven te doen. Ze had Eberhard bezworen zich ook aan het verbod te houden. Hij had zijn moeder zijn woord moeten geven. En ze had gelijk: het risico was te groot. Als vader hem betrapte, zou Eberhard niet eens gearresteerd worden, daarvan was hij overtuigd. Zijn vader zou hem ter plekke doodslaan. Trouw aan de Führer stond voor hem boven de familie, dat wist Eberhard zeker.

Maar Isabella's vader bezat een kleine, geheime kamer. Een bergruimte, verstopt achter een keukenkast. Daar zaten ze 's avonds en soms 's nachts bij elkaar om erachter te komen hoe het er op de wereld werkelijk uitzag. En zo kreeg Eberhard via Isabella naast de nazipropaganda wat felbegeerde informatie.

'Ze zeggen dat ze van plan zijn als eerste Aken en de omliggende plaatsen in te nemen. En dan?' De tranen sprongen Isabella in de ogen. 'Johanna's man Elias is dood,' vertelde ze nu toonloos, en ze keek naar een zwarte kever die over haar grote teen probeerde te kruipen. Haar schoenen had ze naast zich in het gras gelegd. 'Ze hebben haar gesommeerd drie rijksmark te betalen en zijn urn te komen halen. Johanna is in het holst van de nacht gevlucht. Ik weet niet waarnaartoe.' Isabella schudde de kever, die bijna boven op haar teen was geklommen, van zich af en staarde een tijdje zwijgend naar het weiland voor zich. Daarna vroeg ze: 'Waarom toch? Waarom zijn ze zo wreed?'

Nu stroomden de tranen, die Eberhard al even daarvoor in haar ogen had zien schitteren, over haar wangen, ze drupten van haar kin op haar blouse en samen vormden ze een donkere vlek. 'Eberhard, wat is er met de mensen aan de hand? En met je vader? Waar komt die verbetenheid, die haat vandaan?'

Eberhard bloosde van schaamte, hij wist dat hij niets aan de mentaliteit en hardheid van zijn vader kon doen, en toch voelde hij zich op een bittere manier medeplichtig. Hij slikte sprakeloos.

'Elias?' vroeg hij, en hij wilde niet geloven wat Isabella gezegd had. Had hij het maar opgevangen, dan had hij Elias op tijd kunnen waarschuwen, zoals hij dat bij anderen ook al had gedaan. Zo vaak hij kon luisterde hij zijn vader af. Als hij hoorde van arrestaties die op stapel stonden, waarschuwde hij de mensen. Natuurlijk deed hij dat nooit persoonlijk. Met een verdraaid handschrift schreef hij korte notities om ze te informeren.

Een paar keer was zijn vader woedend tekeergegaan omdat een jacht op staatsvijanden mislukt was. Voor Eberhard was dat elke keer een feestje dat hij stilletjes voor zichzelf vierde, zonder ook maar een krimp te geven. Hij lette er zorgvuldig op dat ook zijn ogen hem niet verraadden en meed zijn vaders blik.

'Hij had een kanarie,' vertelde Isabella nu. 'Joden mogen geen huisdieren hebben, dat wist Elias, maar hij was gehecht aan het vogeltje. Wie kan zo'n beestje nou iets schelen?' vroeg ze, en Eberhard wist dat ze geen antwoord verwachtte. Dat gaf hij ook niet.

'Hoe wisten ze dat?' Ze stelde een vraag die voor hem veel belangrijker was.

Het was allang de gruwelijke norm geworden dat Joden onbarmhartig werden vervolgd en onderdrukt. Veel dorpsbewoners vonden het verschrikkelijk en wilden de twee Joodse families die nog over waren helpen, steunen en bijstaan. Maar dat was ten strengste verboden en werd bestraft. De angst schrikte de meeste bewoners af om tot handelen over te gaan. In shock sloegen ze de vreselijke klopjacht gade en hoopten dat er eindelijk een eind aan de nachtmerrie kwam. Maar er waren ook mensen die hun buren en vrienden verraadden in de hoop er zelf voordeel bij te hebben. In Eberhards ogen waren dat de ergsten.

'Hopelijk overkomt de Rosenbaums niets,' mompelde hij, want hij wist dat ze zijn vader al lang een doorn in het oog waren.

Isabella snoot haar neus. Ze had zichzelf weer onder controle en schudde met een glimlachje om haar mondhoeken even haar hoofd.

'Die zijn in veiligheid,' zei ze zacht.

Eberhard begreep de boodschap meteen, maar toch wilde hij het zeker weten.

'Bij jullie?' vroeg hij bijna onhoorbaar. Dat was zo gevaarlijk dat hij het zelfs hier, ver bij iedereen vandaan, niet hardop durfde te zeggen. Hij vreesde voor Isabella en haar familie. Tegelijkertijd zwol zijn hart van geluk, simpelweg omdat er tussen alle naarlingen ook nog mensen zoals zij bestonden.

Heel even sloeg Isabella haar blik neer en knikte. Ze hadden zich in de loop van de jaren veel gebaren en blikken eigen gemaakt om duidelijk te maken wat ze bedoelden. Maar al te vaak was het niet mogelijk om iets hardop te zeggen. In elk geval niet als je geen represailles wilde riskeren.

'Gaan ze je oproepen?' Isabella veranderde nu van onderwerp. 'Ik heb gehoord dat ze zelfs al jongens van vijftien naar het front hebben gestuurd.'

Isabella had gelijk, de soldaten die werden opgeroepen werden steeds jonger. Vier jongens uit de Hitlerjugend die net zeventien waren geworden, waren vorige week in militaire dienst getreden en vochten nu aan de grens met België.

'Ik heb besloten mijn moeder te gaan helpen,' zei Eberhard, wat hem en Isabella het antwoord bespaarde op de vraag of hij naar het front moest. Wat het betekende om daar nu nog te moeten vechten, was iedereen duidelijk. Ze waren allemaal slechts kanonnenvoer in een allang verloren strijd en werden opgeofferd voor de zieke machtsfantasieën van de Führer.

'Als je het mij vraagt, is er geen zoon die méér voor zijn moeder doet dan jij, Eberhard. Wat wil je nog meer doen?'

'Er is vast ook niemand met een vader die zijn vrouw slechter behandelt,' zei Eberhard zacht. Hij was woedend op zijn vader. 'Mijn ouwe zit in zijn winkel in koloniale waren en speelt voor Onze-Lieve-Heer, terwijl moeder en de kleintjes honger hebben. Dat is zo verdomd oneerlijk. Hij bedriegt mensen en geeft hun te weinig als hij vindt dat ze het niet verdiend hebben. Ik ben dat zo zat. Daarom heb ik besloten...' Eberhard keek om zich heen en ging zachter praten. 'Vannacht ga ik de grens over om koffie te halen. Ik heb wat geld gespaard en ik heb spullen om te ruilen.'

Als ruilwaar had hij twee zilveren kandelaars en een fraai bewerkte zilveren sieradendoos. Eberhard had de spullen in een platgebombardeerd huis gevonden en ergens verstopt. Eigenlijk had hij de vondst natuurlijk moeten melden en afgeven. En hij had gedacht dat hij een hartstilstand zou krijgen toen hij met de buit in zijn zak een Gruppenführer moest passeren. Gelukkig was er op dat moment vlak naast hem nog een stuk muur ingestort en had hij zichzelf en de vondsten ongehinderd in veiligheid kunnen brengen.

Isabella hapte geschrokken naar lucht. 'Dat is waanzin,' zei ze. 'Wil je naar vijandig gebied? Eberhard, dat mag je niet doen. Dat is idioot! Als ze je betrappen, ben je verloren. Je weet wat er dan gebeurt!'

Maar Eberhard liet zich niet uit het veld slaan.

'Ik heb dat allemaal haarfijn uitgevlooid. Het is niet half zo gevaarlijk als het klinkt,' legde hij uit. 'En de Belgen zijn alleen voor de Führer en zijn trawanten de vijand, niet voor ons. De meesten willen net zomin oorlog als wij. We hebben allemaal één ding gemeen: we willen overleven.'

Sinds weken had hij aan dat plan gewerkt, contacten gelegd en kaarten getekend om er zeker van te zijn dat hij geen soldaten tegen het lijf zou lopen. Hij had Isabella er tot nog toe bewust niets over verteld. Aan de ene kant wilde hij haar niet de kans geven het hem uit het hoofd te praten, aan de andere kant was hij er tot vandaag niet zeker van geweest of hij het echt zou durven. Maar nu was de kogel door de kerk.

'Ik ga de koffie op de boerderijen in de buurt ruilen tegen levensmiddelen. Ik weet zeker dat ik afnemers zal vinden, de mensen zijn de surrogaatkoffie beu. Het kleine beetje *Zitterkaffee* dat er af en toe is na nachtelijke bombardementen om de mensen tevreden te houden is amper genoeg voor een fatsoenlijke kop koffie.' Hoe langer Eberhard vertelde, hoe helderder hij zijn plan voor zich zag.

'Moeder moet de spullen die ik voor haar meeneem natuurlijk verstoppen voor vader, maar dan weet ik tenminste dat ze iets te eten heeft als ik echt naar het front moet.' Eberhard had zijn handen tot vuisten gebald. Hij was vastberaden. 'En ik geef jullie ook wat. Ik wil meehelpen.'

De Pelzmanns moesten nu nog drie extra mensen onderhouden, zonder dat iemand het te weten kwam. Natuurlijk hoopte iedereen dat de oorlog snel voorbij zou zijn, maar de gevechten sleepten zich zo lang voort dat de hoop langzaamaan begon te vervliegen. Het was niet te voorzien hoelang Isabella en haar ouders het Joodse gezin zouden moeten verstoppen. Met de toch al schaarse rantsoenen die mensen kregen, was dat geen simpele opgave. Zolang er wilde kruiden waren en groente in de tuin was het nog te doen. Maar stel dat de winter aanbrak en de oorlog nog langer duurde? Misschien kon Eberhard op die manier iets goedmaken van het onrecht dat zijn vader uit naam van de Führer veroorzaakte.

Isabella boog zich naar hem toe, sloeg haar armen om hem heen en drukte hem stevig tegen zich aan. 'Je bent een moedige man, Eberhard Ahrensberg. Ik ben trots dat ik me jouw vriendin mag noemen.' En daarna gaf ze hem een kus op zijn wang.

Verrast legde Eberhard zijn vinger op de plek die Isabella zojuist had gezoend. Eerst was hij sprakeloos. Daarna keek hij zijn vriendin grijnzend aan en zei simpelweg: 'Dank je.' Hij voelde zichzelf onnozel, maar iets beters schoot hem op dat moment niet te binnen.

De hemel was betrokken en de nacht pikdonker – precies wat Eberhard had gehoopt. Het was niet eenvoudig om zich in het duister te oriënteren, maar hij vertrouwde op zijn zintuigen. Hij was hier opgegroeid, hij kende de omgeving als zijn broekzak en dus kon hij gebruikmaken van het donker, dat hem tegen blikken beschermde. Toch bonsde zijn hart fel in zijn borst.

Hij was het huis uit geslopen, had naast zijn fiets gelopen tot hij het eind van de bebouwde kom had bereikt en was er daarna vandoor gefietst alsof de duivel hem op de hielen zat. Het zou eenvoudiger zijn geweest om een stuk langs de Himmelsleiter te rijden, maar daar op de hoofdweg waren te vaak controles. Daarom nam Eberhard landweggetjes en secundaire wegen.

In het bos verstopte hij zijn fiets in de struiken, en hij worstelde zich de laatste meters naar de grens te voet door het kreupelhout. Telkens weer stopte hij even om te luisteren. Een uiltje begon vlak naast hem te roepen, waardoor het bloed in zijn aderen bijna stolde. Verder bleef alles stil.

Eberhards plan slaagde. Onopgemerkt passeerde hij de tankversperring van de Westwall, stak de groene grens over en bereikte België. Als zijn informatie klopte, moest hij nu koers zetten naar het noordwesten. Hij had ongeveer een kilometer op Belgisch gebied voor de boeg, daarna kwam er een dorp. Bij het derde huis rechts moest, voor zover hij wist, koffie te koop zijn voor Duitsers.

Volgens Hitler was het misschien oorlog tussen de landen, de mensen kon dat geen klap schelen als het om de handel ging en als ze hun leven wat wilden veraangenamen.

Na ongeveer twintig minuten bereikte Eberhard het dorp. De duisternis maakte het hem moeilijk, omdat hij hier de weg niet kende, maar uiteindelijk doemde het eerste gebouw voor hem op.

Eberhard moest al zijn moed bij elkaar rapen. Roerloos stond hij een paar seconden voor de deur van het stenen huis en deed een schietgebedje dat het geen val zou zijn. Daarna vermande hij zich en klopte met zijn knokkels drie keer zachtjes op de houten deur.

Voor hij wist wat er gebeurde, ging de deur open. Handen pakten zijn schouders vast en trokken hem snel naar binnen. Daarna ging de deur meteen weer dicht.

'Je weet maar nooit,' fluisterde een mannenstem. 'Wat wil je?'

'Koffie,' antwoordde Eberhard prompt.

'*Alors*, kom.' De man maakte er niet veel woorden aan vuil, maar dat vond Eberhard prima. Hij was tenslotte niet langsgekomen om te kletsen en sowieso stond zijn hoofd niet naar een uitgebreid gesprek. Hij volgde de Belg naar de keuken en liet hem zien wat hij bij zich had.

Ze werden het snel eens over de koop en slechts een paar minuten later was Eberhard met zijn rugzak en een tas vol koffie op weg terug naar het Duitse Rijk.

Hij had de grens al achter zich en was op weg naar zijn fiets toen drie mannen zijn pad kruisten. Eberhard dacht niet lang na en klom in de boom waar hij net onder stond. Hij had geluk, de takken hingen zo laag dat hij zich goed omhoog kon trekken. Hij ging plat op de takken liggen en beet op zijn lippen om geen geluid te maken.

Voor zover Eberhard kon zien, waren het drie partijvrienden van zijn vader, die waarschijnlijk te diep in het glaasje hadden gekeken.

'Nu kan ik wel een dutje gebruiken. Ik wil immers wakker zijn als we morgen die stal uitmesten.' Dat was Karl, als Eberhard zich niet vergiste.

'Achter de keukenkast. Wie denken die smeerlappen eigenlijk dat ze voor zich hebben? Ze denken zeker dat we volkomen onnozel zijn,' zei Wilhelm opgewonden, en Eberhards adem stokte in zijn keel.

'Ik ga over mijn nek,' klonk Siegfrieds stem. Meteen boog hij zich voorover, precies onder de boom waar Eberhard zat, en gaf over.

Eberhard kon het geluid bijna niet verdragen. Zachtjes kokhalsde hij mee en hij duwde zijn handen tegen zijn mond, zodat er geen ongelukken gebeurden. Hij was er misselijk van geworden.

De Pelzmanns waren verraden. Hij had geweten dat dat op een gegeven moment zou gebeuren, het was simpelweg te gevaarlijk. Te veel dorpsbewoners werden snel verklikkers als het menens werd. Nu moest er nog maar één ding gebeuren: Eberhard moest vóór de Gestapo bij Isabella zijn om haar te waarschuwen.

Hij wachtte lang genoeg om zeker te weten dat de drie mannen hem niet meer hoorden, daarna klom hij rap uit de boom, haastte zich naar zijn fiets en fietste zo snel hij kon naar huis. In de kelder verstopte hij zijn koffiebuit en hij zette zijn fiets terug op zijn plek. In het dorp viel hij minder op als hij liep.

Eberhard nam zijn rugzak mee en stopte er nog snel een touw en een val in. Desnoods kon hij zeggen dat hij zo vroeg op weg was om te gaan jagen – een belachelijke leugen, want Eberhard had nog nooit gejaagd, zelfs niet op een muis – maar iets beters schoot hem zo snel niet te binnen. Voorzichtig sloop hij door de nachtelijke straten naar het huis van Isabella.

Het was intussen al vijf uur, de tijd drong. De eerste mensen waren al wakker, het leven in het dorp begon vroeg. Eberhard sloop naar de deur en klopte aan. Zachtjes, want hij wilde niet dat de buren er iets van merkten. Maar helaas hoorde ook in het huis niemand zijn kloppen.

Aan het eind van de straat verscheen de oude Erna, ze trok een bolderkar voort en brabbelde voor zich uit. Godver. Eberhard moest maken dat hij wegkwam. Snel haalde hij een stukje papier en een potloodstompje uit zijn rugzak en in allerijl schreef hij een waarschuwingsbriefje. Hij zette er geen naam onder, als het in verkeerde handen terechtkwam, haalde hij zijn moeder daarmee anders veel ellende op de hals.

Met trillende vingers schoof hij het briefje onder de deur door en hij kon nog net op tijd om de hoek van het huis verdwijnen voordat Erna de plek passeerde waar hij had gestaan. Het was beter dat ze hem niet zag. Bij de oude Erna wist je nooit hoe ze zou reageren en gedoe was het laatste wat Eberhard nu kon gebruiken.

Hij liep zo snel hij kon naar huis en sloop naar binnen. Hij was nat van het zweet toen hij eindelijk in bed lag en de deken over zich heen trok. Nog geen vijf minuten later hoorde hij zijn moeder in de keuken rommelen. Meteen daarop klonk de gebiedende stem van zijn vader.

Geeuwend stond Eberhard op. Hij maakte zijn haar in de war en liep in zijn pyjama de keuken in.

'Goedemorgen, moeder, goedemorgen, vader,' zei hij, en hij deed zijn best om zijn stem slaperig te laten klinken.

De ogen van zijn moeder waren rood van het huilen. Ze schonk haar zoon een beverige glimlach en draaide zich daarna snel weer om naar het fornuis.

'Jongen, vandaag is het een grote dag. Na het ontbijt pak je je spullen. Je mag trots zijn, aan jou de eer om de Führer aan de overwinning te helpen.'

Eberhard strekte zijn rug, keek zijn vader aan en knikte. 'Ik heb het begrepen, vader,' zei hij. Het was dus zover. Ook hij moest nu naar het front. Hij dacht er kort over na waar ze hem heen zouden sturen. Maar terwijl zijn moeder zachtjes voor zich uit huilde, hem een extra portie aangelengde boter toeschoof en ervoor zorgde dat hij een dikke laag jam op zijn al hard geworden brood smeerde, kon Eberhard maar aan één ding denken: hopelijk hebben ze mijn waarschuwing op tijd gekregen. Hopelijk zijn ze in veiligheid.

Hij moest zich ertoe dwingen het brood naar binnen te werken en stond vervolgens als in trance op om zijn spullen te pakken en zijn pyjama voor zijn daagse kleren te verruilen.

Zijn moeder gaf hem ten afscheid een stevige omhelzing, nam zijn gezicht in haar handen en kuste hem. 'Pas goed op jezelf, mijn jongen. Hoor je dat? Pas goed op jezelf,' bezwoer ze hem.

Hij zag de ontzetting en paniek in haar blik. Tijdens haar laatste wanhopige omhelzing lukte het Eberhard haar toe te fluisteren dat hij koffie in de kelder had verstopt. Daarna sommeerde zijn vader hem te vertrekken.

Nu moest zijn moeder zelf zien hoe ze de koffie tegen levensmiddelen kon ruilen, maar dat zou haar wel lukken.

Eberhard nam afscheid van Rudolf en Barbara, liet zich ten slotte een allerlaatste keer door zijn moeder omhelzen en ging daarna de deur uit zonder zich nog een keer om te keren.

Op het marktplein droeg zijn vader hem over aan een Truppenführer, die een groep van tien jongens, halve kinderen nog, naar het front moest begeleiden.

Eberhard kreeg niet de kans zich ervan te vergewissen of zijn waarschuwing op tijd was gekomen, maar de hoop dat dat inderdaad het geval was geweest, nam hij mee in de strijd.

Hoofdstuk 8

De branderij

Aken • Aachen • Oche • Aix-la-Chapelle • Aquae Granni

Heden: november

Corinne was diep in haar jas weggekropen, had haar wollen muts ver over haar oren getrokken en haar sjaal dubbel om haar hals geslagen. Ook al was de winter niet haar favoriete jaargetijde en blies de wind haar ijskoud tegemoet, toch genoot ze van de wandeling door Aken, dat al in kerstsfeer was. Eigenlijk wist ze niet precies wat ze moest verwachten, maar ze voelde een grote innerlijke drang om naar die Noah en zijn branderij te gaan.

Susan had haar behoorlijk nieuwsgierig gemaakt, en zonder het logisch te kunnen verklaren had Corinne een onbestemd hoopvol gevoel bij deze kleine koffiebrander. Als haar intuïtie haar niet bedroog, was het belangrijk om bij hem langs te gaan. En als die Noah maar half zo aardig was als Susan beweerde, was het de moeite waard hem te leren kennen. En zo niet, dan kon Corinne wel een of andere nieuwe koffiesoort ontdekken. Dat alleen was de wandeling in de richting van de Marschiertor al waard.

Terwijl ze in gedachten was, liep Corinne met stevige passen. Bij elke uitademing stegen er kleine ademwolkjes van haar lippen omhoog. Haar wangen prikten van de kou, het kwik was vergeleken met gisteren twaalf graden gezakt en de lucht rook naar sneeuw. Het was heerlijk!

Door de hele strijd met Alexander om de leiding van het bedrijf en de zorgen om haar vader was ze zich er helemaal niet van bewust geweest dat het niet lang meer duurde voordat de adventstijd aanbrak. Toen ze vroeg in de middag naar het koffietentje van Susan was gegaan, had ze de kerstversieringen in de etalages niet opgemerkt. Pas nu het duister langzaam over de stad viel en de lichtjes nog helderder schenen, registreerde ze de verandering van de stad. Voor veel ramen brandden al lichtslangen, die een schittering veroorzaakten die je alleen in de tijd voor kerst zo intensief kon beleven.

Corinne voelde blije kriebels in haar buik. Ze hield van deze periode, de lichtjes, de klanken, de mengeling van verschillende geuren die voor haar echt bij kerst hoorden: van glühwein, geroosterde amandelen, braadworst en *printen* tot en met dennengroen en boomhars. Ook de wirwar van mensen die zich door de straten spoedde, op zoek naar cadeautjes, gaf haar een goed gevoel. De wetenschap dat ze zich voorbereidden op kerst zorgde ervoor dat alles mooier leek.

Natuurlijk wist Corinne dat het er vaak niet alleen bedrijvig, maar echt hectisch aan toeging. Ze wist dat mensen zich in hun streven naar een perfecte kerst vaak afsloofden en daarmee de betekenis van kerst tot in het absurde doordreven. Maar er waren ook mensen die dat allemaal met vreugde in hun hart deden, die er plezier in hadden om een mooie avond te organiseren, cadeautjes uit te zoeken voor lieve mensen en zich open te stellen voor de feestdagen.

Corinnes agenda zat in de tijd voor kerst ook altijd helemaal vol, omdat er zoveel afgemaakt moest worden, maar ze genoot van elke propvol geplande seconde. Met haar goede humeur en veel geduld tegenover haar gestreste medemensen lukte het haar vaak om anderen een beetje aan te steken met haar eigen kerststemming. Als een gespannen verkoopster aan wie je de overuren en de overbelasting kon aflezen op Corinnes vriendelijkheid en een opbeurend glimlachje reageerde en haar vermoeide ogen weer wat begonnen te stralen, was Corinne gelukkig.

De kersttijd was voor haar de tijd van de wonderen. Dit jaar was er maar één wonder waarop Corinne met heel haar hart hoopte: dat haar vader snel weer bij zou komen en ze samen kerst konden vieren. Dat was haar innigste wens, niet alleen voor zichzelf, maar vooral ook voor haar moeder, die de laatste weken steeds bleker en verdrietiger was geworden.

Corinne was van plan na het bezoek aan de branderij naar het ziekenhuis te gaan. Ze nam zich vast voor om het vandaag iets langer vol te houden aan het bed van haar vader. Vanaf de zolder had ze Sebastian al een berichtje gestuurd dat ze eerder zou stoppen met werken en dat hij haar niet bij het bedrijf hoefde af te halen. Ze hadden afgesproken dat Corinne hem op de hoogte zou brengen wanneer ze op weg ging naar het ziekenhuis.

Sebastian was echt een engel, hij was er onvoorwaardelijk voor haar. Soms had ze een schuldgevoel als ze zoveel beslag op hem legde zonder veel terug te kunnen doen – dat voelde in elk geval zo. Maar hij wimpelde haar bezwaren weg en Corinne was daar echt dankbaar om.

Haar gedachten brachten haar weer terug naar de brander. Noah Engel, dacht ze. Het was natuurlijk maar een naam, maar de man die erachter schuilging, moest wel iets te bieden hebben om die eer aan te doen. Corinne moest glimlachen bij die gedachte en ze was heel nieuwsgierig naar wat haar te wachten stond.

'O, dat winkel is fantastisch, *absolutely* lovely,' had Susan dweperig gezegd. Daarna had ze met een veelbetekenende knipoog benadrukt dat winkel en eigenaar buitengewoon goed bij elkaar pasten. Susan was echt onmogelijk. Corinne schudde haar hoofd, maar moest desondanks lachen. Susan stelde Corinne graag aan mannen voor die volgens haar goed bij haar pasten.

Het was ongewoon druk op straat, kennelijk had de aankomende adventstijd niet alleen de lichtslangen tevoorschijn gelokt, maar ook de kooplust van de mensen al gewekt. Vooral voor een van de populairste winkels met Akense printen was veel drukte. Binnen nog meer dan voor de ingang, zoals Corinne vaststelde toen ze een blik op de grote etalage wierp terwijl ze erlangs liep. Akense printen waren er weliswaar het hele jaar, maar in de periode rond kerst was er elk jaar echt een run op de lekkernij. Corinne was ook dol op die Akense specialiteit. Voor haar was de smaak een gevoel van thuiskomen. Ze vond het vooral leuk om de vaak mooi verpakte printen cadeau te doen. Wie was daar nou niet blij mee?

Waarom bestonden er eigenlijk nog geen koffieprinten? Corinne kon zich beide heel goed samen voorstellen, je at de printen immers ook bij de koffie, dus waarom zou je de smaken niet combineren?

Ze nam zich voor dat met Beatrice te bespreken. Als het idee haar beviel, zou ze Alexander samen met Beatrice een beetje bewerken en met een piepklein leugentje een zetje geven. Beatrice deed vast mee.

Het plan om met een trucje vernieuwingen in het bedrijf door te voeren had Corinne even daarvoor opgevat toen ze bij Emotion had gezeten. Waarom was ze daar niet eerder op gekomen? Doordat Beatrice op haar hand was, had ze een joker in handen; ze had tot dusverre alleen verzuimd die in te zetten. Dat ging vanaf nu veranderen. De koffieprinten zouden de eerste poging zijn die ze ging wagen.

Alexander mocht dan al langer meewerken in het bedrijf, hij kende alle processen nog lang niet en dat was ook helemaal niet mogelijk. Haar vader had zich niet bij al zijn plannen in de kaart laten kijken, wist ze van Beatrice. Waarom zou hij niet op het idee gekomen zijn om koffieprinten op de markt te brengen? Beatrice zou Alexander kunnen vertellen dat de koffiebaron haar de opdracht had gegeven informatie te verzamelen en dat het nu misschien een goed moment was om de plannen te realiseren.

Corinne was ervan overtuigd dat Alexander geen enkel bezwaar zou hebben als het idee van hun vader kwam. Was het echter van Corinne afkomstig, dan zou hij het van de hand slaan voordat ze het woord koffieprinten helemaal had uitgesproken. Hij leek vastbesloten niets van wat zijn jongere zus opperde aan te nemen. Of met andere woorden, hij leek vastbesloten de lijn van de koffiebaron tot in het kleinste detail te volgen.

Corinne had er intussen telkens weer over nagedacht en de situatie vanuit alle mogelijke perspectieven onderzocht. Ze vond het moeilijk om het allemaal niet persoonlijk op te vatten, maar het was inderdaad mogelijk dat Alexanders gedrag uitsluitend het gevolg was van de wens om van zijn vader eindelijk de erkenning te krijgen waarop hij zijn hele leven had gehoopt.

Het tragische daaraan was dat Corinne ervan overtuigd was dat haar broer bitter teleurgesteld zou worden. Ze kende haar vader goed genoeg om te weten dat hij gegarandeerd in een mum van tijd en als eerste fouten zou vinden die Alexander en Corinne tijdens zijn afwezigheid gemaakt hadden, welke weg ze ook hadden ingeslagen.

Hadden ze vastgehouden aan de uitgestippelde lijn, dan zou hij zeggen dat hij meer dynamiek en eigen initiatief had verwacht. Hadden ze een aantal van de door Corinne gewenste veranderingen ingevoerd, dan zou hij gegarandeerd zeggen dat ze beter trouw hadden kunnen blijven aan de lijn in plaats van te experimenteren.

Voor Corinne zelf was dat geen probleem, ze had zich allang neergelegd bij de handelwijze van haar vader. Ze voelde zich niet gekwetst, omdat ze het niet persoonlijk opvatte. Sinds ze geen kind meer was, had ze haar vader geregeld getrotseerd en verhitte discussies met hem gehad. Soms had ze zelfs het gevoel dat dat juist was wat haar vader zo aan haar waardeerde. Dat ze een eigen mening had en daarvoor opkwam, ook als die niet overeenkwam met de zijne.

Maar Corinne had veel medelijden met Alexander, want hij trok zich alle kritiek erg aan. Wat hij ook deed, hij kon eigenlijk alleen verliezen.

Daarom verschanste hij zich tegenover haar waarschijnlijk ook achter dat aalgladde, arrogante masker. Met zijn huidige strategie zou hij op den duur echter niet alleen de gehoopte erkenning van zijn vader niet krijgen, hij zou op een gegeven moment ook bereiken dat zij, Corinne, zich van hem afkeerde.

Het waren weinig fraaie gedachten die door Corinnes hoofd spookten tijdens haar wandeling naar die interessante kleine branderij. Vastberaden schudde ze de duistere gedachten van zich af en concentreerde zich weer op datgene wat haar motiveerde om die brander te bezoeken: dat Susan zo enthousiast over hem was en met hem dweepte.

Door het raam kwam warm licht naar buiten, dat op de straatstenen voor de winkel viel. NOAH ENGEL – KOFFIE MET PASSIE stond er met grote krulletters op de etalageruit. Voor ze de klink naar beneden drukte, gluurde Corinne nieuwsgierig de kleine ruimte in.

Eerst dacht ze dat er niemand was, daarna ontdekte ze iets verder achterin een jongeman. Corinne schatte hem eind twintig, intuïtief was ze ervan overtuigd dat hij de eigenaar, Noah Engel, moest zijn. Hij zat voorovergebogen aan een werktafel en kwam heel geconcentreerd over. Op tafel stond iets wat eruitzag als een grote trechter. Met snelle bewegingen was Noah iets – koffie? – aan het sorteren en hij veegde tussendoor telkens weer over de tafel. Corinne kon niet exact zien waarmee hij bezig was, maar ze had een vermoeden. Een dergelijke sorteertafel had ze bij Fernando in zijn kleine brandruimte ook gezien.

De man droeg een lichte trui, een spijkerbroek en een donkerbruin keukenschort. Door de schaduw die eroverheen lag, kon Corinne zijn gezicht niet goed onderscheiden. Toen ze de klink uiteindelijk naar beneden drukte en de deur opende, kwam de warme geur van vers gebrande koffie haar tegemoet. Ze snoof die op, onwillekeurig haar neus een beetje krullend.

'Mmm!' zei ze, en het was eruit voor ze er iets tegen had kunnen doen. Het rook gewoon te verleidelijk.

De man hief zijn hoofd op en glimlachte naar Corinne. Niet alleen zijn mond, ook zijn ogen lachten.

'Ik ben zo bij je,' zei hij, en zijn stem was even warm als het aroma van de koffie dat haar omhulde. Het was een perfecte harmonie. Nu hij zijn hoofd optilde, kon Corinne dat ook goed zien. Susan had niet overdreven toen ze zei dat Noah een 'lovely *sugarpiece*' was, al zou Corinne dat zeker niet zo geformuleerd hebben. Hij zag er inderdaad verdraaid goed uit. Corinne werd op slag verliefd op zijn korenbloemblauwe ogen.

Noah had donkerblond haar. Aan een pluk haar die was losgesprongen uit de in zijn nek samengebonden staart zag ze dat het tot op zijn schouders kwam. Corinne vond dat heel aantrekkelijk. Zou hij zijn klanten altijd tutoyeren? Of had Susan hem verteld dat zij zou komen? Nee, die gedachte verwierp ze meteen weer, dat zou Susan niet doen, waarom zou ze?

'Geen probleem, ik heb geen haast,' antwoordde Corinne beleefd, en ze gebruikte de tijd om rond te kijken. Links was een kleine bar met drie krukken ervoor. Alles was in bruintonen, van heel licht tot bijna zwart. Daarachter zag ze kopjes en een aantal porseleinen filters. Ook stond er een rij cafetières, die erop leken te wachten dat ze werden ingezet. Boven de bar hing een bord dat qua kleur op de inrichting was afgestemd. Corinne las de tekst en voelde zich spontaan nog meer welkom dan ze zich toch al voelde:

Welke huidskleur je ook hebt,
welke geloofsovertuiging je ook aanhangt,
wat je seksuele voorkeur ook mag zijn,
hoe je er ook uitziet of hoe jong of oud je ook bent.
Je bent een mens en hier ben je welkom.
laten we samen koffiedrinken.

Ze glimlachte en liet haar blik verder dwalen. Naast Noah stond een trommelbrander die er bijna net zo uitzag als die van haar opa. Corinnes hart maakte een sprongetje van vreugde. Ineens voelde ze tranen in haar ogen springen, en ze dwong zichzelf diep in te ademen. Het zou heel pijnlijk zijn als ze nu in tranen zou uitbarsten, dat mocht niet gebeuren. Tegen de muur achter de brander stonden een paar koffiezakken. Daar wilde ze meer van weten en ze was blij met de afleiding.

'Mag ik?' vroeg ze, op de zakken wijzend.

'Ga je gang. Ik ben zo klaar, dan leg ik de opschriften graag uit,' luidde het prompte antwoord van Noah.

Corinne kwam dichterbij en nu zag ze dat haar vermoeden juist was geweest: Noah sorteerde daar aan tafel koffie. Met de hand! Bij hen in het bedrijf hadden ze machines voor die stap in het productieproces. Maar voor een klein ambachtelijk bedrijf was een sorteermachine veel te duur, dat kon bij de verhoudingsgewijs kleine hoeveelheid koffie niet uit. Bovendien was hier niet voldoende plek, dan had je grotere ruimtes nodig, waardoor ook de huur hoger zou zijn.

Eén ding had Corinne tijdens haar studie bedrijfskunde geleerd: ook al deed je je werk vanuit passie, dan nog moest je op bepaalde punten per se economisch denken. Aan de ene kant had je de vaste kosten, maar aan de andere kant ook de investeringen. Een machine moest binnen een redelijke termijn rendabel zijn, anders was het een verkeerde investering.

Gefascineerd observeerde Corinne hoe de handen van Noah zich over de op het tafelblad verspreide koffiebonen bewogen en zijn vingers de bonen bliksemsnel heen en weer schoven. Al snel had ze het systeem begrepen. Noah schoof steentjes en andere onregelmatigheden naar de tafelrand. Was hij klaar met het doorzoeken van een bepaalde hoeveelheid, dan veegde hij de gezuiverde bonen met een snelle zwaai over de rand van de tafel in een eronder staande bak. Daarna bediende hij een hendel aan de houten trechter, die nog voor ongeveer een derde met koffiebonen gevuld was, opende met die hendel een klep en liet de volgende lading bonen op de tafel glijden. Het sorteren begon weer van voren af aan.

Helemaal geboeid stond Corinne toe te kijken. Van pure fascinatie was ze vergeten dat ze zich interesseerde voor de opschriften op de koffiezakken.

'Klaar,' verkondigde Noah even daarna, en hij keek Corinne stralend aan. 'Bedankt voor je geduld. Zo hoef ik straks niet opnieuw te beginnen. Dat was de laatste hoeveelheid van deze batch.'

Weer viel haar op dat hij haar heel vanzelfsprekend tutoyeerde. Corinne vond dat erg sympathiek. Noah leek heel open te zijn. Toen viel haar blik op een ander bord, dat boven de sorteertafel hing, en ze kon een glimlach niet onderdrukken:

Hier zeggen we gewoon jij tegen elkaar.

Noah hield kennelijk van spreuken, en vanuit haar ooghoek ontdekte Corinne nog meer bordjes en kaarten, maar omdat Noah op haar afkwam, had ze niet de mogelijkheid ze van dichterbij te bekijken. Even keek hij haar onderzoekend aan, alsof hij haar wilde doorgronden, waarna hij zei: 'Ik ben Noah. Heb je een speciale wens? Kan ik je iets laten zien, wil je een specifieke soort proeven?'

'Hallo, Noah, ik ben Corinne, om eerlijk te zijn...'

'Corinne?' vroeg hij, en Corinne was dankbaar dat hij haar had onderbroken, want ze wist helemaal niet wat ze wilde en wat ze tegen hem moest zeggen. 'Zeg eens, ben jij de Corinne over wie Susan me heeft verteld? Van Ahrensberg Koffie?'

Susan? Wat had ze dan in vredesnaam verteld? Noah sprak de naam van zijn concurrent in elk geval zonder enige ondertoon uit, stelde ze opgelucht vast. Daarmee was de vraag of ze zich bekend zou maken in elk geval opgelost.

'Ik weet eigenlijk niet of ik wel wil weten wat Susan je heeft verteld,' zei Corinne, en ze lachte. 'Maar je vermoeden is juist, ik ben Corinne Ahrensberg.'

Noah grijnsde en zijn ogen fonkelden geamuseerd. 'Nou, dan hoef ik jou vast niets over koffie te vertellen,' zei hij. 'Leuk dat je een keer een kijkje komt nemen in mijn koffieparadijs.' Hij maakte een groot gebaar. 'Natuurlijk niet te vergelijken met de afmetingen waar jij waarschijnlijk aan gewend bent.'

'Ik denk dat niet alleen de afmetingen, maar ook de manier van werken en waarschijnlijk ook de koffiesoorten anders zijn. Susan heeft me vandaag een van je specialiteiten voorgezet. Je geisha arabica. Ik geloof dat ik daarom bij je terecht ben gekomen.' Ze haalde kort haar schouders op en zei: 'Vraag me niet wat me er exact toe heeft aangezet, maar ik wilde de man achter die bijzondere koffie leren kennen.' Ze keek hem recht in de ogen. 'Misschien kunnen we van gedachten wisselen. Ik zou echt graag nog veel meer over het ambacht van het branden van koffie willen leren. Bij ons gaat alles zo geautomatiseerd en machinaal en natuurlijk op veel grotere schaal. Ik bedoel, niet dat je een verkeerde indruk krijgt. We maken geweldige koffie en natuurlijk behandelen we, ik bedoel, we...'

'Ontspan je, Corinne, ik geloof dat ik je al begrepen heb. Het is allemaal wat te groot om het branden vanaf nul te leren. En waarschijnlijk heb je ook niet veel ruimte voor experimenten, klopt dat?'

Corinne kon het niet geloven. Die Noah Engel kende haar net een paar minuten en met een paar woorden had hij haar en haar behoeften geanalyseerd. Was dit echt of droomde ze? Ze had het gevoel dat ze hier bij Noah Engel, de man met passie voor koffie, exact kon vinden wat ze in hun familiebedrijf tekortkwam.

'Weet je wat?' zei Noah nu. 'Ga zitten. Ik ga eerst thee voor ons zetten.'

Corinne keek verbaasd op. Had hij echt thee gezegd? Maar toen lachte Noah om zijn eigen grap, en Corinne lachte met hem mee.

'Hoewel goede thee ook niet te versmaden is,' zei ze, terwijl hij met de koffiemolen in de weer ging.

Ze ging aan de bar zitten en keek toe hoe Noah trefzeker koffie maakte. In een mum van tijd stond er niet één kopje voor Corinne, maar waren het er drie geworden.

Met Noah over het vak praten, ontspannen kletsen en lachen, het ging vanzelf. Algauw had ze het gevoel dat ze elkaar al jaren kenden. En als vanzelf ontstond er een idee hoe kleine branderijen en Ahrensberg Koffie samen zouden kunnen werken.

Toen Corinne de branderij verliet, was het al vroeg in de avond. Opgewekter en gelukkiger dan ze in lange tijd was geweest, ging ze op weg naar het ziekenhuis.

Ze zou een nieuwe tak van Ahrensberg Koffie beginnen. Eindelijk kon ze Fernando en de andere kleine boeren ondersteunen. Corinne had haar doel helder voor ogen en was vastbesloten zich wat dit betreft niet door Alexander te laten tegenhouden.

Hoofdstuk 9

In het ziekenhuis

Aken • Aachen • Oche • Aix-la-Chapelle • Aquae Granni

Heden: november

Het warme gevoel dat door Corinne heen stroomde als ze aan Noah en zijn prachtige kleine branderij dacht, werd versterkt toen ze aan het ziekbed van haar vader zat en vocht tegen haar vluchtinstinct. Uit de cd-speler klonk zacht een pianoconcert. Dat overstemde het gepiep van de apparaten weliswaar niet, maar de zachte klanken maakten de geluiden wel iets draaglijker.

Het gesprek met Noah en haar bezoek aan zijn branderij hadden Corinne ongelooflijk geïnspireerd. Ineens voelde ze zich weer sterk, ze had het gevoel dat ze leefde en zat boordevol enthousiasme om de hindernissen te nemen die het leven haar in de weg legde.

Wat Noah met zijn ambachtelijke branderij belichaamde, was precies waar Corinne naar op zoek was voor hun bedrijf. De liefde voor het bijzondere, de rust om iets te beginnen en uit te proberen, de passie voor koffie die in alle handelingen doorklonk en voelbaar was.

Natuurlijk was dat bij Ahrensberg Koffie ook allemaal te vinden, Corinne wilde echt niet unfair zijn. Maar het geheel werd er niet meer door bezield, je vond het alleen nog gefragmenteerd: op de afdelingen, bij de mensen. Iedereen stond nog in vuur en vlam voor zijn eigen vakgebied, ze hadden uitstekende medewerkers, die hun werk met hart en ziel deden en op wie ze konden vertrouwen. Maar op de bovenverdieping, op directieniveau, ging het veel meer om cijfers dan om de magie van koffie. Daar voelde Corinne niet veel meer van de passie die ooit de basis was geweest voor de oprichting van het bedrijf. Noah had echter alles in eigen hand, wat op haar de indruk maakte dat zijn enthousiasme voor koffie daardoor gebundeld en versterkt werd.

Maar ging dat altijd per se zo? Als een bedrijf zo groot was als Ahrensberg Koffie, was het automatische gevolg dan verlies van identiteit en passie? Waren die gevoelens inderdaad gekoppeld aan een bepaalde bedrijfsgrootte? Corinne wist het niet goed, maar ze hoopte dat het meer de schuld was van de prestatiedruk, die het leiden van zo'n grote onderneming onvermijdelijk met zich meebracht. De familie Ahrensberg droeg immers niet alleen de verantwoordelijkheid voor zichzelf, maar ook voor haar werknemers en toeleveranciers. Ze mochten het bestaan van mensen die van hen afhankelijk waren niet in gevaar brengen door zich op nieuwe zakelijke terreinen te begeven.

Als er bij Noah iets mislukte, benadeelde hij alleen zichzelf. Daar kwam nog bij dat hij zijn ideeën op veel kleinere schaal kon uittesten. Ahrensberg Koffie kon het zich niet permitteren tests met piepkleine hoeveelheden te doen. Hun machines waren berekend op grote leveringen. Ging er op die schaal iets mis, dan kon dat fatale gevolgen hebben, terwijl het probleem zich bij Noah beperkte tot één batch.

En misschien, ook die mogelijkheid nam Corinne in overweging, was er in de loop van alle jaren dat haar vader al het familiebedrijf leidde een zekere bedrijfsblindheid in geslopen. Alexander voer nog geen eigen koers, hij moest zich eerst zien te bevrijden van zijn emotionele afhankelijkheid van hun vader, dan zou blijken in welke richting hij het bedrijf werkelijk, en vanuit zijn eigen inzichten, zou sturen.

Corinne dacht terug aan de tijd toen hun vader zijn vader was opgevolgd. Ze was toen natuurlijk nog maar een kind geweest en had slechts een klein beetje van wat er in het bedrijf speelde, opgevangen. Door haar hechte band met haar opa meende ze zich echter te kunnen herinneren dat het hem nog gelukt was om beide te verenigen: winstgevendheid en passie.

Hij was een zeer goed zakenman geweest, maar hij had daarnaast dezelfde grote liefde voor koffie gehad als Corinne.

Voor hun vader was de leiding van het bedrijf een erfenis die hij had aanvaard. Corinne was ervan overtuigd dat hij er nooit aan had getwijfeld of hij zijn vader zou opvolgen, maar had hij dat ook echt gewild? Of was het meer een kwestie van plichtsbesef of zelfs van gemakzucht geweest? Had hij ook de passie voor koffie van zijn vader geërfd en was hij die alleen tijdens al die jaren uit het oog verloren of was hij vanaf het begin vooral in de zakelijke kant geïnteresseerd geweest? Als hij het bedrijf niet had overgenomen, was hij misschien een heel ander mens geworden. Had hij een droom gehad en die uit plichtsbesef opgeofferd?

Corinne wist het niet. Het was tot op heden zelfs niet bij haar opgekomen om daar vragen over te stellen, constateerde ze verbaasd. Waarschijnlijk omdat ze zichzelf die vragen aan het begin ook niet gesteld had.

Sinds ze kon denken, had ze zich verheugd op de dag dat ze eindelijk mee mocht werken in het bedrijf – ook al had ze dat zich altijd heel anders voorgesteld dan het nu was verlopen. Daar had niemand schuld aan, iedereen kon ziek worden, het leven verliep vaak anders dan mensen het hadden gepland. Ondanks het stuntelige begin zou ze haar plek in het familiebedrijf bevechten.

'Houdt papa eigenlijk van koffie?' vroeg Corinne in een impuls aan haar moeder, die aan de andere kant van het bed zat te lezen. Haar moeder liet haar boek zakken en keek Corinne verbaasd aan. Het duurde maar even, toen had Esther Ahrensberg de betekenis achter Corinnes vraag begrepen. Haar gezicht werd zacht, ze glimlachte en knikte.

'Je bedoelt alles wat eromheen zit? De teelt, de soorten, het branden? Ja,' zei ze. 'Hij toont dat op een andere manier dan jij en waarschijnlijk hanteert hij andere maatstaven dan je opa. Voor je vader spelen naast de koffiebonen ook winstgevendheid en een continue opbrengst en kwaliteit een grote rol. Daar ging je opa wat anders mee om, hij speelde flexibel in op de ontwikkelingen in de koffieteelt en testte vaak ook nieuwe soorten uit. Hij handelde tijdelijk in bepaalde koffies en paste het aanbod telkens aan. Dat vond je vader echter te risicovol, vanuit zijn opvatting dat je op die manier geen stabiel groot bedrijf kunt opbouwen. En hij is er tot op heden van overtuigd dat je klanten alleen met een constante goede kwaliteit aan je kunt binden. Als de koffie de ene keer een warme, diepe smaak heeft en de volgende partij bezit een hoge fruittoon met veel zuur, raakt de consument in de war en is misschien zelfs teleurgesteld, omdat het product niet aan zijn verwachtingen voldoet. Papa's succes spreekt voor zich, zou ik zeggen. Hij heeft een relatief klein bedrijf overgenomen en in de loop van de decennia tot de Duitse marktleider gemaakt. Zo slecht kan zijn strategie dus niet zijn geweest.' Ze stopte even en keek peinzend naar haar man voordat ze verderging. 'Ook al was je vader het op dat punt oneens met je opa, de liefde voor koffie heeft hij zeker van hem overgenomen. Het was niet maar een bedrijf dat hij had geërfd, het was de passie die weer een generatie werd doorgegeven. Die is al die jaren zijn drijfveer geweest.'

De glimlach van haar moeder werd breder toen ze met een blik vol liefde en trots naar Corinne keek. 'Ik zou zeggen dat jij de derde generatie bent die het zogenaamde "koffiegen" heeft.'

Op zo'n uitgebreid antwoord had Corinne niet gerekend, maar ze was er blij mee. Door de woorden van haar moeder voelde ze zich ineens inniger verbonden met haar vader dan in lange tijd. Met die stijfkop, die hier nog steeds roerloos naast haar in het bed lag.

Ze glimlachte en vroeg zich af of hij het wel merkte dat Alexander en zij hem dagelijks bezochten, dat zijn vrouw zo'n beetje in het ziekenhuis woonde en elke dag uren bij hem zat en zich om hem bekommerde.

Nadat Corinne zichzelf had overwonnen en inderdaad vandaag eens een keer niet kort na aankomst weer was gevlucht, week de beklemming die haar comateuze vader bij haar opwekte heel langzaam, om plaats te maken voor een bijna vredig gevoel.

Dit was een verschrikkelijke situatie, maar als familie doorstonden ze die samen, en dat was gezien de tragiek echt een geschenk.

Hier aan het bed van haar vader was ook de strijd die Alexander en zij in het bedrijf uitvochten niet belangrijk. Hier telde alleen de familieband en liefde.

Liefde, dacht ze, en ze dacht meteen aan de spreuk die ze bij Noah op een kaartje had gelezen. LIEFDE EN KOFFIE MAKEN ALLES GOED. Ja, dacht ze. Dat klopt. Alles kwam weer goed. Hoe dan ook. Die gedachte had iets heel troostends. Je kon er natuurlijk over discussiëren wat 'goed' uiteindelijk betekende, maar dat wilde Corinne op dit moment helemaal niet.

Ze moest aan haar opa denken. 'Alles is wel ergens goed voor, lieverd.' Ze hoorde zijn stem in haar oor alsof hij naast haar zat.

Terwijl ze in gedachten verzonken was, kwam Alexander zachtjes de kamer binnen. Hij gaf hun moeder een zoen en knikte naar Corinne. Daarna trok hij een stoel naast die van hun moeder en ging zitten.

'Mama, wil je niet even rustig iets eten of gaan wandelen? Dan blijven Alexander en ik hier zolang,' stelde Corinne voor.

'Dank je, krullenkop, maar de verpleegkundigen hier zijn heel aardig. En tja, sinds jullie vader hier ligt, krijgen ze waarschijnlijk ook veel taart en lekkers,' voegde ze er zachtjes gnuivend aan toe. 'Klara komt hier elke dag met een gevulde mand en voorziet het hele team. Ik heb zonet al een stuk taart en een kopje koffie gehad, dat is genoeg. Bovendien hebben ze de narcosemiddelen inmiddels stapsgewijs afgebouwd, jullie vader kan elk moment bijkomen, ik wil hem niet graag alleen laten. Vertel me liever hoe het intussen op het bedrijf loopt, nu jullie hier toch allebei zijn. Ik weet zeker dat dat jullie vader ook interesseert.'

Alle drie wendden ze hun blik tot het bleke gezicht op de kussens. Corinne snikte en vocht tegen haar tranen. Ze betwijfelde ten zeerste of haar vader iets opving van hun gesprek. Maar ze wilde haar moeder de hoop niet ontnemen.

'Alles loopt prima,' legde Alexander met vaste stem uit. Hij keek niet meer naar zijn bewusteloze vader, maar praatte tegen diens hand, die op het dekbed lag. 'De kerstverkoop is al in volle gang. Thomas Feldmann had een paar uitstekende ideeën voor advertenties en andere reclame-instrumenten. Voor dit jaar is het niet meer gelukt, maar volgend jaar brengen we een adventskalender op de markt, natuurlijk met Ahrensberg-producten. Ik heb met de afdeling Productie gesproken; we gaan speciaal daarvoor pakjes met vijftig gram koffie afvullen. Daar komen nog de zoete producten bij die we in ons assortiment hebben en in elke kalender zit een van onze mokken verstopt. De exacte samenstelling is nog onbeslist, tot nog toe hebben alleen de voorgesprekken plaatsgevonden. Misschien ontwerpen we ook nog speciaal voor de kalender een kopje. Thomas en ik hebben de eerste ontwerpen gemaakt en gaan dit in het voorjaar opstarten, zodat we alles op tijd bij elkaar hebben om het in het najaar uit te leveren.'

Moeder glimlachte. 'Dat klinkt goed.' Ze keek naar haar man. 'Wat vind jij ervan, Günther, de kinderen doen het echt super. Ze vallen voor jou in.' Ze drukte even zijn hand, daarna keek ze weer naar Alexander. 'Ik ben blij dat jullie het eindelijk weer hebben bijgelegd,' zei ze, een korte, onderzoekende blik op Corinne werpend.

Corinne staarde haar broer met open mond aan. Thomas Feldmann en Alexander... Waarom wist *zíj* niets van die plannen? Hij had haar weer eens heel bewust overal buiten gehouden en dit idee samen met de man van marketing uitgedokterd. Eerst wilde ze protesteren, maar daarna schoot haar te binnen dat ze aan het ziekbed van haar vader zaten. Bovendien was het een goed idee. Maar dat zou ze Alexander natuurlijk niet meteen aan zijn neus hangen. Niet na alles wat hij zich tegenover haar allemaal had gepermitteerd.

Ze bewonderde hem wel een beetje om zijn strategie. Hier in het ziekenhuis zou ze geen scène schoppen, dat wist hij maar al te goed. Een perfect moment dus om zijn idee te lanceren en te voorkomen dat ze weerwoord kon bieden. Maar wat Alexander kon, dat kon zij ook. Luister dus maar en verbaas je, broertje, over wat die krullenkop van je allemaal in petto heeft, dacht ze.

'Ik was vandaag bij Noah Engel, in de kleine branderij bij de Marschiertor. Echt een fantastische zaak, moet ik zeggen.'

Alexander deed zijn mond open, maar Corinne gaf met een korte hoofdbeweging te kennen dat ze nog niet klaar was. Hij accepteerde dat gebaar nog ook – waarschijnlijk net zoals zij even daarvoor, met het oog op hun moeder en de hele situatie. Corinne vond het best. Met vaste stem en zonder ook maar enige aarzeling ging ze verder: 'Toen ik in Brazilië was, heb ik erover nagedacht hoe we Fernando zouden kunnen ondersteunen. Jullie weten dat de onderwerpen koffieteelt, duurzaamheid en eerlijke handelsvoorwaarden voor mij heel belangrijk zijn.'

'Ga je nu ook nog zeggen dat wij oneerlijk zijn?' stoof Alexander op, Corinne onderbrekend.

Maar ze glimlachte vriendelijk naar hem en liet zich niet van haar stuk brengen. 'Nee, Alexander,' antwoordde ze nadrukkelijk. 'Dat zeg ik niet. Met Fernando gaat het goed, we betalen een faire prijs voor de koffie en de voorwaarden zijn oké. Maar net als ik heeft hij een droom die er anders uitziet dan enorme koffievelden en monoculturen. Een deel van de plantage is niet geschikt voor machines, daar teelt Fernando exquise koffiesoorten die handmatig worden geoogst en die hij tot nog toe zelf verhandelt. Dat is een belangrijke pijler voor hem, maar het is ook lastig. Vaak wordt hij flink afgeknepen wat de prijs betreft. Hij heeft ook meegemaakt dat handelaren achteraf beweerden dat de kwaliteit niet in orde was en gewoon niet betaalden. Ze gokken erop dat hij het daar als kleine plantagepachter bij laat zitten en komen er nog mee weg ook. Of liever gezegd, ze kwamen ermee weg. Inmiddels vraagt Fernando vooraf een bankgarantie, maar dat betekent natuurlijk extra werk, waardoor de winst lager uitvalt. Bovendien is de bureaucratie vaak een probleem, net als in Duitsland. Wij ergeren ons al vaak aan kortzichtige regels, maar wij hoeven ons geen zorgen te maken over ambtelijke willekeur, die daar juist aan de orde van de dag is.'

Corinne was steeds sneller, steeds hartstochtelijker gaan praten. Ze stopte en haalde diep adem. Bij de onderwerpen fair trade en milieubescherming werd ze te snel boos, ze dwong zichzelf ter zake te komen. 'Om een lang verhaal kort te maken, ik zou het fantastisch vinden als we naast de door ons gebrande koffie ook geselecteerde premiumkoffiesoorten als groene producten in ons assortiment zouden opnemen. Het aantal kleine ambachtelijke koffiebranderijen groeit sinds een aantal jaren gestaag. Dat is de trend. We moeten die kleine bedrijven niet als concurrent zien, maar manieren zoeken om onze eigen plek daarin te vinden. Die kleine branderijen zijn daarom onze nieuwe extra doelgroep. Het zou veel eenvoudiger voor ze zijn om de koffie via ons te betrekken in plaats van die met veel moeite zelf te importeren. Ook de vrachtkosten zijn lager als je het transport concentreert op één plek en de bonen vanuit Duitsland verder verhandelt. Als we via de webshop ook nog kleine hoeveelheden groene koffie zouden verkopen, dan zouden we de doelgroep vergroten met de vele hobbybranders, die met kleine apparaten, die je inmiddels overal voordelig kunt kopen, ook willen proberen om zelf koffie te branden.'

Haar moeder trok haar wenkbrauwen op en knikte goedkeurend naar Corinne. Alexanders gezicht was somber en gesloten. Hij had zijn armen over elkaar geslagen en Corinne wist maar al te goed dat hij haar ideeën het liefst meteen van tafel had geveegd.

Omdat ze nu toch lekker op stoom was, besloot ze hem er ook meteen van op de hoogte te stellen dat ze Noah had uitgenodigd om de volgende dag het bedrijf te komen bezichtigen. Noah was nieuwsgierig naar de werkwijze van het grote bedrijf. Bovendien wilden ze de jacukoffie proeven die Fernando Corinne had gestuurd en een mogelijke samenwerking bespreken.

'Ik heb Noah morgen...' Ze werd onderbroken door een zacht gekreun. Iedereen draaide zijn hoofd om en hun moeder boog zich meteen over haar man heen. Günther Ahrensberg bewoog zich! Niet veel, maar onmiskenbaar. Zijn oogleden fladderden en zijn rechterhand trilde.

'Günther!' fluisterde Esther Ahrensberg fel.

'Papa,' riepen Corinne en Alexander met gedempte stem tegelijk. Hun vader rochelde en kokhalsde.

'Zuster,' riep Corinne, en ze drukte op de alarmknop. Niet dat het nodig was, want de verpleegkundigen en een arts kwamen al aangesneld en de bezoekers moesten de kamer verlaten.

Corinnes moeder wilde eigenlijk niet weg bij haar man, maar toch zwichtte ze.

Hoofdstuk 10

Een knallende ruzie

Aken • Aachen • Oche • Aix-la-Chapelle • Aquae Granni

Heden: november

Zonder eetlust zat Corinne op een stuk pizza te kauwen, dat in haar mond steeds groter leek te worden. Ze wist dat het eten hier altijd heerlijk was, maar vandaag smaakte het flauw en het deeg vond ze droog. Toch gaf Corinne de restauranthouder er niet de schuld van, ze wist maar al te goed dat het probleem bij haarzelf lag. Ze kon hier niet met Sebastian genieten van lekker eten, nonchalant kletsen en de dag op een prettige manier afsluiten terwijl haar vader in het ziekenhuis lag en niemand wist hoe het verder zou gaan.

'Hij is weer bij, Corinne. Dat is een begin, jullie moeten geduld hebben,' zei Sebastian, en hij herhaalde daarmee wat ze het afgelopen uur al een paar keer hadden besproken.

Weer bij, echode het bitter in Corinnes hoofd. Wat een groot woord voor de erbarmelijke toestand waarin haar vader nu verkeerde. De artsen hadden de beademing afgekoppeld. Hij kreeg nu alleen ter ondersteuning zuurstof via een slangetje in zijn neus. De volgende uren zou blijken of hij zelfstandig stabiel kon ademen, maar tot nog toe zag het er goed uit, zijn adem was niet gestokt. Dat was tot zover allemaal heuglijk nieuws.

Maar toen ze weer bij hem in de kamer mochten komen, was haar vader helemaal in de war geweest. Doordat hij geïntubeerd was geweest, waardoor zijn stembanden geïrriteerd waren geraakt, had hij niet kunnen spreken. Maar hij kon wel op vragen reageren, gebaren maken, knikken of met zijn hoofd schudden. Tot hun grote ontzetting had hij echter niemand herkend. Zijn kinderen niet, maar ook niet de vrouw met wie hij bijna vijftig jaar getrouwd was. De koffiebaron had een erg versufte indruk gemaakt en leek niet te begrijpen wie of waar hij was.

De artsen hadden geprobeerd de familie gerust te stellen, maar helaas zonder veel succes. Op de vele vragen van Corinne en haar moeder hadden ook zij alleen schouderophalend kunnen antwoorden. Niemand kon op dit moment een exacte diagnose stellen. Ze moesten afwachten. De volgende dagen zou blijken wat de gevolgen van de kunstmatige coma op zijn toestand waren en wat de schade als gevolg van de beroerte was. De symptomen van de langdurige narcose zouden relatief snel verbeteren, maar de gevolgen van de beroerte zouden voorlopig blijven, daarvoor zou hij de komende weken en maanden intensief moeten revalideren.

Er was sprake van een linkszijdige verlamming. Het was belangrijk dat er zo snel mogelijk met de revalidatie werd begonnen, had de afdelingsarts hun uitgelegd. De volgende dag zou een fysiotherapeute al met de eerste oefeningen beginnen.

Corinne vocht zich los uit de herinnering, terug naar Sebastian aan het tafeltje in de pizzeria. Ze dwong zichzelf door het waas heen te breken en glimlachte dankbaar naar haar vriend.

'Je hebt gelijk,' zei ze nadrukkelijk knikkend, alsof ze zichzelf wilde overtuigen. 'Hij is weer bij en de rest zal blijken.' Ze sneed nog een stukje van haar pizza af en stopte het in haar mond, voordat Sebastian haar eraan kon herinneren dat ze moest eten om gezond te blijven. Dat had hij die avond voor elke hap gedaan, alleen daardoor had ze tenminste een kwart van haar pizza naar binnen weten te werken. Het volgende kwart zou ze snel zonder extra aanmoediging opeten, ter wille van Sebastian.

'Nu moet je me over die branderij en die Noah vertellen,' vroeg Sebastian haar. Dankbaar ging Corinne in op de verandering van onderwerp en ze begon enthousiast over de kleine ambachtelijke koffiebranderij te vertellen.

Aanvankelijk deelde Sebastian haar enthousiasme. Hij luisterde aandachtig en stelde tussendoor vragen als hij ergens het fijne van wilde weten. Maar op een gegeven moment sloeg zijn stemming om.

'Lijkt me wel een opschepper, die Noah,' luidde zijn commentaar toen Corinne hem vertelde welke kwaliteitseisen Noah stelde en dat hij zijn batches met de hand sorteerde. Hij perste de woorden echt door zijn tanden in plaats van ze gewoon uit te spreken. Hij had rimpels in zijn voorhoofd, wat er voor Corinne overduidelijk op wees dat hij slecht geluimd was. Ze was tenslotte al zo lang met hem bevriend, dan leerde je iemand wel kennen. Sebastian was behoorlijk geïrriteerd.

'Wat? Een opschepper?' vroeg Corinne verbaasd. 'Hoe kom je daarbij?' Ze dacht erover na wat ze gezegd kon hebben dat Sebastian tot zijn conclusie had aangezet en zijn humeur had verpest.

Maar hij snoof alleen stuurs. 'Corinne, sorry. Die act van de lone wolf aan de sorteertafel. Al die spreuken in de winkel. Weet je zeker dat die vent niet een toneelstukje opvoert? Er bestaan natuurlijk allerlei kwaliteiten koffie, maar je kunt overal iets heel heiligs van maken. Uiteindelijk wil die Noah immers ook alleen maar geld verdienen. Net als iedereen.'

Corinne snoof verontwaardigd. Wat was er aan de hand met Sebastian? Zo wantrouwend en vooringenomen kende ze hem helemaal niet. Iets was hem echt volkomen in het verkeerde keelgat geschoten.

'Sebastian,' antwoordde ze nadrukkelijk. 'Wat is er met je? Heb ik iets verkeerds gezegd? Heb ik je boos gemaakt?' Corinne pakte zijn hand over de tafel en hield hem vast. Ze keek Sebastian recht in de ogen. Sebastian worstelde met zichzelf, dat zag je aan zijn mimiek. Hij was altijd al een open boek voor haar geweest en hij kon zijn gevoelens voor haar maar moeilijk verbergen.

Geconcentreerd observeerde Corinne zijn innerlijke strijd en ze haalde opgelucht adem toen er eerst in zijn ogen en meteen daarna ook om zijn lippen een lachje zichtbaar werd. Zijn voorhoofd was weer glad.

'Het spijt me,' zei hij verontschuldigend. 'Dat was oneerlijk. Ik ken Noah niet eens en moet niet zo snel met een oordeel komen. Misschien is me dat oprecht in het verkeerde keelgat geschoten.'

Corinne giechelde opgelucht. 'Susan vindt hem in elk geval een "lovely sugarpiece".'

Nu proestte Sebastian het uit en hij was weer helemaal de oude. 'O, mijn god, ze is kennelijk op jacht. Noah mag wel uitkijken, anders vangt Susan hem in haar netten.'

'Ze beweert dat ze geen interesse heeft,' antwoordde Corinne bij het vrolijke idee, 'maar ze kon de schittering in haar ogen niet voor mij verbergen. Ik denk dat ze hem echt aantrekkelijk vindt.'

'Nou, dan ben ik benieuwd hoelang het duurt voor die twee wat hebben.'

Corinne wilde ertegenin gaan. Susan mocht Noah dan een lekker ding vinden, en misschien zou ze hem zelfs wel willen versieren, maar ze had heel duidelijk gemaakt dat ze geen behoefte had aan een man in haar leven. Maar omdat Sebastian dat idee kennelijk wel beviel, liet Corinne hem maar in de waan dat dat een optie was.

'Wat doen we, nemen we nog een sambuca?' vroeg Sebastian, wat Corinne op andere gedachten bracht. Ze knikte en hij stak zijn hand op. Hij had de vraag eigenlijk niet hoeven stellen, want dit was hun slotritueel: elk bezoek aan hun stampizzeria eindigde zo. 'Twee sambuca's en een espresso, graag, Enrico,' luidde Sebastians bestelling.

Hoe goed Corinne het eten hier ook vond, de koffie was verschrikkelijk, dus moest Sebastian zijn espresso alleen drinken. Zoals altijd huiverde Corinne toen hij de eerste slok nam, en ze zei: ‘Dat jij die troep kunt drinken.’

Sebastian likte grijnzend de crema van zijn bovenlip. ‘Heel simpel. Mond open, espresso naar binnen, mond dicht en doorslikken,’ antwoordde hij – ook net als altijd. Op sommige momenten deden zij tweeën haar aan een oud echtpaar denken, zo goed kenden ze elkaar en waren ze op elkaar ingespeeld.

‘Morgen komt Noah naar ons bedrijf. Ik heb hem een rondleiding beloofd,’ vertelde Corinne een paar minuten later.

Sebastian, die net zijn laatste slok sambuca achterover had geslagen, verslikte zich en het duurde even voor hij weer goed kon ademhalen.

‘Kijk alleen uit met wat je hem laat zien, Corinne. Je kent die man niet, stel dat hij wil spioneren bij Ahrensberg Koffie?’

Corinne schudde haar hoofd zo hard dat haar krullen dansten en schaterde het uit. ‘Sebastian, jij moet verhalen gaan schrijven. Je hebt een sensationele fantasie. Noah draait al lang genoeg mee, die hoeft bij ons niet te spioneren. En wat dan nog?’ Ze schudde nog steeds haar hoofd.

‘Niet te goed van vertrouwen zijn, zeg ik alleen,’ luidde zijn korzelige commentaar.

Corinne had er geen zin in om verder op zijn vergezochte en volkomen uit de lucht gegrepen verdachtmakingen in te gaan. Ze had echt genoeg andere problemen aan haar hoofd. Wát hem op dit punt ook dwarszat, hij zou vast wel weer bij zijn verstand komen. Om het gesprek een andere wending te geven en de avond positief af te sluiten, veranderde ze van onderwerp.

‘Hoe is het eigenlijk met die Lara afgelopen? Dansen jullie nog of vrijen jullie al?’ vroeg ze grijnzend.

Sinds een paar weken trainde Sebastian duidelijk meer dan vroeger en hij was zelfs met zumba begonnen. De reden daarvoor was de nieuwe lerares met haar lange benen, blonde haar tot op haar billen en haar geweldige ritmegevoel. Sebastian had een oogje op haar, daarvan was Corinne in elk geval overtuigd. Hijzelf had het tot dusverre nog niet toegegeven tegenover Corinne en een verhaal opgehangen over ouder worden en een beginnend buikje. Ze geloofde er geen barst van.

Prompt begon Sebastian een beetje te blozen, maar hij pareerde haar vraag meteen: 'Jij weer. Hoezo vrijen? Het is niks, dat heb ik je toch al vaker gezegd. Lara is gewoon aardig, punt uit. Ik praat graag met haar. Ze is grappig en heel intelligent. Met de lessen financiert ze haar medicijnenstudie.'

Corinne wist niet goed wie hij nou voor de gek probeerde te houden: haar of zichzelf.

'Misschien moet ik me binnenkort ook een keer voor zumba opgeven,' ginnegapte ze. 'Dan kan ik de situatie eens checken.'

'Corinne, je bent niet wijs.' Sebastian tikte met zijn vinger tegen zijn voorhoofd en zond Corinne tegelijkertijd een luchtzoen.

'Vertel me iets wat ik nog niet weet,' diende ze hem van repliek.

Nadat Sebastian haar thuis had afgezet, was Corinne meteen naar haar kamer gegaan. Snel was ze onder de douche gesprongen en had daarna haar blauw-wit gestreepte lievelingspyjama aangetrokken. Ze genoot van het gevoel van het zachte flanel op haar huid. Nadat ze daarna nog de door Klara gebreide behaaglijke bedsokken had aangetrokken, ging ze in spanning in kleermakerszit op het dekbed zitten en trok haar tas naar zich toe.

Haar hart klopte van opwinding toen ze het dagboek dat ze van de zolder had meegenomen, eruit haalde en het voorzichtig in haar handen hield. Vol ontzag bekeek ze het bruine leren omslag, dat aan de randen behoorlijk versleten was. DAGBOEK, stond er op de voorkant. Aandachtig veegde Corinne met haar wijsvinger over de gestempelde en inmiddels bijna helemaal afgebladderde gouden letters en ineens had ze het gevoel dat haar opa vlak naast haar zat. Riep haar toetreding tot het familiebedrijf dat intense gevoel van nabijheid op? Corinne wist het niet, maar het was mogelijk. Ze had natuurlijk al die jaren geregeld aan haar opa gedacht, maar niet zo vaak als sinds de beroerte van haar vader.

Het leek alsof er voor de stap in de toekomst die ze met het bedrijf wilde maken een stap in het verleden nodig was. Ze zag in dat ze zich bewust moest worden van haar wortels om te kunnen vliegen.

Het was spannend om die wortels nu in haar handen te hebben. 'Opa, ik hoop dat je dit goedvindt,' fluisterde ze. 'Ik wil niet indiscreet zijn. Als het te persoonlijk word, lees ik eroverheen. Maar ik wil zo graag meer over je te weten komen. Dingen die je me toen niet kon vertellen omdat ik nog een kind was en later niet meer omdat je te vroeg bent gestorven. Misschien vind ik ze hier.'

Als ze esoterischer was aangelegd, dan had ze misschien verwacht dat het licht zou flikkeren of dat het gordijn zou bewegen als teken dat hij ermee instemde. Maar Corinne stond met beide benen op de grond. En toch had ze het gevoel dat ze haar opa bij zich had. Omdat ze in spanning zat, maar zich tegelijkertijd heel gelukkig voelde omdat ze dit boek in handen had gekregen, beschouwde ze dat als een soort toestemming.

Ze sloeg het dagboek op de eerste bladzijde open en begon te lezen.

Juni 1999

Mijn naam is Eberhard Ahrensberg. Ik ben de oprichter van Ahrensberg Koffie, maar ik ben vooral een man die terugkijkt op een druk en vervuld leven van nu bijna zeventig jaar. Terugblikkend wil ik zeggen: het was een goed leven en dat maakt me heel dankbaar. Maar er zijn ook donkere tijden geweest, vol pijn en verdriet; ook daaraan zal ik altijd terugdenken.

Nu ik het bedrijf heb doorgegeven aan mijn zoon Günther, heb ik eindelijk de tijd om al mijn herinneringen vast te leggen. Ik wil opschrijven wat mij belangrijk lijkt, brieven en foto's aanvullen met mijn persoonlijke gedachten en wat verloren lijkt nu samenvatten.

Voordat ik aan dit project begon, heb ik me natuurlijk afgevraagd waarom ik dat eigenlijk wilde. Dat heb ik mijn hele leven gedaan als ik aan iets nieuws begon. Ik wil niet lukraak ergens aan beginnen, maar doelbewust, volgens mijn levensmotto: alles is wel ergens goed voor. Die lijfspreuk heb ik overgenomen van mijn moeder, die me daarmee in de moeilijkste tijd van mijn leven – en in de zwartste tijd van Duitsland – moed insprak, zelfs als ze niet bij me was.

Bedankt, moeder. Ik weet dat je over me waakt en draag de herinneringen aan jou bij me, en ook daarvan wil ik er een aantal vastleggen.

Maar waarom? Het antwoord is complex en belicht niet alleen de zonnige kant van de familie. Ik voel me medeplichtig aan de misdrijven en gruweldaden van mijn vader. Ook al weet ik vanuit het perspectief van nu dat ik ze niet had kunnen voorkomen, toch bloedt mijn hart nog steeds als ik erover nadenk.

Als mijn verhaal, mijn herinneringen ertoe bij kunnen dragen dat ook maar één mens anders gaat denken, nadenkt over zijn daden voordat hij handelt, zijn haat overwint en openstaat voor anderen, dan is het belangrijk en goed dat ik dit boek schrijf.

Ik denk dat Corinne op een dag in het bezit van dit boek zal zijn. Ik weet dat ze het zal bewaren en zal weten hoe ze ermee om moet gaan.

Mocht tegen de verwachting in een ander familielid of zelfs een vreemde mijn schrijfsels in handen krijgen, dan vraag ik om respect. Wie het ook zal zijn, hij zal er het juiste mee doen.

Corinne legde het boek op haar benen en leunde achterover. Haar hart bonkte van opwinding. Haar opa had een voorgevoel gehad dat zij zijn memoires zou vinden.

Ze probeerde het stuk dat ze gelezen had te begrijpen. Haar opa maakte de balans op en leek tevreden te zijn met wat hij had bereikt en had beleefd. Maar in die woorden klonk ook veel verdriet en berouw door.

Kennelijk had hij schuldgevoelens. Corinne voelde zich bedrukt, ze was bang voor wat ze te lezen zou krijgen. Haar opa zou niets weglaten, ze was ervan overtuigd dat hij haar niet zou ontzien.

De verschrikkingen van de Tweede Wereldoorlog, de onmenselijke weg die de NSDAP, de SS, de Gestapo en hoe ze ook allemaal maar mochten heten, hadden gekozen, hadden Corinne al tijdens haar schooltijd wekenlang nachtmerries bezorgd. Het zou veel van haar vragen om zulke belevenissen uit de eerste hand te horen. Ze zou getuige zijn van de pijn die haar opa zijn leven lang met zich mee had moeten dragen. Ze zou zichzelf de tijd geven om langzaam aan de inhoud van het boek te wennen.

Voor vandaag zou ze proberen lichtere passages te vinden. Haar opa had vast ook iets over de tijd van de oprichting van het bedrijf geschreven. Daar was Corinne erg in geïnteresseerd. Zou ze in deze teksten de bevestiging vinden waar ze op hoopte?

Ze pakte het boek weer op en begon erin te bladeren.

Zenuwachtig keek Corinne op de klok, waarvan de wijzers steeds verder verschoven. Het was al kwart over tien en nog steeds geen Noah te zien. Om zeker te weten dat de klok niet voorliep, checkte Corinne de tijd op haar computer. Maar net als vijf minuten geleden kwamen de tijden ook nu overeen. Waar bleef hij toch? Ze hadden om tien uur afgesproken en Corinne had Noah als punctueel ingeschat.

Ongeduldig greep ze de hoorn van de telefoon, toetste de drie in en hoorde het toestel overgaan. Al na de tweede keer werd er opgenomen.

'Hallo, Emil, met Corinne. Ik wacht op mijn bezoeker, Noah Engel. Hij staat op de gastenlijst. Hij had er om tien uur al moeten zijn. Heb jij hem toevallig gezien?'

Natuurlijk niet, dacht ze meteen, en ze ergerde zich aan zichzelf, omdat ze ernaar vroeg. Als Noah was verschenen, had Emil haar wel geïnformeerd. Vreemden mochten het gebouw tenslotte niet zomaar betreden;

alle bezoekers moesten zich melden bij de ingang. Emil had een lijstje met aangekondigde gasten, andere bezoekers moesten hem uitleggen wat ze kwamen doen en Emil liet dan iemand van de betreffende afdeling komen om ze op te halen.

'O, meneer Engel is in het gebouw, Corinne. Hij was er vlak voor tienen. Ik had je willen bellen, maar Alexander was toevallig in de hal en heeft de bezoeker overgenomen. Hij wilde toch al naar boven en zou meneer Engel naar jou toe brengen. Dat is vreemd. Misschien zijn ze nog in gesprek en zijn ze de tijd vergeten. Zal ik Alexander bellen?'

'Dank je, Emil. Dat is niet nodig. Ik regel het zelf wel.'

Peinzend legde Corinne de hoorn neer. Was Noah bij Alexander? Wat had dat te betekenen? Ze kreeg er een akelig gevoel bij en wilde meteen weten wat er aan de hand was. Vastberaden stormde Corinne haar kantoor uit, naar Alexander toe. Ze klopte kort aan en liep meteen naar binnen – net zoals Alexander dat altijd bij haar deed. Alexander en Noah zaten in de besprekingshoek. Alexanders kantoor was bijna hetzelfde ingericht als dat van haar, maar hier was het interieur zwart en donkerrood en niet zoals bij haar in koffiekleuren.

'Corinne!' Alexander deed alsof hij verrast was, maar Corinne kreeg de indruk dat hij probeerde te verdoezelen dat hij in verlegenheid gebracht was. Het schuldgevoel was van zijn gezicht te scheppen.

'Alexander!' zei ze terug. Daarna liep ze op Noah af, die bij haar binnenkomst was opgestaan. Ze glimlachte naar hem en hij keek stralend terug, spreidde zijn armen uit, omarmde haar en gaf haar rechts en links een zoen op de wang. Ze begroetten elkaar als oude vrienden, al hadden ze elkaar pas de vorige dag ontmoet.

Meteen was het warme gevoel er weer dat Corinne de voorgaande dag al in zijn nabijheid had gehad.

'Wat doe jij hier?' vroeg ze hem, en ze wendde zich fronsend tot haar broer. 'Wat heeft dit te betekenen, Alexander? Ik wilde Noah het bedrijf laten zien, waarom houd je hem op?'

‘Je broer heeft het met mij over jullie bedrijfspolitiek gehad. Mijn behoeften lijken daar niet echt goed bij te passen.’

Corinnes ogen schoten vuur naar haar broer. Ze kon er niet bij. Waar bemoeide Alexander zich eigenlijk mee?

‘Op dit moment importeren we nog geen exclusieve soorten, dat klopt. Maar dat gaat veranderen. Ik heb je immers over Fernando in Brazilië verteld, met wie we vol vertrouwen samenwerken. Maar laten we het daar later over hebben. Wat zeg je ervan, zal ik je een rondleiding door ons domein geven?’

‘Ik heb meneer Engel ervan in kennis gesteld dat we ook in de toekomst niet met kleine branderijen samen zullen werken, omdat onze focus heel duidelijk op koffie ligt die we in eigen huis branden en op de markt brengen.’ Alexander was nu ook opgestaan. Hij keek Noah aan en zei: ‘Mijn zusje streeft soms haar doel voorbij als het haar ethische idealen en wensen betreft. Neemt u me niet kwalijk, meneer Engel, maar met betrekking tot de koffiehandel heeft ze u helaas valse hoop gegeven. Ahrensberg Koffie heeft een lange traditie, waaraan we zullen blijven vasthouden. U weet, traditie is de beste basis. Maar gaat u gerust met Corinne mee, zij kan u laten zien dat een grote koffieonderneming respectvol en verstandig met het product omgaat.’

Je hield het toch niet voor mogelijk! Corinne kookte van woede en was bang dat ze zou ontploffen. Nu ging Alexander echt te ver.

‘Noah, sorry. Mijn broer heeft helaas nog niet begrepen dat wij het bedrijf samen leiden en ook onze moeder nog inspraak heeft. Ze was gisteren erg weg van mijn idee om meer markten aan te boren. En jij, Alexander, zou je moeten schamen voor je achterbakse gedoe. Wat is er met je aan de hand? Zo langzamerhand ben ik je gedrag echt zat.’

‘Ik doe mijn best het bedrijf op koers te houden, krullenkop, dat is er met me aan de hand,’ snauwde Alexander haar toe. ‘Terwijl jij een romantische, ideale wereld najaagt. Een wereld die niet bestaat en ook nooit zal bestaan. Iedereen moet zien dat hij zichzelf redt. We zijn het Leger des Heils niet, dat de koffieboeren bij het handje houdt of concurrenten helpt hun problemen op te lossen. Wanneer dringt dat eindelijk tot jouw dromerige verstand door! Als papa weer beter is, zal hij tevreden zijn als we alles op koers hebben gehouden. Leveren aan kleine branderijen en koffietentjes zou de verkeerde weg zijn.'

Ineens voelde Corinne zich vreselijk moe. Ze was het eindeloze gediscussieer over niets enorm zat. Alexander zat zo gevangen in zijn eigen angst om niet te kunnen voldoen aan de eisen van de koffiebaron dat hij nog geen millimeter verder kon kijken dan zijn neus lang was.

'Weet je wat, Alexander? Ik heb het echt geprobeerd. Ik heb er heel mijn ziel en zaligheid in gelegd. Maar nu heb ik geen zin meer. Je doet niet eens je best me te begrijpen, laat staan dat je me serieus neemt en in mij een volwassen, gelijkwaardige partner ziet. We trekken allebei aan de touwtjes, maar kennelijk een andere kant op. En nu, beste broer, stop ik met touwtrekken en laat ik los. Mama moet maar een plaatsvervanger voor mij aanstellen of de hele leiding aan jou overdragen, mij maakt het niet uit. Ik wil geen ruzie meer met je maken, want het gaat namelijk eigenlijk helemaal niet om het bedrijf. Jij wilt simpelweg de baas spelen en de rest kan je niets schelen. Ik ga een pand zoeken, ik neem opa's oude brander mee en bouw mijn eigen bedrijf op. Idealistisch en romantisch en precies zoals mij dat het beste lijkt, als eigen baas, zonder dat ik me tegenover jou hoef te verantwoorden. Sorry, maar nu wil ik Noah het bedrijf laten zien. Zodra ik meer weet, informeer ik je over mijn verdere stappen.'

Corinne pakte Noahs hand en trok hem achter zich aan het kantoor van Alexander uit. Op de gang leunde ze tegen de muur, ze had het gevoel dat ze elk moment door haar knieën kon zakken, zo sterk had het haar aangegrepen. Ze sloeg haar handen voor haar gezicht en probeerde haar trillende lichaam onder controle te krijgen. Ze wilde nu absoluut niet in tranen uitbarsten. Het moest haar lukken om zich te beheersen, want daarmee benadrukte ze de kracht die ze zonet had getoond toen ze hem naar het hoofd slingerde dat ze de kwaliteiten bezat om zelf een bedrijf te leiden.

Noahs hand lag warm op haar schouder. Hij stond alleen maar naast haar en gaf haar de tijd die ze nodig had.

Had ze zonet echt afstand gedaan van haar positie in het familiebedrijf? Wat was er in haar gevaren? Haar opa had zo graag gewild dat ze hier zou werken. Hoe moest het nu verder?

Corinne begon te snikken en liet zich door Noah in zijn armen nemen.

Hoofdstuk 11

Terugkeer

Euweiler • Euwiller

Juni 1945

De oorlog was voorbij. Duitsland was verslagen, ingenomen door de geallieerden en opgedeeld in bezettingszones. Hitler was dood en de jarenlange terreur door hem en zijn handlangers was eindelijk voorbij.

Eberhard kon dat allemaal nog steeds amper begrijpen, zelfs niet toen hij weer vrij was en onderweg was naar zijn vaderland. Hij had zo lang naar het eind van de oorlog verlangd en nu was het eindelijk zover. Het zou nog lang duren tot de oorlogswonden – van de gebouwen en het land, maar vooral van de mensen – geheeld waren. De zichtbare, maar net zo goed de onzichtbare, waren van catastrofale omvang. De inwoners hadden dingen meegemaakt die een mens amper kon verdragen.

Ook Eberhard had veel meer verschrikkingen gezien en doorstaan dan hij zich vooraf had kunnen voorstellen. De werkelijkheid was eindeloos veel erger geweest dan zijn meest duistere fantasie. Elke nacht opnieuw achtervolgden de beelden hem. Zoiets genas niet van de ene op de andere dag. Zou het ooit wel genezen? Eberhard wist het niet. Dat zou de komende jaren blijken. Je kon echter zeker niet simpelweg de knop omdraaien en onbekommerd verdergaan waar je voor de oorlog, vóór Hitler, was opgehouden, hij niet en het hele land niet.

Maar daar wilde Eberhard nu niet over nadenken. Hij wilde het geluk van de vrede voelen, die nieuwe lichtheid, al was die misschien ook nog zo moeilijk te verdragen. De mensen hadden eindelijk weer een kans om zonder de onderdrukking van de nazi's te leven.

Onwillekeurig dacht Eberhards aan zijn vader. Hoe zou hij het einde van de oorlog ervaren? Eberhard had lang geen nieuws van thuis gekregen, een feit dat hem echt zorgen baarde, al wist hij natuurlijk dat de post onbetrouwbaar was en dat er in de chaos van de laatste maanden nog maar heel beperkt postverkeer had plaatsgevonden. Door de ontbrekende informatie uit het vaderland wist hij niets over de situatie in Euweiler, en vooral niets over die van zijn familie.

Had zijn vader de laatste nare maanden misschien eindelijk ingezien dat hij een monster achterna was gelopen? Dat hij in die tijd zelf een monster was geworden? En als hij dat had ingezien, zou hij dan de kracht vinden om de verantwoordelijkheid te nemen en schuld te bekennen? Dan zou Eberhard daarvoor echt respect hebben. Zoveel ruggengraat had Hitler niet gehad, die had de gemakkelijkere weg van de zelfmoord gekozen. Laf tot het einde was de Führer zichzelf trouw gebleven.

Na zijn vertrek uit Euweiler had Eberhard veel geluk gehad. Meteen op de avond van de eerste dag aan het front bij Calais was hij in Amerikaanse krijgsgevangenschap geraakt en de laatste maanden van de oorlog had hij in een Amerikaans kamp in Normandië doorgebracht. De Amerikanen hadden hun gevangenen heel correct behandeld, veel eten hadden ze niet gekregen, maar het was meestal voldoende geweest, niemand had lang honger hoeven te lijden. Er was geen sprake geweest van buitensporig geweld, zoals dat in andere kampen aan de orde van de dag was geweest, wat Eberhard wist van gevangenen die daarheen overgeplaatst waren en daarover hadden geschreven.

Hij was bevriend geraakt met Tom, een Amerikaanse soldaat uit Wisconsin. Tom had een Duitse oma, van wie hij de taal een beetje had geleerd, en Eberhard kende wat Engels, waardoor ze elkaar vrij goed begrepen. Tom was maar twee jaar ouder dan Eberhard en luisterde graag naar zijn *German Kumpel* als die over verre landen en koffie telen vertelde.

De kunst om mensen met reisverslagen af te leiden van de verwoestende werkelijkheid, waardoor het moreel in het kamp op een draaglijk niveau bleef, leverde Eberhard een aantal voordeeltjes op. Toen een deel van de gevangenen zou worden vrijgelaten, was hij, ook dankzij de bescherming van Tom, een van de eersten die zijn ontslagpapieren kreeg.

Tijdens zijn gevangenschap was Eberhard veel te weten gekomen over wat Hitler de mensen had aangedaan. Iets daarvan had hij in het klein in Euweiler al opgevangen, maar van de omvang van de verschrikkingen had hij geen idee gehad en ook nu nog kon hij dat amper bevatten. Zijn keel werd dichtgesnoerd als hij eraan dacht. Hij snapte het simpelweg niet. Telkens opnieuw probeerde hij het te begrijpen. Maar dat lukte niet.

Er waren medegevangenen die hem uitlegden dat het Hitler om het geld van de Joden te doen geweest was, maar ondanks die uitleg kon Eberhard zich er geen voorstelling van maken. Kon geld echt een reden voor zulke gruweldaden zijn? Kon de zucht naar materiële rijkdom een dergelijke minachting voor het menselijk leven mogelijk maken? Onvoorstelbaar.

Nooit had Eberhard verwacht dat hij nog eens blij zou zijn met iemands dood. Maar toen het nieuws van Hitlers zelfmoord het kamp bereikte, had hij samen met Tom luid gejuicht en hadden ze allebei gehuild van geluk. Tegelijkertijd schaamde hij zich ervoor, want ook al was deze man het vleesgeworden kwaad geweest, hij was wel een mens. Zijn opluchting was echter sterker geweest dan zijn schuldgevoel. Ze hadden gedanst en gelachen; samen met hun bewakers hadden ze gearmd Hitlers einde bejubeld. Om het te vieren was er die dag zelfs een speciaal rantsoen vlees voor de gevangenen geweest.

Stap voor stap sleepte Eberhard zich voort. Na vele dagen lopen en onrustige nachten had hij eindelijk de bebouwde kom van Aken bereikt. Nu was Euweiler niet ver meer. Eberhard was zijn gevoel voor tijd kwijtgeraakt. Ongeveer twee of drie weken was hij al onderweg, voortgedreven door de hoop om snel weer thuis te zijn. Zijn doorgelopen voeten hadden hem met de dag langzamer gemaakt, elke stap werd een kwelling, maar Eberhard liet zich niet kleinkrijgen, hoe uitgeput hij zich ook voelde. De laatste kilometers van Aken naar Euweiler wilde hij vandaag per se nog afleggen.

Overal op zijn weg door de stad zag hij mensen in de puinhopen wroeten in een poging hun laatste spullen te redden. Anderen sleepten stenen en probeerden het puin nog te gebruiken of stonden in de rij bij de weinige overgebleven winkels of uitgiftepunten voor levensmiddelen. De mensen die in de rij stonden, drukten het mapje met hun voedselbonnen tegen zich aan, zodat ze ze niet zouden verliezen of bestolen zouden worden.

Toen Eberhard een waterwagen passeerde waar de bewoners drinkwater konden halen, vulde hij zijn veldfles. Hij had dorst, hij voelde zich uitgedroogd. Gulzig dronk hij met grote slokken en vulde de fles opnieuw. Dat gaf hem weer wat energie, hij kwam weer tot leven.

De geallieerden hadden de stad bezet en de mensen probeerden wat er over was van het leven op een rijtje te zetten. De ontzetting die zich bij zijn tocht door Aken van hem meester maakte, snoerde zijn keel dicht. Hij had van de verwoestende aanvallen op de stad gehoord, dat was als een lopend vuurtje door het kamp gegaan. Veel medegevangenen kwamen net als Eberhard uit deze omgeving. Ze hadden elkaar gesteund, elkaar hoop gegeven als de vertwijfeling te sterk dreigde te worden. Als een van de gevangenen nieuws van thuis kreeg – als zijn familie nog in leven was, zijn huis nog overeind stond – dan steeg het moreel van iedereen.

Misschien was alles immers toch niet zo erg als de berichten deden vrezen? Tot het laatst had Eberhard hoop gehouden, maar intussen bereidde hij zich wat Euweiler betreft voor op het ergste. Wat hij hier in Aken aan verwoestingen en leed zag, was erger dan hij had gedacht. Waar vroeger luxevilla's de straten sierden, hadden bommen kraters achtergelaten en rezen puinhopen op. Stenen, hout, meubels, servies, kinderspeelgoed. Achter elk voorwerp zat een verhaal.

Eberhard worstelde verder, hij moest vaak om puin en inslagkraters heen lopen, maar nadat hij zich hersteld had van de eerste schok, ontdekte hij nu langzamerhand ook een andere kant van het stadsbeeld. Tussen alle puinhopen stonden ook nog onbeschadigde of in elk geval bewoonbare huizen. Op de benedenverdieping van een daarvan zag hij achter de ramen kinderen spelen. Hij hoorde ze lachen en zijn hart werd heel even warm. Een met de hand beschilderd bord gaf aan dat het een kleuterschool was.

Op een andere plek zag hij gemeentewerkers de waterleidingen repareren. In grote delen van de stad functioneerde de watervoorziening inmiddels weer, had de vrouw bij de waterwagen verteld, de rest zou de komende dagen volgen. Ook mannen die zich ontfermden over het elektriciteitsnet passeerde Eberhard. En er viel hem nog iets op wat hem liet zien dat de verschrikkingen van het naziregime echt voorbij waren. De Britten waren met de denazificatie begonnen.

Eberhard stelde vast dat de Hermann-Göring-Straße nu Drimbornallee heette. Zo had die kennelijk geheten voordat Hitler aan de macht kwam, toen Eberhard nog maar een peuter was geweest. Toen hij als grotere jongen alleen naar de stad mocht en straatnamen bewust had opgemerkt, was Hitler al aan de macht geweest, en hij had zijn territorium afgebakend. Dat was nu voorbij.

Het herstel zou nog lang duren en de stad en de mensen hadden littekens opgelopen. Maar terwijl Eberhard door de straten liep, kon hij de nieuwe moed voelen die de bevolking inmiddels had gevat. Ze hadden Hitler en zijn waan overleefd, nu wilden ze eindelijk weer echt leven.

Er waren vast ook mensen die er anders over dachten, daar was Eberhard van overtuigd. Maar niemand was zo gek dat hij dat liet merken. Met de nederlaag van Duitsland waren de nationaalsocialisten plotseling als van de aardbodem verdwenen, de partij was uiteengevallen. Niemand wilde toegeven dat hij erbij geweest was. Ook daarover hadden ze in het kamp gediscussieerd. Eberhard wist van een aantal medegevangenen dat ze uit volle overtuiging hadden meegevochten, hij hoopte voor hen dat ze ooit zouden begrijpen dat ze ten prooi waren gevallen aan een geesteszieke leugenaar.

Weer besefte Eberhard dat hij ongelooflijk veel geluk had gehad, ook al kon hij daar op dit moment nauwelijks blij om zijn. Daarvoor was de angst voor wat hij thuis zou aantreffen te groot.

Thuis. Was dat er nog? Leefde zijn familie nog? Isabella? De Rosenbaums? Vlak na zijn gevangenneming had Eberhard zijn moeder de briefkaart met zijn adres en zijn gevangenennummer gestuurd. Iedere nieuweling in het kamp kreeg zo'n kaart om zijn familieleden over zijn verblijf en gezondheidstoestand te kunnen informeren. Zijn moeder had geantwoord met een korte brief, daarna had hij niets meer van haar gehoord. Leefde ze nog? Hoe ging het met zijn broertje Rudolf en zusje Barbara? Met zijn vader?

Een windvlaag veegde over de stoffige grond en waaide een weggegooide krant op. Eberhard pakte hem, het bleek de *Aachener Nachrichten* van 8 mei. Op de voorpagina prijkte in grote letters de kop: DE OORLOG IS VOORBIJ. Daaronder stond een woord dat door een vlek onleesbaar was geworden, daarna kwam: 'capitulatie!'

Eberhard bestudeerde de krant: kleine advertenties met 'ruilartikelen gezocht', een vacature, de burgerlijke stand meldde drie huwelijksvoltrekkingen in april – het nieuws had inderdaad alweer een zweem van normaliteit, dat was prachtig. Dit verfomfaaide stuk krant voedde Eberhards hoop en gaf hem kracht voor het laatste stuk van de weg naar huis.

Toen Eberhard aan het eind van zijn krachten in de vroege avond eindelijk Euweiler bereikte, trilde hij van opwinding, angst en uitputting. Behalve een paar onrijpe bessen en wat klaverzuring had hij al uren niets gegeten.

Ook hier in het dorp hadden de bommen veel in de as gelegd, dat was Eberhard al na de eerste stappen duidelijk. Hij hield zijn hart vast toen hij bij de straat kwam waar zijn familie woonde – of had gewoond? Straks zou hij het weten.

De eerste huizen in zijn straat stonden er nog. Hij zag versplinterde ramen en gescheurde muren, maar de gebouwen stonden stevig overeind en werden bewoond. Daarna werd het beeld echter steeds erger. Langs de straat rezen puinhopen op. Hele rijen huizen waren verwoest. Ook zijn ouderlijk huis was getroffen. Eberhard keek er sprakeloos naar, hij veegde met zijn arm over zijn gezicht en snotterde. De aanblik beroofde hem van het laatste kleine beetje energie dat hij nog in zich had. Zijn benen bezweken en hij liet zich op de grond zakken. Hadden ze het gered? Hadden ze zichzelf in veiligheid weten te brengen?

Aan de ene kant wilde Eberhard gewoon blijven zitten en het opgeven, maar iets in hem was sterker. Hij moest erachter komen wat er met zijn familie was gebeurd. Hij moest naar Isabella, zij wist het vast.

Die gedachte was nog maar net bij hem opgekomen of hij krabbelde alweer overeind en slalomde om de puinhopen heen naar het huis van de Pelzmanns. Hij was er bijna aan voorbijgelopen, want ook daarvan stond geen muur meer overeind.

Wat nu? Even voelde Eberhard zich helemaal verloren. Tot wie moest hij zich wenden? Zouden de buren weer met hem praten nu de oorlog voorbij was? Of zouden ze de zoon van de plaatselijke topnazi wegjagen?

Hij moest het proberen. Vastberaden keerde hij zich om en liep naar het huis van de buren toe.

Toen hij het paadje naar de voordeur afliep, klonk een stukje verderop een vertrouwd gebabbel. De oude Erna leefde! Eberhard werd overspoeld door vreugde dat ze de oorlog had overleefd. Misschien kon de vrede haar helpen geestelijk weer gezond te worden. Wie weet had ze nog een paar mooie jaren voor de boeg. Hij wenste het haar van harte toe.

Zo snel hij kon liep hij haar tegemoet. 'Dag, Erna,' zei hij toen hij haar bijna had bereikt.

'De monsters zijn weg,' zei Erna. Haar blik was weliswaar nog steeds versluierd, maar toch veel helderder dan bij hun laatste ontmoeting. 'En toch zijn ze er nog,' voegde ze eraan toe. Ze trok haar hoofd in en keek angstig naar boven.

Eberhard begreep wat ze hem wilde vertellen. Ze had gelijk. De monsters waren er nog, zo snel lieten ze zich niet verdrijven, hun verschrikkingen galmden nog na, en dat zou nog lang zo blijven.

'Weet je waar mijn familie is, Erna?' Niet dat Eberhard een verstandig antwoord van Erna verwachtte, maar hij moest het proberen. 'Hoe is het met de Rosenbaums? De Pelzmanns? Isabella? Leven ze nog?'

'In het bos zijn de rovers,' luidde Erna's antwoord meteen. 'Dat is niet goed. Gevaarlijk! En de Heer zei: gaat heen en ziet toe op jullie...'

Eberhard had genoeg gehoord. 'Dank je, Erna,' bracht hij met moeite uit. De oude vrouw kon er niets aan doen. Het was de schuld van de oorlog. Van de oorlog en het zinloze moorden.

Eberhard besloot het bij de winkel in koloniale waren van zijn vader te proberen. Maar ook dat was een tocht door de puinhopen.

Toen ook die derde poging op niets uitliep, werd alles hem te veel. Hij zakte door zijn knieën en begon te huilen. Een echte man huilt niet, hoorde hij in zijn herinnering de kraakstem van zijn vader. Het kon Eberhard niets schelen. Hij was er juist van overtuigd dat een echte man ook zijn gevoelens moest kunnen tonen om werkelijk een man te zijn.

'Eberhard?' De breekbare maar vertrouwde stem kwam van rechts. 'Eberhard!' schreeuwde ze nu. Meteen daarna sloeg zijn moeder haar armen om hem heen. Ze hield hem vast, kuste zijn gezicht en snikte samen met hem.

'Hoe gaat het met de kleintjes?' was Eberhards eerste vraag nadat ze allebei enigszins tot bedaren waren gekomen. Zijn stem stokte, daarna vroeg hij: 'Hoe is het met vader?'

'Kom, jongen. Kom mee. We hebben onderdak gevonden bij mevrouw Müller. O, wat ben ik blij. Laten we naar huis gaan, dan vertel ik je alles.'

Ze probeerde haar zoon omhoog te trekken en hij kwam wankelend op de been. Maar hij bleef staan en zocht de blik van zijn moeder.

'Hoe is het met de Rosenbaums? De Pelzmanns? Hoe is het met Isabella?'

'Ach, jongen,' verzuchtte zijn moeder. Ze ontweek zijn blik en schudde heel zacht haar hoofd. 'Het spijt me zo,' fluisterde ze.

Hoofdstuk 12

De beslissing

Aken • Aachen • Oche • Aix-la-Chapelle • Aquae Granni

Heden: december

Corinne had de krant opengeslagen voor zich liggen en bladerde door de onroerendgoedadvertenties. Het kon geen kwaad om informatie over het actuele aanbod in te winnen.

Ze moest echter vaststellen dat het niet al te veel was en helaas ontdekte ze in de advertenties niets wat bruikbaar was voor een eigen branderij. Het was alsof de duvel ermee speelde. Geschikte winkels waren ofwel betaalbaar, maar ongunstig gelegen, ofwel ze lagen op een A-locatie waar de huur exorbitant hoog was. De perfecte ruimte op de juiste plek en voor een fatsoenlijke prijs leek er niet te zijn. In elk geval niet als ze in Aken wilde blijven, en een andere stad kon Corinne zich niet voorstellen, daarvoor voelde ze zich te zeer met haar geboortestad verbonden.

In Aken kende ze de weg, had ze vrienden en vriendinnen. Ze had er haar hele leven doorgebracht. Bovendien kon ze haar moeder in de huidige situatie niet alleen laten, ze moesten eerst kijken hoe het verderging met hun vader. Van verhuizen kon voor haar geen sprake zijn.

Hun ruzie en haar in woede uitgesproken woorden waren inmiddels bijna twee weken geleden. Ze had haar positie in het familiebedrijf nog niet opgegeven.

Nadat ze Noah een rondleiding door het bedrijf had gegeven, was ze er allesbehalve zeker van geweest dat ze gemeend had wat ze had gezegd en of ze die stap echt wel durfde te zetten. Bovendien had Noah, en later ook Sebastian, op haar ingepraat dat ze zo'n beslissing niet overhaast moest nemen. Daarom was Corinne gezwicht voor rationele argumenten en had ze besloten alles nog een kans te geven. Ze wilde er tot na de kerst over nadenken, in de periode tussen oud en nieuw wilde ze haar beslissing nemen.

Sindsdien had ze veel lopen tobben. Was het toch een idioot idee geweest om als zelfstandige met een klein bedrijfje aan de slag te gaan en daarvoor de zekerheid op te geven die ze hier in het familiebedrijf had? Zo had Sebastian het in een eerste opwelling omschreven toen ze hem had verteld wat er was gebeurd. En hij had gelijk. Anderen waren dankbaar als een dergelijke positie hun in de schoot werd geworpen.

Maar zij was nu eenmaal Corinne en niemand anders. Sinds ze samen met Alexander in het bedrijf werkte, had ze het gevoel dat ze in een gouden kooitje zat; ze voelde zich opgesloten. Maar ze had ook de sleutel en de keus de kooi te verlaten. Ze moest alleen duidelijk voor zichzelf bepalen wat ze echt wilde en haar angst voor die vrijheid zien te overwinnen.

Wie wil vliegen, moet de moed hebben om de vaste grond te verlaten. Corinne wist niet meer wie dat gezegd had, maar dat was exact het lastige, die moed vinden.

Moest ze op haar leeftijd echt al inzetten op zekerheid en daarvoor haar dromen overboord zetten?

Of was ze bereid zich halsoverkop in een avontuur te storten en heel klein te beginnen. Met alle risico's van dien, maar ook met alle kansen die het leven haar te bieden had. En vooral met elke dag de geur van vers gebrande koffie om zich heen.

Het was om gek van te worden. En het was iets waar Corinne, hoe ze er ook over nadacht, simpelweg niet uit kwam.

Voor haar opa was het indertijd vanzelfsprekend geweest, die had zich zonder te twijfelen halsoverkop in zijn avontuur gestort. Maar die vergelijking ging mank, want haar opa had helemaal geen keus gehad; voor hem was er geen gespreid bedje geweest, hij was juist het risico aangegaan. Bij hem was het geen kwestie geweest van hoe hij wilde leven, maar van overleven – een wezenlijk verschil.

Eens te meer was Corinne de afgelopen weken duidelijk geworden hoe dankbaar ze was dat ze die onbeschrijflijke oorlog en de moeilijke periode erna, die gekenmerkt werd door gebrek, uitputting en schuldgevoelens, niet had hoeven meemaken.

Maar ook die overwegingen hadden haar bij de besluitvorming over haar eigen leven niet verder gebracht.

Geïrriteerd sloeg Corinne de krant dicht. Ze trommelde met haar vingers op het gepolitoerde hout van haar bureau.

Zonder het openlijk uit te spreken hadden Corinne en Alexander iets van een wapenstilstand gesloten. Alexander hield zich op de achtergrond sinds ze in het bijzijn van Noah zo botweg van elkaar verwijderd waren geraakt. Het was hem waarschijnlijk inmiddels duidelijk dat hij zich erg unfair had gedragen, ook al ging Corinne er niet van uit dat schuldgevoel de reden voor zijn terughoudendheid was. Als dat het geval was, dan had hij allang zijn excuses aan haar kunnen aanbieden, het initiatief tot een gesprek kunnen nemen en de kwestie uit de wereld kunnen helpen.

Ze vermoedde eerder dat haar broer bang was voor de reactie van hun moeder wanneer ze van hun ruzie hoorde. Hij besefte kennelijk maar al te goed dat zij hem de oren zou wassen, zodra ze zou horen wat hij voor valse streek had uitgehaald.

Maar ook al gunde Corinne hem van harte een stevige uitbrander van hun moeder, thuis had ze met geen woord over Alexanders gedrag en de ruzie gerept. Corinne wilde hun moeder in de huidige situatie niet nog meer belasten. Ze had al genoeg zorgen om hun vader en zijn ontredderde gezondheidstoestand.

Ze voerde in het ziekenhuis een gevecht dat ze leek te verliezen, maar ze was niet bereid het op te geven, waardoor Corinne nog meer van haar hield. Sinds hij was bijgekomen, hoopte ze elke dag opnieuw dat haar vader niet meer verward was en zijn vrouw zou herkennen. Dat zou een belangrijke stap in de richting van genezing zijn. Als hij zou begrijpen hoe belangrijk dat was, zou hij vast ook beter zijn best doen tijdens de fysiotherapie en daardoor lichamelijk meer vooruitgang boeken. Net als haar moeder hoopte Corinne nog steeds op een wonder, iets waar de artsen allang niet meer in geloofden. Misschien zou alles beter worden als hun vader weer thuis was, in zijn vertrouwde omgeving, waar hij goed en liefdevol zou worden verzorgd.

Wat had Corinne graag met Alexander over hun moeder gesproken, hoe ze haar konden helpen of hoe hij de situatie inschatte. Maar dat was onmogelijk. Hoewel hij sinds het incident zo mak als een lammetje was, leek de verwijdering tussen hen groter dan ooit.

Alexanders onbenaderbaarheid deed haar pijn in het hart, maar ze zag geen oplossing, dus speelde ze het spel met bloedend hart mee. Ze behandelden elkaar als vreemden, groetten elkaar beleefd als ze elkaar in het bedrijf tegenkwamen en keuvelden zo nodig kort wat over het weer of het verkeer. Kritieke onderwerpen, dus alles wat met het bedrijf en de leiding daarvan te maken had, lieten ze opzettelijk achterwege. Gezamenlijke besprekingen met de verschillende afdelingschefs en ook met vertegenwoordigers bleven zakelijk. Er waren geen discussies meer, geen gekibbel over de richting die ze in de toekomst zouden inslaan.

Corinne was gestopt met vragen naar het waarom en het doen van nieuwe voorstellen. Ze zette haar kiezen op elkaar en slikte haar protesten in als ze het niet eens was met iets wat altijd al zo werd gedaan.

Ze was er nog, maar het was niet meer haar bedrijf. Ze had nog steeds haar eigen overtuigingen, maar ze ging niet meer de strijd aan om die af te dwingen. Innerlijk had Corinne het opgegeven.

Hoewel ze de laatste dagen had geprobeerd verstandig te zijn en zakelijk de voors en tegens tegen elkaar had afgewogen, liet ze nu voor één keer haar ongeduldige, emotionele kant spreken.

Haar hart, wist Corinne als ze eerlijk tegen zichzelf was, had de beslissing allang genomen. Waarom zou haar ontevredenheid anders van uur tot uur groter worden? Ze was zo slechtgehumeurd dat ze zich er zelf zelfs aan begon te ergeren. Zo knorrig kende ze zichzelf helemaal niet. En dat terwijl de situatie in het bedrijf momenteel immers zelfs best draaglijk was.

Voor haar raam dansten sneeuwvlokken; die hadden geen probleem om te bepalen welke richting ze uit zouden gaan. Ze lieten zich gewoon vallen en door de wind meevoeren en kwamen daar terecht waar ze naartoe geblazen werden.

Corinne moest zich nu eindelijk bevrijden uit de mallemolen van haar gedachten en iets doen, anders werd ze gek. Werk had ze genoeg, maar ze had helemaal geen zin in al het papierwerk dat op dit moment haar dagen vulde. Ze voelde zich een trainer die moest toezien hoe de anderen speelden en ze instructies moest geven.

Voor haar was dit de verkeerde plek.

Boos balde Corinne haar hand tot een vuist. Ze wilde niet alleen langs de rand van het veld staan en commando's geven, ze wilde zelf meespelen. Zo kon het niet langer, ze moest eerlijk zijn tegenover zichzelf, en wel nu.

Waarom zou ze wachten tot kerst en zichzelf belasten met die onuitgesproken waarheid als ze helemaal zeker wist wat ze wel en niet wilde. Wat ze absoluut niet wilde, was zo verdergaan. Ze wilde niet op de directie-etage haar jaren tussen stapels papier verdoen en opboksen tegen haar broer.

Ineens besefte ze dat haar beslissing om Ahrensberg Koffie te verlaten, ook na een paar dagen bedenktijd, nog steeds als de juiste voelde.

Ze zou er uitvoering aan geven en met ingang van vandaag intensief op zoek gaan naar een geschikte ruimte en zich bezighouden met de noodzakelijke stappen om een bedrijf op te richten. Zodra het thuis allemaal een beetje begon te lopen, zou Corinne haar moeder informeren over haar beslissing en haar positie in de directie van het familiebedrijf opgeven.

Alexander had immers vanaf het begin beweerd dat hij Ahrensberg Koffie probleemloos alleen kon leiden. Ze moest dus alleen nog het juiste moment voor een gesprek met hem zien te vinden. Dat kon ze niet plannen, dat moest intuïtief gebeuren, maar dat zou vast lukken. Corinne moest denken aan een van de spreuken die ze in Noahs winkel had gezien: HET ENIGE WAT IK NODIG HEB ZIJN KOFFIE EN MOED.

Als dat waar was, stond niets meer haar geluk in de weg. Fernando zou haar de koffie leveren en de moed had ze in zich, daar was ze net achter gekomen. Ze besefte natuurlijk best dat het niet zo gemakkelijk zou gaan als het op dit moment voelde en haar hart bonsde van opwinding.

Vastbesloten greep Corinne de telefoon en toetste een nummer in. Ze moest met iemand praten die haar begreep en haar goed genoeg kende om haar raad te kunnen geven.

'Met Sebastian Wagner.' Sebastian nam al na twee keer overgaan op.

'Goedemorgen, Sebastian. Met Corinne. Stoor ik?'

'Nee, absoluut niet! Mijn hersens kraken en het flikkert ongezond voor mijn ogen. Het is tijd voor een pauze. Hoe gaat het daar bij jou?' Sebastians stem klonk echt blij verrast, maar daarna drong kennelijk tot hem door dat het niet gebruikelijk was dat Corinne 's ochtends opbelde. 'Alles goed met je vader?' vroeg hij meteen.

'Voor zover je van "goed" kunt spreken, wel ja. Wees niet bang,

Sebastian. Er is niets gebeurd. Niets ergs in elk geval. Maar ik ben tot een beslissing gekomen en zou graag jouw mening daarover willen horen.'

'Je bent er eindelijk achter dat je van me houdt en wilt met me trouwen,' zei hij meteen gekscherend. Zijn lach parelde door de luidspreker aan Corinnes oor. 'Zeg maar waar en wanneer, ik zal er zijn.'

Corinne lachte met Sebastian mee. 'Ik zal het je laten weten,' plaagde ze hem. Daarna werd ze serieus. 'Als je merkt dat je niet gelukkig bent en dat je dat op de weg die je bent ingeslagen waarschijnlijk ook niet zult worden, is het dan niet beter om die weg zo snel mogelijk te verlaten? Ook al ligt die nog zo mooi en glad en comfortabel voor je en is je nieuwe weg waarschijnlijk veel onherbergzamer en een sprong in het duister?'

'Je hebt je besluit dus genomen,' constateerde Sebastian meteen. 'Gefeliciteerd, hoor! Ik ben trots op je, Corinne.'

Wacht! Corinne was zo perplex dat ze eerst niet eens wist wat ze moest antwoorden. Het klonk alsof Sebastian erop had gerekend dat ze een beslissing zou nemen. Hij kwam totaal niet verbaasd over. Hoe kon dat? Wist hij meer dan zij?

'Maak het nou niet zo spannend, Corinne,' zei Sebastian. Haar zwijgen duurde hem kennelijk te lang. 'Ik zit toch goed, of niet? Om heel eerlijk te zijn zou al het andere me verbaasd hebben. Jij blijft echt niet in je kooitje omdat het er comfortabel en goed eten is. Anderen misschien wel, jij niet. Je bent echt top. Moedig en sterk en superbewonderenswaardig.'

'Houd meteen op met die onzin!' zei ze tegen Sebastian. Ze voelde de hitte naar haar wangen stijgen. Maar goed dat het geen videogesprek was, want ze was inmiddels waarschijnlijk zo rood als een rijpe koffiebes. Ze was het niet gewend om zo overladen te worden met complimenten. 'Als jou dat allemaal zo duidelijk was, waarom heb je dan tegen me gezegd dat ik er per se over na moest denken voordat ik de bruggen achter me verbrandde?' Eindelijk had Corinne haar stem terug.

'Dat moest ik doen. Wat zou ik anders voor vriend zijn? Het was belangrijk dat je deze stap overdacht zou zetten en niet vanuit woede.

Anders zou je je op een gegeven moment gaan afvragen of het wel de juiste beslissing was. Nu heb je er goed over nagedacht. Zelfs als het in de toekomst lastig wordt, kun je altijd zeggen dat je het bewust zo hebt gewild en achter je eigen besluit blijven staan; niet alleen tegenover anderen, maar ook tegenover jezelf.'

'O,' was het enige wat Corinne kon uitbrengen. Ze was blij dat haar beste vriend zo verstandig was, en gelukkig en dankbaar dat ze hem aan haar zijde had.

'En weet je wat?' ging Sebastian goedgemutst verder. 'Nu het duidelijk is, kan ik het je wel verklappen. Ik heb al wat ideetjes voor je website verzameld. Het enige wat nog ontbreekt, is de naam van je branderij. Heb je al een idee?'

'Sebastian, je bent een schat. Nee, ik heb nog geen naam. Vijf minuten geleden wist ik immers nog niet dat ik er echt mee door zou gaan. Moet je horen, ik moet alles nog beter op een rijtje zien te krijgen en vooral met Noah praten. Duim je voor me dat hij me ondersteunt? Ik wil hem vragen of hij me wil inwijden in de kunst van het branden en alles eromheen. Ik laat weer van me horen, zodra ik kan. O, en Sebastian, dank je!'

'Heel jammer dat ik je daarbij niet kan helpen,' zei Sebastian knorrig. Daarna snoof hij geërgerd in de hoorn en zei: 'Helemaal duidelijk. Tot later dan. Succes.' Zijn stem klonk niet meer zo losjes en nonchalant als aan het begin van het gesprek. Had hij iets tegen Noah? Laatst had hij ook al zo eigenaardig gereageerd. Corinne hoopte dat het goed zou komen, want ze wilde heel graag dat haar vrienden onderling met elkaar konden opschieten. Anders kon het gecompliceerd worden als ze elkaar toevallig tegenkwamen.

Peinzend hing Corinne op. Ze bleef zitten en staarde voor zich uit zonder haar omgeving waar te nemen. Ze moest eerst haar gedachten op een rijtje zien te krijgen. Sebastian was echt fantastisch, ze was heel benieuwd naar zijn ideeën voor het webdesign. Met wat voor vondsten zou hij komen? En hoe zou ze haar bedrijf noemen? Ahrensberg Koffiebranderij kon niet, dat zou tot verwarring leiden. Corinnes Branderij? Nee, dan verwachtten de klanten gebrande noten of zoiets. Het moest een duidelijke naam zijn, waaruit haar passie voor koffie bleek en het liefst ook haar liefde voor haar geboortestreek.

Terwijl Corinne peinsde, plannen maakte en nadacht over haar toekomst, verscheen Beatrice in de deuropening van haar kantoor. Ze klopte zachtjes op het houten kozijn en glimlachte naar Corinne.

'Wat dacht je van een kopje koffie?' vroeg de secretaresse.

'Precies op het juiste moment,' stemde Corinne bereidwillig in. De twee vrouwen hadden er een gewoonte van gemaakt in de loop van de middag gezellig samen koffie te drinken en de belangrijkste dingen van die dag te bespreken. 'Ik neem aan dat je er ook een paar koekjes bij doet?'

'Natuurlijk. Ik ben er zo.' Beatrice draaide zich om en Corinne hoorde haar in haar eigen kantoor bezig in de koffiehoek.

Een paar minuten later zaten de twee vrouwen tegenover elkaar in Corinnes zithoek. Een zacht, vol koffiearoma vulde de kamer.

'Hoe gaat het met de koffiebaron?' vroeg Beatrice. 'Is hij al thuis?'

Iedereen in het bedrijf had veel belangstelling voor het verloop van de ziekte van Günther Ahrensberg, maar behalve Beatrice wist niemand van het personeel hoe ernstig het werkelijk met hem gesteld was.

'Hij wordt in de loop van de dag naar huis vervoerd; ik wilde eigenlijk thuisblijven om mijn moeder bij te staan, maar dat wilde ze absoluut niet. Ze is van mening dat mijn vader rust nodig heeft en ik kan toch niets doen. Ze heeft me wel beloofd dat ze contact opneemt als ze het toch niet alleen redt. Mijn moeder heeft de muziekkamer laten inrichten als ziekenkamer. Ze heeft twee verpleegkundigen ingehuurd, die om de beurt voor mijn vader zorgen. Hij krijgt elke dag fysiotherapie en drie keer in de week komt er een logopediste. Tot nog toe kan hij maar een paar lettergrepen zeggen en ook nog heel onduidelijk. Mijn moeder is fantastisch. Ze beweegt hemel en aarde om mijn vader te helpen. Als iemand het kan, is zij het, denk ik. Maar...' Corinne slikte en trok haar schouders een beetje op. Ze vocht tegen haar tranen toen ze verder sprak. 'Na het gesprek met de afdelingsarts gisteren dacht ik dat ze in elkaar zou zakken. De arts zegt dat het een wonder zou zijn als vaders toestand nog waarneembaar zou verbeteren. Zijn advies was dat we ons erop moeten voorbereiden dat vader hulpbehoevend zal blijven. Maar hoe vaak gebeurt dat niet, dat artsen een patiënt hebben opgegeven en dat die als door een wonder weer gezond wordt. Wij...' Corinne verstomde omdat haar stem haar niet meer wilde gehoorzamen.

'Jullie zijn nog niet zover en willen door blijven knokken?' vulde Beatrice Corinnes gedachten aan. Bij het zien van haar gezichtsuitdrukking had Corinne het idee dat ze wist hoe ze zich voelde. 'Dat is toch begrijpelijk? Jullie hebben tijd nodig. En wie weet vergist die arts zich immers ook echt. Je hebt gelijk, zulke verhalen hoor je geregeld. En zo niet, dan zullen jullie als familie sterk zijn en de realiteit accepteren, maar voor die tijd willen jullie alles geprobeerd hebben. Ik wens jullie ook echt kracht toe. Het is ongelooflijk moeilijk om zoiets door te maken.'

'Als je dat zo zegt, klinkt het alsof je ervaring hebt met dat soort situaties.' Corinne keek haar onderzoekend aan. Plotseling was ze zich ervan bewust dat ze weinig over Beatrice wist. Over wie ze was buiten het bedrijf en haar liefde voor de marathon. Had Beatrice familie? Hoe ging het met haar ouders?

'Mijn oma was hulpbehoevend. Mijn moeder heeft een paar maanden tevergeefs gestreden en had er lang voor nodig voordat ze kon accepteren dat oma nooit meer de oude zou worden.' Nu was het aan Beatrice om haar schouders op te halen. Haar stem klonk krachtig, maar had ook een verdrietige toon toen ze verder sprak: 'Zo gaat het leven. Allemaal maken we vroeg of laat dezelfde dingen mee, we moeten daardoor nadenken over de eindigheid van ons bestaan. Sommige mensen verliezen daardoor hun levensmoed, andere gebruiken die ervaring juist om veel bewuster te gaan leven.'

Beatrice hield haar koffiekopje in haar hand en keek peinzend voor zich uit.

Misschien had ze gelijk. Misschien ervoeren mensen hun eigen leven ook wel veel intenser door dit soort situaties en opgaven en leidde dat tot een gevoel van dankbaarheid. Bewuster leven, had Beatrice gezegd; Corinne haakte bij die gedachte aan om van onderwerp te veranderen.

'Over bewuster leven gesproken...' begon ze aarzelend. Ze vond het lastig om haar beslissing onder woorden te brengen. Vooral omdat ze het familiebedrijf en de mensen die hier met hart en ziel voor hen werkten absoluut niet wilde afvallen. Na alles wat ze hier de afgelopen weken had gezien en geleerd, wist ze dat dat unfair zou zijn. Iedereen bij Ahrensberg Koffie deed zijn uiterste best om een goed product op de markt te brengen.

Maar ook afgezien van de niet zo fraaie ruzies met Alexander was het niet Corinnes weg om in een groot productiebedrijf te werken, dat wist ze nu absoluut zeker. Na er veel over te hebben nagedacht, was dat haar duidelijk geworden. Ze vond het bedrijf te groot, haar taken hier te droog en het stond te ver van koffie af.

Corinne wilde zelf branden, experimenteren, haar passie uitleven, klanten ontmoeten en dicht op het proces zitten. Dat zou ze bij Ahrensberg Koffie nooit kunnen, zelfs niet wanneer ze een paar van haar veranderingsvoorstellen zou kunnen doordrijven.

'Jij gaat vertrekken,' stelde Beatrice vast, en ze knikte. 'Dat verwachtte ik al.'

Corinne was zo verbaasd dat ze het kopje dat ze net aan haar lippen had gezet wat te ver kantelde en meteen haar mond aan de hete koffie brandde. Kennelijk had iedereen om haar heen het geweten, alleen zijzelf niet. Haastig zette ze haar kopje neer en keek Beatrice onthutst aan. 'Je kent mij duidelijk beter dan ik mezelf ken – net als Sebastian. Weet eigenlijk de hele wereld wat ik denk, voordat ik het zelf begrijp? Mij was het in elk geval tot vijf minuten geleden nog niet duidelijk.'

De wangen van Beatrice werden rood, maar ze bleef Corinne aankijken. 'Ik hoop dat ik je nu niet heb gekwetst, Corinne. Maar ik zie immers hoe je hier worstelt en hoe ontevreden het werk je maakt. Je ziet er altijd alleen maar gelukkig uit als je in de branderij bent geweest. Ik denk dat je simpelweg niet in de wieg bent gelegd voor kantoorwerk. Zelf houd ik van het ritselen van papier en van de letters die over het beeldscherm vliegen en woorden vormen, terwijl ik met mijn vingers over de toetsen ga; dat is voor mij een beetje als een marathon voor mijn hoofd. Jouw ogen gaan juist glanzen bij het knisteren van koffiebonen. Heb je al een idee wat je wilt gaan doen?'

'Ik had niet door dat het zo overduidelijk was,' zei Corinne verbaasd. Ze moest de woorden van Beatrice even op zich laten inwerken, maar uiteindelijk waren ze slechts de bevestiging van wat ze zelf voelde.

'Misschien niet voor iedereen,' antwoordde Beatrice. 'Maar we werken nauw samen, kennen elkaar al een paar jaar en mogen elkaar. Voor mij was het echt overduidelijk. Dus wat heb je voor plannen? En ga nou alsjeblieft niet zeggen dat je teruggaat naar Brazilië.'

'Brazilië? Nee, Beatrice, dat zeker niet. Misschien op bezoek, want Brazilië is een prachtig land. Maar ik zou er absoluut niet willen wonen. Nee, ik wil graag hier blijven, dit is mijn geboortestreek. En ik wil in elk geval doorgaan met koffie. Ik heb er mijn hele leven van gedroomd dat ik ooit zou toetreden tot het familiebedrijf. Maar inmiddels is me duidelijk dat ik daar de verkeerde voorstellingen bij had. Eigenlijk verheugde ik me er de hele tijd op dat ik zou toetreden tot de koffiehandel, zoals in de verhalen die mijn opa me altijd vertelde. Ik wil zo werken als hij, toen hij het bedrijf opbouwde. En daar horen voor mij geen stapels papier bij, maar zakken met koffiebonen. Branden en proeven. Ik ga bedrijfsruimte zoeken en een kleine koffiebranderij openen.' Corinne liet de laatste zin in de lucht hangen en naklinken. Ze pakte haar kopje en nam een slok; ze keek in haar hart en voelde hoe gelukkig dit plan haar maakte. Ze zag het allemaal al voor zich, ook al was haar duidelijk dat ze er nog lang niet was.

Vastberaden zette Corinne haar kopje weer op de tafel en zei: 'Het was nog nooit zo fijn om samen koffie te drinken, Beatrice. Dank je wel! Je hebt voor mij nog een keer bevestigd dat ik op de juiste weg zit. Maar nu moet ik ervandoor. Duim maar voor me dat mijn plan gaat lukken.'

Ze sloeg haar dikke sjaal om, pakte haar jas en liep goedgemutst de trappen af. Opgewekt ging ze de hal door. Voor ze het bedrijf verliet, zwaaide ze nog even naar Emil, die zoals altijd breed glimlachte toen hij Corinne zag. Ze zou hem en zijn begroeting 's ochtends missen.

Voor het eerst deze winter bleef de sneeuw liggen en hij dekte de wereld met zijn witte mantel toe. De geluiden veranderden, alles werd gedempt en de lucht rook zuiver en koud. Corinne vond het altijd heerlijk om te lopen. Dat was het fijne aan Aken: de afstanden in de stad waren meestal zo kort dat ze te voet of met de fiets bereikbaar waren. Je kon je auto laten staan. Je hoefde niet lang naar een parkeerplaats te zoeken of zoals vandaag over blubberige, gladde straten te rijden.

Voor de deur van Noahs winkel haalde Corinne nog een keer diep adem. Hopelijk zou het lukken, hopelijk was Noah bereid haar te ondersteunen. Ze stampte een paar keer stevig om de sneeuwblubber van haar schoenen te krijgen en die niet naar binnen te lopen, de winkel in.

'Hallo, Noah,' luidde Corinnes begroeting meteen nadat ze naar binnen was gestapt en de winkeldeur achter zich dicht had getrokken.

'Corinne,' klonk het verrast uit de achterste ruimte. 'Moment, ik ben zo bij je!'

Nog geen minuut later kwam Noah al met grote passen op haar af, omhelsde haar en gaf haar rechts en links een zoen op haar wang. 'Nou, dat is een leuke verrassing. Alles oké? Gaat het goed met je?' Onderzoekend nam hij Corinnes gelaatstrekken op. 'Je ziet er moe uit. Wat is er? Heb je tijd? Zullen we een kop koffie drinken?'

Het werd Corinne warm om het hart. Ze kende Noah nog maar zo kort, maar hij was vanaf het eerste moment als een vriend voor haar geweest. Net als Sebastian en toch ook heel anders. Met Noah was er vanaf het begin een verbondenheid, alsof hun zielen elkaar al lang kenden en elkaar vertrouwden. Ze moest slikken om zich niet te laten meeslepen door de ontroering die over haar heen kwam. Noahs omarming had haar goedgedaan, maar ze voelde zich daardoor ook kwetsbaar, al wist ze niet precies waarom. De druk van de afgelopen tijd had haar overgevoelig gemaakt, ze reageerde veel emotioneler dan ze van zichzelf gewend was.

'Kun je je werk dan gewoon zomaar laten liggen?' vroeg ze, en ze schraapte haar keel om haar stem vastberadener te laten klinken. 'Ik wil niet dat je klanten geen koffie meer krijgen, omdat ik je stoor tijdens het branden.'

'Welnee.' Hij zei het luchtig en glimlachte ondeugend naar haar. 'Ik heb een goede band met de baas.' Nu gaf hij haar een knipoog en zijn korenbloemblauwe ogen fonkelden van genoegen. 'Bovendien kan ik je misschien zelfs wel een pak koffie verkopen. Wie weet. Ze zeggen dat er verkopers zijn die in de Sahara nog zand kunnen verkopen, dus waarom ik geen koffie aan een handelaarster in koffie?'

Corinne lachte met Noah mee. Net als de keren daarvoor ervoer ze naast haar kwetsbaarheid in zijn bijzijn nu ook weer een zekere luchtigheid, alsof ze al haar problemen ontspannen kon oplossen. Noah deed haar goed.

'Misschien kun je bij je baas een goed woordje voor me doen,' zei ze, terwijl ze toekeek hoe Noah koffiezette. Hij trok vragend zijn wenkbrauwen op en zij ging met hese stem en snel kloppend hart verder: 'Ik heb een verzoek en...' Ze onderbrak zichzelf, dacht even na en begon opnieuw. 'Nu er een paar dagen voorbij zijn en mijn idee nog altijd goed voelt, heb ik vandaag besloten echt mijn eigen weg te gaan. Maar het ontbreekt me nog aan knowhow. En toen dacht ik, eh... misschien... ik bedoel...' Corinne voelde haar gezicht warm worden. O nee, ze werd rood als een verlegen schoolmeisje.

Theoretisch kon ze natuurlijk branden, ze wist precies wat bonen nodig hadden, hoe ze moesten ruiken, smaken en klinken. Maar ze had geen ervaring, ze wist niet hoe je inspeelde op de behoeften van de verschillende soorten, hoe je zag wanneer je de optimale branding voor de betreffende soort had bereikt. En ook wist ze het fijne niet van de oude brander van haar opa. Bovendien wist ze niet precies wat ze allemaal nog meer nodig had om een eigen branderij te openen. Hoe zat het met het douane-entrepot en de inventarislijst die je moest bijhouden?

Er was best veel wat ze niet wist en waarvan ze hoopte dat ze dat van Noah zou kunnen leren. Ze zou het hem niet kwalijk nemen als hij haar verzoek zou afwijzen. Ze wist ook niet precies hoe ze het moest formuleren om hem niet te overstelpen met een enorme hoeveelheid open vragen. Ze kon gewoon niet de juiste woorden vinden.

'Ik ga straks branden,' klonk Noahs warme stem door al haar twijfels heen. Heel rustig, alsof het de gewoonste zaak van de wereld was. 'Een arabica bourbon uit Rwanda, ik ben blij dat ik er drie zakken van gekregen heb, die is behoorlijk in trek. Voor de verwerking heb je veel gevoel nodig, het aroma ontwikkelt zich het beste bij een lichte branding – een paar minuten te lang en de batch is verpest. Dan heb je nog wel een drinkbare koffie, maar niet meer het product dat de stevige prijs rechtvaardigt. Deze bourbon heeft maar een kleine tolerantiegrens wat betreft de brandgraad. Ik haal hem al heel snel na de eerste crack uit de trommel. Hoe is jouw dag vandaag? Heb je misschien tijd en zin om me te helpen? Om twaalf uur sluit ik de winkel, je weet het, twee middagen in de week zijn van mij en mijn trommelbrander.'

'Ik zou me graag met mijn eigen branderij hier in Aken vestigen, Noah.' Het was belangrijk voor haar om open kaart te spelen, ze wilde niet dat Noah later het gevoel zou hebben dat ze hem om de tuin had geleid.

'Ik had al gehoopt dat je in de stad zou blijven,' antwoordde Noah meteen glimlachend. Hij keek haar innig aan: 'Ik wil heel graag nog vaker met je koffiedrinken.'

'Dus je hebt er geen bezwaar tegen dat ik jou zou kunnen beconcurreren?' vroeg Corinne nog een keer concreter. Tot haar vreugde reageerde Noah precies zoals ze had gehoopt.

Noah zette een kopje met heerlijk geurende koffie voor haar op tafel. 'Dit is een melange van twee arabica's, separaat gebrand en vervolgens drie op één gemelangeerd. Door het melkschuim zou je bijna kunnen denken dat ik er ook cacao in had gedaan. Proef maar!' Hij knikte uitnodigend naar het kopje en vervolgde toen: 'De stad is toch groot genoeg, Corinne! En goede koffie vindt altijd aftrek. Ik ben ervan overtuigd dat we allebei genoeg klanten zullen hebben. Broodnijd vind ik niet sexy, daar doe ik niet aan.'

Noah zelf was in elk geval allesbehalve niet sexy, vond Corinne. Ze was blij dat ze zich op het proeven kon concentreren en zo even niet hoefde te reageren. Zorgvuldig analyseerde ze de aroma's en het mondgevoel dat de koffie bij haar opriep. Daarna knikte ze instemmend: 'Een echte chocoladebom,' bevestigde ze.

'Fantastisch. Corinne, dat is het, je bent top! Ik wist niet hoe ik de melange moest noemen en jij slaat heel nonchalant de spijker op de kop. En? Deal?'

'Chocoladebom ruilen tegen hulp?' Corinne schudde haar hoofd en haar krullen dansten. 'Noah, je weet niet waar je aan begint. Ik ga je de oren van het hoofd vragen,' zei ze waarschuwend.

'En ik ga jou zoveel vertellen dat je oren ervan gaan tuiten.' Hij stak haar uitnodigend zijn hand toe en Corinne bekrachtigde hun afspraak met een handslag.

Hoofdstuk 13

Op heterdaad

Aken • Aachen • Oche • Aix-la-Chapelle • Aquae Granni

Heden: december

De gezamenlijke uren met Noah in zijn branderij betekenden vragen stellen en antwoorden krijgen en heel veel zelf doen, waar Corinne erg blij mee was. Noah legde haar de organisatorische opbouw van zijn bedrijf uit – van de leveranciers via de planning van de openingstijden tot de arbeidsprocessen – en maakte samen met haar lijsten en plannen voor de oprichting van haar eigen bedrijf.

Veel – vooral de economische kant – was voor Corinne geen probleem. Ze had tenslotte bedrijfskunde gestudeerd en kon met cijfers omgaan. Economische prognoses opstellen was voor haar de gewoonste zaak van de wereld. Ze had al vroeg geweten dat dromen als zeepbellen uiteenspatten als er geen solide fundament onder zat. Corinne was ervan overtuigd dat dat de invloed van haar vader was, ze was nu eenmaal de dochter van een succesvolle ondernemer. Ook al hadden de tirades van de koffiebaron haar vroeger soms op de zenuwen gewerkt en had ze ook lange tijd niet willen inzien waarom ze eigenlijk bedrijfskunde moest studeren, nu was ze er blij mee.

Een korte, liefdevolle gedachte ging naar haar vader, die inmiddels hopelijk behouden in de villa was aangekomen en goed werd verzorgd. Van haar ouders was hij altijd de strengste geweest, hij hield altijd in de gaten dat zijn kinderen goed terecht zouden komen. Haar vader was niet altijd gemakkelijk in de omgang geweest. Maar hij had haar goed op haar werkende leven voorbereid, dat had haar huidige situatie haar duidelijk laten zien, wat haar van dankbaarheid vervulde.

Ook de kennis over koffie die ze in de loop van de jaren in het familiebedrijf had opgedaan en die was verdiept in de weken dat ze in de directie had gezeten, kwam haar van pas. Toch waren er grote verschillen tussen een eenvrouwsbedrijf en een onderneming met honderden werknemers. Tussen het gestandaardiseerde branden in de grote heteluchtbrander met honderden kilo's koffiebonen, zoals bij Ahrensberg Koffie, en een trommelbrander op gas met vijf tot tien kilo per batch lag een wereld van verschil. Bij Ahrensberg Koffie kostte dat maar vijf minuten, met een trommelbrander duurde het een kwartier tot vijfentwintig minuten.

Noah was grandioos. Hij liet Corinne zonder voorbehoud alles zien wat belangrijk was. Ze brandden samen koffie. Noah legde Corinne uitvoerig de functie van de brander en de afzonderlijke stappen in het productieproces uit en liet haar vervolgens zelf haar gang gaan. Ze mocht een batch koffie helemaal vanaf nul alleen branden. Noah begeleidde het proces met tips en uitleg.

'Dit hier is waarschijnlijk het grootste verschil tussen een grote koffiebranderij en een kleine ambachtelijke koffiebranderij. De bonen worden niet supersnel, maar juist heel langzaam gebrand. En het is elke keer opnieuw spannend. Hier wordt voor een groot deel de kwaliteit bepaald die je later proeft. Natuurlijk komen er later ook nog andere factoren bij, maar dit hier is de basis. Als die niet klopt, heb je ook niets aan de perfecte maalgraad, het beste water en de beste manier van zetten.'

'Maar hoe weet je welke soort welke brandgraad nodig heeft, waardoor die zijn aroma het best kan ontvouwen? En heb je zelf liever zuivere koffies of melanges? Wat vinden je klanten ervan?' Terwijl Corinne haar vragen stelde, hield ze haar aandacht op de draaiende trommel gericht. Telkens weer trok ze de kleine monsterlepel eruit om de kleur te controleren. Ze genoot van het geluid als ze de bonen weer in de trommel liet rollen. Noah lachte zacht.

'Ontspan, Corinne. Dat duurt nog wel een paar minuten. De bonen komen net op temperatuur.' Daarna ging hij in op haar vragen. 'De kennis heb ik me eigen gemaakt door het te doen, erover te lezen en vooral natuurlijk ook met vallen en opstaan. En wat ik het lekkerst vind, is gewoon goede koffie; als datgene wat in het kopje zit me overtuigt, kan het me niet schelen of dat zuiver is of een melange.'

Corinne luisterde naar hem en hield tegelijkertijd de brander continu in de gaten. Ze was van pure opwinding erg gespannen, want ze wilde absoluut niets fout doen en de batch verpesten.

'Bij ons zouden de bonen allang klaar zijn,' zei ze.

Noah knikte. 'Het is een heel andere opzet. Maar dat is immers ook prima. De wereld is gevarieerd en verscheidenheid is belangrijk.'

Corinne was Noah dankbaar. Veel andere kleine branders zouden zichzelf waarschijnlijk beter vinden en hun neus hebben opgehaald voor de grote koffiebranderij, maar hij zag daarvan ook de positieve kanten. En vooral begreep hij wat het bedrijf voor Corinne betekende, dat het voor haar meer dan een willekeurige onderneming was.

'Ruik eens,' zei Noah. 'Nu begint de magie van het koffiebranden zich langzaam te ontvouwen.'

Gehoorzaam tilde Corinne haar neus op en snoof de eerste zachte koffietonen op.

'Nu zitten we er middenin,' zei Noah, en Corinne voelde zijn concentratie toenemen. 'In de bonen worden gassen gevormd. Vanaf een bepaald punt dringen ze naar buiten en dan barsten de cellen in de koffiebonen.'

'*First crack*,' zei Corinne, en ze knikte. Zoveel wist ze natuurlijk ook wel van branden.

'Precies. Het is de combinatie van geur, kleur en geluid die me vertelt wanneer de perfecte brandgraad bereikt is. Kijk nog maar een keer naar de bonen.'

Meteen trok Corinne het monsterlepeltje uit de brander en inderdaad, in de laatste seconden was de kleuring duidelijk veranderd, de bonen waren van bleekgroen lichtbruin geworden.

'De geur wordt ook steeds intenser,' merkte Corinne op, en ze slaakte een genietende zucht. 'Ik denk dat vooral de geur me zo betovert. Ik vind het gewoon heerlijk als het naar vers gebrande koffie ruikt.' Opnieuw controleerde ze de kleur van de bonen, die nu bijna van seconde op seconde donkerder werden.

Heel even glimlachte Noah naar haar, daarna knikte hij naar de brander, legde zijn vinger op zijn lippen en boog zich iets naar voren.

Corinne volgde hem.

Bij het ritselen van de bewegende bonen kwam nu een licht gekraak. Eerst maar af en toe, daarna steeds duidelijker.

'Dat is het. Tien seconden,' zei Noah. 'En dan eruit en koelen maar.'

Vanuit haar ooghoek zag Corinne zijn hand bewegen, maar hij hield zich in en liet ook die stap aan haar over. Ze telde tot tien en daarna stopte ze het branden en liet de bonen op het koelrooster glijden, waar ze door de roerder in beweging werden gehouden, terwijl ze vlot maar behoedzaam afkoelden.

Nadat Corinnes eerste eigen branding helemaal klaar was, haalde Noah nog meer koffiesoorten tevoorschijn en mocht Corinne kleine batches uitproberen. Elke boon reageerde weer anders, werd sneller of langzamer bruin, had na de eerste crack meer of minder tijd nodig.

Noah gaf Corinne tips, maar hij stimuleerde haar ook en wilde telkens van haar weten wat volgens haar de volgende stap zou zijn, voordat hij die bevestigde of corrigeerde.

Het duurde niet lang of Noah zei dat hij zag dat Corinne veel gevoel had voor de behoeften van de verschillende soorten.

'Sommige mensen hebben een zesde zintuig, een goede koffiebrander heeft een speciaal koffiezintuig. En dat heb jij, Corinne, dat is duidelijk. Je bent een waardige erfgename van de Ahrensberg-dynastie!' zei hij grinnikend.

Corinne glimlachte dankbaar naar Noah en concentreerde zich weer op haar werk – hoewel ze eigenlijk op dat moment niets te doen had, want de bonen werden in het apparaat zacht geroerd en in beweging gehouden terwijl tegelijkertijd de hete lucht werd afgevoerd, waardoor ze afkoelden. Corinne was heel blij met Noahs lovende woorden, maar voelde zich er ook wat verlegen door. Ter afleiding stelde ze een vraag die bij haar opkwam nu ze de vers geroosterde koffiebonen zag.

'Waarom moet je er eigenlijk op letten dat de bonen niet te lang gekoeld worden? Ik bedoel, ik ken het natuurlijk, maar bij ons op het bedrijf is tijd vooral een economische factor. We hebben een enorme doorzet, alles moet vlot gaan. De koelinstallatie moet altijd snel weer vrij zijn voor de volgende batch. Ik ging er tot nog toe dan ook van uit dat dat de reden was. Maar hier bij jou verloopt alles duidelijk meer ontspannen, dus waarom wordt de koeling meteen gestopt als de temperatuur omlaag is gebracht? Want anders zouden we de volgende batch immers kunnen bijvullen en daarna weer naar de bonen hier gaan kijken.'

'Dat is om de kwaliteit te garanderen. Als de bonen te lang worden geroerd en daarbij tegen elkaar aan komen, gaan ze elkaar polijsten. Ze krijgen dan een onnatuurlijke vettige glans, dat wil ik vermijden.'

'Dan dus liever hier afwachten en op het juiste moment de draaitafel stoppen,' vatte Corinne het samen. 'Ik begrijp het.'

'En laten we het belangrijkste argument niet vergeten: je moet van het leven als koffiebrander genieten, die momenten van wachten tussendoor zijn van jou! Voor mij heeft mindful gebrande koffie ook iets met onthaasting te maken.'

Dat idee beviel Corinne wel. Zo had ze het in haar dromen ook voor zich gezien.

Vervolgens sorteerden ze samen de vers gebrande bonen. Ze hadden er lol in om met hun vier handen over de uitgespreide bonen te zweven, als buizerds die op jacht waren. Soms ontdekten ze gelijktijdig een steentje en dan schoten hun vingers erop af om het opzij te schuiven.

De kriebels die Corinne altijd voelde als ze Noahs huid op haar eigen huid voelde, brachten haar in de war, maar ze genoot er ook van. Het voelde heel goed. Als ze in zou zijn voor een avontuurtje, dan zou Noah echt bij haar in de smaak kunnen vallen. Maar op dit moment waren er in haar leven echt belangrijker dingen, ee verliefd hart zou haar alleen maar afleiden en haar in het ergste geval zelfs van haar weg afbrengen.

'Gelukt. Hé, je mag vaker langskomen, met z'n tweeën gaat het sorteren echt snel. En dan nu naar de volgende fase, zou ik zeggen. Nu gaan we verpakken en wordt de koffie klaargemaakt voor de verkoop. Ben je er klaar voor?'

'Ik ben klaar als jij het bent.' Het was eruit voordat tot Corinne doordrong wat ze zei. Ze had Gwen geciteerd uit de *Edelsteentrilogie* van Kerstin Gier. De vrouwelijke hoofdpersoon Gwen had dat gezegd tegen Gideon, de arrogante, ongelooflijk knappe mannelijke hoofdpersoon. De vonken spatten ervan af tussen die twee in dat verhaal. Moest het uitgerekend dat citaat zijn?

'Fijn,' zei Noah, en Corinne ademde opgelucht uit. Hij kende de boeken kennelijk niet, waardoor hij ook geen verkeerde conclusies trok, want dat zou ze pijnlijk hebben gevonden.

Na het verpakken mocht Corinne etiketteren, iets wat ze nog nooit had gedaan, want ook daar hadden ze bij Ahrensberg een apparaat voor. Noah verklapte haar hoe hij een schap inrichtte om de producten zo goed mogelijk te presenteren. Ze zetten nieuwe pakjes koffie in het schap, kletsten en lachten, en het voelde alsof het al honderd jaar zo was geweest: twee mensen die nauw samenwerkten.

Tussendoor schreef Corinne telkens weer belangrijke punten op in haar notitieboekje. Straks had ze al bladzijden vol informatie, die Noah zo uit zijn mouw schudde. Nu rekte ze zich geeuwend uit.

'Ik denk dat het genoeg is voor vandaag,' zei ze. 'In mijn hoofd tollen zoveel op hol geslagen koffiebonen rond dat ik niet meer helder kan nadenken.'

'Dat komt precies goed uit. Ik moet Susan een levering brengen. Wat zeg je ervan, Corinne, ga je mee? Een stuk taart zou ons na al het werk goeddoen, lijkt me. Ik nodig je uit om de dag te vieren. Ik heb tenslotte nog nooit een stagiaire bij mij in de winkel gehad. En al helemaal niet zo onverwacht en iemand die zo getalenteerd is.'

'Hoe zou ik zo'n charmante uitnodiging kunnen afslaan?' reageerde Corinne, en ze ergerde zich aan het blije sprongetje dat haar hart maakte.

Het duurde niet lang of ze wandelden samen in de richting van de dom, onderwijl pratend over Corinnes avontuur van een eigen koffiebranderij en over Noah die zichzelf al zijn kennis vanuit zijn passie had bijgebracht. Hij had ooit literatuurwetenschap gestudeerd en een tijdje als redacteur bij een uitgeverij voor geschenkboeken en ansichtkaarten gewerkt. Maar koffie en de behoefte om iets nieuws te proberen hadden hem niet losgelaten.

'Vandaar al die koffiespreuken, nu begrijp ik het,' merkte Corinne op.

'Klopt, dat is een overblijfsel uit mijn vroegere leven. Ik vind dat het heel goed bij elkaar past.'

'Absoluut,' stemde Corinne ermee in. 'Dat geeft jouw branderij iets extra's. Je komt binnen en voelt je prettig.'

'Is dat zo?' Noah wierp haar een vragende blik toe. Toen ze knikte, begon zijn gezicht te stralen. 'Dat is mooi. Dat is precies wat ik wilde bereiken. Maar je weet immers nooit of wat je in je hoofd hebt ook echt zo overkomt bij de klant. Daarom ben ik blij dat je dat zegt. Maar nu iets anders, dat wilde ik je allang vragen: hoe ga je je branderij eigenlijk noemen?'

Noah was vandaag al de tweede die dat wilde weten. Sinds haar telefoontje met Sebastian die ochtend had Corinne haar gedachten telkens over een geschikte naam laten gaan.

'Wat vind je van Öcher Boontje – de koffiebranderij?' vroeg ze nu. Ze had Noah een arm gegeven en voelde zich in zijn nabijheid heel erg geborgen. Met hun even lange passen liepen ze in de maat.

'Ja, super!' Noah knikte enthousiast. 'Daarmee laat je zien dat je je verbonden voelt met de streek, dat valt bij de klanten in de smaak – net zo goed bij de mensen van hier als bij de toeristen – en vooral als je ook nog een van je koffiesoorten zo noemt. Ik denk dat het dan loopt als een tierelier.'

'Als ik de geschikte ruimte vind.' Corinne slaakte een zucht. Dat probleem moest ze echt snel oplossen, anders bleef het bij dromen.

'Ik leg mijn oor te luisteren,' beloofde Noah. 'Ik heb goede contacten binnen de Akense middenstand. Misschien zoekt iemand een huurder die zijn pand wil overnemen, dat komt regelmatig voor. Ik denk dat het zelfs de beste kans is om aan een echt goede winkel te komen. Ik zal morgen in ons netwerk een zoekopdracht plaatsen als je het ermee eens bent.'

'Dat zou fantastisch zijn. Dank je wel, Noah. Dat is echt niet vanzelfsprekend, ik waardeer je hulp heel erg.'

Inmiddels waren ze bij Emotion aangekomen. Noah hield de deur voor Corinne open. Samen met een vlaag koude winterlucht kwamen ze het gezellige koffietentje binnen, waar het heerlijk naar taart, koffie en thee rook. Susan had haar twee vrienden al meteen ontdekt en kwam stralend op hen af.

'*Hello*, maar dat is een lovely verrassing, jullie twee knapperds samen hier bij mij. *Perfect*!' riep ze uit, en ze bracht hen tweeën zonder lang te aarzelen naar een tafeltje bij het raam. Corinne wilde naar de taartvitrine om iets lekkers uit te kiezen, maar Susan hield haar tegen. 'O, *wait, wait*, ik heb een dadel-perenquiche met gekaramelliseerde noten gebakken. *Delicious*, jullie vinden vast lekker. Koffie voor jullie allebei?' vroeg ze nog over haar schouder toen ze al onderweg was naar de bar.

'Een kruidenthee graag,' zeiden Corinne en Noah tegelijk. Ze keken elkaar aan en proestten het uit. Twee koffiebranders die thee kwamen drinken. Begrijpelijk was het echter ook, ze hadden in de loop van de middag zeker vier of vijf koppen koffie gedronken. Meer dan genoeg in elk geval.

Susan glimlachte heel tevreden toen ze vlak daarna met taart en thee weer bij hun tafeltje kwam. Vanzelfsprekend trok ze een stoel bij, nam plaats en keek hen verwachtingsvol aan. Het was overduidelijk: ze wilde op de hoogte gebracht worden van de laatste ontwikkelingen.

Na een halfuur had Corinne afscheid genomen en Susan en Noah achtergelaten. Ze moest dringend naar haar broer toe.

Opgewekt liep ze naar het bedrijfspand. Ze zat vol energie en kon niet wachten om Alexander eindelijk te vertellen wat ze op haar hart had. Het was een goed gevoel dat ze zich niet uit woede terug zou trekken uit het bedrijf, maar omdat ze erachter was gekomen dat het beter voor haar was. Ook als Alexander Ahrensberg Koffie niet in de richting zou sturen die Corinne wenselijk vond voor de familieonderneming zou ze daar geen ruzie meer met hem over maken.

Nog steeds hoopte ze dat Alexander weer wat toegankelijker zou worden als ze hem liet zien dat ze niet uit was op een confrontatie. Misschien zou zijn houding veranderen als ze zich terugtrok. Wie weet werd hij weer de broer die ze zo had gemist, als hem duidelijk werd dat ze hem niet meer in de weg zou staan. Ze wenste hem immers echt niets slechts toe, hij was haar broer, ze hield van hem en ze wilde juist dat hij gelukkig was. En exact dat wilde ze hem vertellen.

Ze dacht aan Noah, die waarschijnlijk nog bij Susan zat, die hem waarschijnlijk de oren van het hoofd vroeg en omkocht met taart, zodat hij details zou vertellen die er helemaal niet waren. Corinne en Noah mochten elkaar graag, ze konden vanaf het eerste moment goed met elkaar opschieten en voor Corinne voelde het alsof ze een fantastische nieuwe vriend had gevonden. Ze voelde weliswaar lichte kriebels, maar ze had totaal geen romantische belangstelling voor Noah, daar was in haar leven nu echt geen plaats voor.

Corinne bleef staan. Die gedachtegang had ze de afgelopen uren een paar keer in verschillende gedaanten gehad. Wat was er met haar aan de hand dat ze tegenover zichzelf steeds weer moest bevestigen dat ze geen interesse had?

Wat er ook door haar heen maalde, het was het verkeerde moment en ze zou niet toelaten dat haar gevoelens een eigen leven gingen leiden. Ze had al genoeg aan haar hoofd; ze had haar energie nodig voor haar toekomstplannen en om haar moeder te ondersteunen.

De hele dag hadden ze steeds weer berichten uitgewisseld. Haar vader was inmiddels thuis, alles was gesmeerd verlopen, de verpleegkundigen hadden de verzorging overgenomen. Maar haar moeder maakte een gespannen indruk, wat gezien de moeilijke situatie niet verwonderlijk was.

Corinne besloot bloemen voor haar mee te nemen als ze later naar huis ging. Misschien durfde ze het ook wel aan om haar man een paar uur aan de verpleegkundigen over te laten, dan zou Corinne haar uitnodigen om naar de film of naar het theater te gaan en na afloop met haar uit eten gaan. Ze zou proberen haar moeder over te halen. Niet meteen vandaag, de eerste dag dat haar vader thuis was, maar een van de komende dagen. Wat zou ze van Corinnes plannen zeggen? Corinne hoopte op haar moeders ondersteuning, haar begrip.

Voor de volgende dag hadden Noah en Corinne afgesproken om de oude trommelbrander van Corinnes opa te inspecteren. Noah wilde hem bekijken, hij had een zwak voor oude branders. Zelf werkte hij met een model uit 1950 en hij kon haar waarschijnlijk wel vertellen of ze er nog beroepsmatig mee zou kunnen branden.

Afgezien van de zorgen om haar vader voelde Corinne zich gelukkiger dan ze zich in lange tijd had gevoel. Ze stond te popelen om een geschikte ruimte te vinden en te beginnen. Maar eerst wilde ze orde op zaken stellen. Daarom was ze op weg naar Alexander. Hij moest het nu echt horen.

Toen ze naar de trap liep, passeerde ze Emil, en ze zwaaide opgewekt naar hem. Zoals altijd vond Emil het leuk om haar te zien en hij zwaaide glimlachend terug voordat hij zich weer tot de klant wendde met wie hij in gesprek was.

Omdat ze geen geduld had om op de lift te wachten, vloog Corinne met twee treden tegelijk de trap op. Een kort klopje op Alexanders deur en ze stormde zijn kamer al binnen.

'Alexander, ik heb een beslissing...'

Corinne zweeg en keek haar broer verrast aan. Hij was niet alleen, Thomas Feldmann van marketing was bij hem. Dat was niets bijzonders, maar de manier waarop de twee opveerden en Corinne bijna ontzet aankeken, wekte haar achterdocht. Ze maakten een opgewonden, wat verfomfaaide indruk. Hadden ze elkaar net omarmd?

'Corinne!' riep Alexander uit, en hij probeerde zo onopvallend mogelijk zijn overhemd in zijn broek te stoppen. 'Wat doe jij hier?'

Hoofdstuk 14
Handel

Euweiler • Euwiller

Juni 1945

'Dag, mevrouw Müller.' Eberhard groette beleefd toen hij achter zijn moeder aan de woonkeuken binnenkwam. Hij was heel blij de oude dame in goede gezondheid te zien, al leek ze in de maanden van zijn afwezigheid jaren ouder geworden.

Als het in het kamp heel moeilijk was geweest, had hij zijn toevlucht gezocht tot de eerste keer dat hij onder haar leiding koffie had gebrand. Hij vluchtte in zichzelf wanneer zijn kameraden werden geteisterd door nachtmerries of het hadden uitgeschreeuwd van de pijn, wanneer het zwart van de nacht hem dreigde te verslinden. Dan vluchtte hij naar een plek waar de buitenwereld niet bij kon. Meestal had hij dan geprobeerd niet aan zijn familie of aan Isabella te denken, want dat soort gedachten wakkerden zijn verlangen alleen maar aan en maakten hem verdrietig.

Voordat Eberhard gevangen was genomen, had hij geen heimwee

gekend. Hoe had dat ook gemoeten, hij was immers nog nooit van huis weggeweest. Nu wist hij dat heimwee je vanbinnen kon opvreten. Het beroofde lichaam en ziel van kracht en benam je je levensmoed. Om het vol te houden had hij liever aan verre landen gedacht, waar de koffie aan de struiken groeide en waar hij ooit naartoe zou reizen. Of hij had zich het geluid van de ritselende koffiebonen in de brander voorgesteld – zijn favoriete beeld, omdat het hem een warm, geborgen gevoel gaf. Hij had de geur opgeroepen die tijdens het brandproces steeds intenser werd en zichzelf beloofd na de oorlog alleen nog goede koffie te drinken. Ooit, had hij zich vast voorgenomen, wilde hij zelf een kleine brander hebben.

Maar op dit moment ging het niet om wensen en hoop, van koffie kon hij de komende maanden waarschijnlijk alleen maar dromen. Zijn familie en hij hadden immers niet eens een eigen dak boven hun hoofd en geen winkel meer om in hun onderhoud te voorzien. Maar ze hadden geluk gehad. Het huis van mevrouw Müller was groot genoeg en misschien was ze zelfs wel dankbaar voor de steun die ze nu bij de dagelijkse bezigheden kreeg en het gezelschap.

Mevrouw Müller was tijdens de oorlog een van de weinigen in het dorp geweest die Eberhard altijd vriendelijk had behandeld, en dat terwijl zijn vader ook haar het leven zuur gemaakt had wanneer hij maar kon. Toen ze zag dat het Eberhard was die binnenkwam, trok er een stralende glimlach over haar rimpelige gezicht.

'Je bent weer thuis, mijn jongen. De Heer zei geprezen! Wat een vreugde,' riep ze uit. 'Johanna, geef de jongen meteen iets te eten. Hij trilt immers als een riet. Er staat nog soep op het fornuis, dat zal hem goeddoen. En er is ook nog een homp brood.'

'Ik kan mezelf beter eerst een beetje wassen,' mompelde Eberhard. Hij schaamde zich voor zijn vieze kleren, ook al kon hij daar niets aan doen. Hij rook het zelf allang niet meer, maar hij wist dat hij een uur in de wind stonk.

‘Onzin,’ zei mevrouw Müller meteen. ‘Van een beetje stank is nog nooit iemand doodgegaan, maar wel van de honger.’ Ze klopte op de zitbank, op de plek naast zich. ‘Stel je niet aan, jongen, ga zitten, ga zitten! Eerst wordt er gegeten, daarna kun je in bad. Rust lekker uit, nu ben je thuis.’

‘Dank u wel, mevrouw Müller,’ zei Eberhard zacht.

Thuis, had ze gezegd. Was het dat echt? Ze hadden bij haar onderdak gevonden. Zelf hadden ze niets meer: geen meubels, geen eigen huis... Maar ze lééfden, dacht hij meteen daarna, en hij schaamde zich voor zijn ondankbare gedachten.

‘Maar je moet wel ophouden met dat vreselijke “mevrouw Müller”. Ik heet Edda, ook voor jou.’

‘Maar...’ Vragend keek Eberhard naar zijn moeder.

Ze glimlachte verdrietig en knikte. ‘Het is in orde, Eberhard. Maak je niet ongerust,’ zei ze zacht.

Was ze niet bang voor zijn vader? Hij had het zijn kinderen verboden om mevrouw Müller te tutoyeren. Als het aan hem had gelegen, had hij het hun verboden met haar om te gaan, omdat ze Poolse grootouders had. Op dit punt had Eberhards moeder echter nu eens een keer haar zin doorgedreven, ze had erop gestaan dat Eberhard de zieke vrouw hielp en haar kinderen gemaand vriendelijk te zijn tegen hun medemensen. Maar hoe was de situatie nu?

Had zijn vader er problemen mee om hulp aan te nemen van iemand die niet zuiver Duits was of was ook hij van de ene op de andere dag een tegenstander van het regime geworden? Daarmee kon hij hier in het dorp toch onmogelijk wegkomen. Niet nadat hij de mensen zo had gekoeioneerd.

Maar zijn vader kon hem op dit moment helemaal niet zoveel schelen. Hij miste Barbara en Rudolf; hij had de laatste maanden zo vaak aan de kleintjes gedacht en gehoopt dat het goed met hen ging.

‘Waar zijn mijn broertje en zusje?’ vroeg hij daarom. Hij wilde de twee in zijn armen sluiten, ze voelen, zien hoe groot ze inmiddels waren geworden en hoe ze zich hadden ontwikkeld.

Zijn moeder kwam met een grote kom soep naar hem toe, zette die voor hem op tafel neer en legde er een flink stuk brood naast.

'Jongen, eet eerst alsjeblieft iets, zodat je op krachten komt. Praten kunnen we later nog wel.' Haar stem klonk zwak, maar ze glimlachte naar Eberhard, streelde met haar hand over zijn wang en bekeek zijn gezicht alsof ze zich elke centimeter daarvan wilde inprenten. 'Het is zo mooi dat je er bent. Ik heb er elke dag om gebeden,' zei ze zacht. Er biggelde één traan over haar linkerwang.

Eberhard pakte zijn moeders hand en vlijde zijn gezicht in haar handpalm. Het was slechts een paar seconden, maar het deed hem oneindig goed. Een luid geknor onderbrak hun stille samenzijn: Eberhards maag roerde zich.

Zijn moeder had hem een stevige groentesoep voorgezet, zoiets lekkers had Eberhard in geen maanden geroken. De geur van liefde en verse kruiden. Van zijn geboortestreek. Er dreef zelfs een spekzwoerd in, wat de bouillon kracht gaf.

'Dank je, moeder,' zei Eberhard nog snel voor hij aanviel op het eten. Gulzig werkte hij een paar lepels naar binnen, hij kauwde en slikte door en huilde bijna van vreugde, zo fantastisch smaakte het. Maar daarna dwong hij zichzelf zich in te houden. Hij had geleerd dat je ondanks je tomeloze honger langzaam moest eten, omdat je maag zich anders tegen het eten verzette en je daarna erge buikpijn kreeg.

Om niet in de verleiding te komen om door te eten, probeerde hij zichzelf af te leiden, en hij zette het gesprek voort. 'Mama, zeg me alsjeblieft wat er gebeurd is. Hoe is het jullie vergaan? Is er iemand van de familie bij de aanvallen gewond geraakt? En wat is er met de Rosenbaums en de Pelzmanns gebeurd?'

'Ik ga even naar de kelder, ik moet iets ophalen,' mompelde Edda, en ze hees zich moeizaam omhoog uit haar stoel. Ze pakte de stok die naast haar tegen de muur stond en schuifelde langzaam door de kamer de deur uit. Het was overduidelijk dat ze moeder en zoon de gelegenheid wilde geven om in alle rust met elkaar te praten.

'Nou?' vroeg Eberhard nadrukkelijk toen de keukendeur nog maar net achter Edda dicht was gegaan.

'Jongen, het spijt me zo. Je broer is tijdens het laatste ernstige bombardement om het leven gekomen.' Met haar zakdoek bette ze haar ogen droog, ze slikte en ging verder. 'Het was verschrikkelijk. Hij had een steen tegen zijn hoofd gekregen. Ik kon niets meer doen.'

Rudolf. Zijn kleine, ziekelijke lieveling Rudolf, op wie hij zich zo had verheugd. Eberhard rilde. Het nieuws was als een ijskoude douche. Zijn tanden klapperden, maar hij huilde niet. Hij schudde alleen sprakeloos zijn hoofd en wilde het niet geloven.

Wanneer hield het eindelijk op? Wanneer hield die verdomde, door Hitler veroorzaakte nachtmerrie eindelijk op en kwelde die hem niet langer? De oorlog was dood. Ze hadden hem begraven. Maar zelfs nu nog, terwijl hij allang in het graf lag, greep hij met zijn koude dode vingers uit het graf en richtte nog steeds onheil aan.

'En Barbara?' vroeg hij, en zijn hart leek van pure angst voor het antwoord stil te blijven staan. Maar toen zag hij zijn moeders blik en hij liet zijn ingehouden adem ontsnappen.

'Ze slaapt. Ik ga haar zo halen, ze danst vast van vreugde als ze je ziet,' zei zijn moeder, en in haar ogen zag Eberhard naast het verdriet geluk.

'Godzijdank,' zei Eberhard. 'Maar wil je me alsjeblieft nog eventjes geven?' Hij wilde kracht hebben om zijn zusje rond te zwieren, dus nam hij nog een paar lepels soep. Zijn maag kwam in opstand, hij legde het bestek aan de kant en dwong zichzelf diep adem te halen tot het vanbinnen weer wat tot rust was gekomen.

'Waar is vader?' vroeg Eberhard na een tijdje toonloos. Hij had het vermoeden dat er nog een doodsbericht zou volgen en was er niet zeker van wat zijn emoties daarbij zouden zijn.

'Je vader is gevallen tijdens de strijd om Aken, Eberhard. Hij is vrijwillig gaan vechten. Hij had niet naar het front gehoeven, hij was een belangrijk man hier in het dorp. Maar hij kon niet accepteren dat we de oorlog zouden verliezen. Tot het laatst heeft hij de propaganda geloofd en gedroomd van de grote eindzege.'

Eberhard zat er zwijgend bij en probeerde erachter te komen wat dit bericht met hem deed. Zijn vader was dood. Hij was echter niet alleen zijn vader, maar ook een monster geweest. Een boosaardig mens, iemand die Eberhard en zijn broers en zussen, maar vooral zijn moeder, het toch al zo zware leven nog moeilijker had gemaakt. Die vol overgave mensen een wisse dood in had gejaagd.

'Ik weet wat er in je omgaat, Eberhard. Je vader was niet door en door slecht. Neem dat alsjeblieft van me aan. Hij werd verblind door die vreselijke Hitler. Hij was zichzelf niet. Ik weet echt niet wat er in de partij werd verteld, hoe het hun gelukt is bij zoveel mensen het verstand op nul te zetten. Soms leek het wel alsof August op afstand werd bestuurd.'

'Hij schepte er genoegen in om anderen pijn te doen, moeder. Het spijt me, ik weet dat je zijn vrouw was, je hebt vast ooit van hem gehouden, maar hij werd niet op afstand bestuurd. Hij was kwaadaardig. Het was een sadist.'

Nu was het Eberhard duidelijk dat hij geen verdriet voelde voor zijn gesneuvelde vader en geen medelijden met hem had. Het enige wat hij voelde was afschuw. De enige met wie hij medelijden had, was zijn moeder. Hij gaf haar even de tijd om zich te herstellen, maar daarna moest hij doorvragen. Hij moest het eindelijk weten. 'Hebben de Rosenbaums het gered? Waar wonen de Pelzmanns nu?' vroeg hij buiten adem. Omdat hij al vermoedde hoe het antwoord zou luiden, was hij daar ontzettend bang voor: hij wilde het horen en ook niet.

'Ze zijn gekomen. Die ochtend toen jij naar het front moest,' vertelde zijn moeder. Ze fluisterde bijna, alsof ze zelf niet wilde horen wat ze te zeggen had. 'Charlotte was een moedige vrouw. Veel moediger dan ik ooit had kunnen zijn. Ze is voor de kast gaan staan en wilde de Gestapo beletten die aan de kant te schuiven. Ze hebben haar zomaar doodgeschoten.' De laatste zin kwam bijna toonloos over zijn moeders lippen.

Charlotte? Isabella's moeder? Eberhard kon bijna niet meer ademhalen, bij de gedachte aan dat beeld kreeg hij geen lucht meer. Nu was er echter geen weg terug meer, hij wilde zichzelf niet meer sparen: hij wilde alles weten.

'Ga door,' drong hij aan.

'Isabella hebben ze achtergelaten. Misschien omdat ze nog een half kind was en ze dachten dat ze niets van de ondergedoken Joden geweten had. Het kan ook zijn dat ze haar niet opgemerkt hebben. Ze had zich verstopt onder de trap en heeft gezien hoe haar moeder werd doodgeschoten.'

Een gesmoorde snik ontsnapte uit Eberhards borst. Wat had Isabella moeten doormaken. En hij had er niet voor haar kunnen zijn. Het deed hem zoveel pijn dat hij er duizelig van werd.

'De Rosenbaums en Bernhard Pelzmann zijn weggevoerd. Ik weet niet hoe het met hen is afgelopen, maar ik denk niet dat ze nog in leven zijn.'

'En hoe is het met Isabella? Waar is ze nu?'

'Eberhard, ben je bij hun huis geweest? Heb je gezien dat het verwoest is? Isabella heeft zich na de dood van haar moeder niet meer laten zien. Ze is tijdens de luchtaanvallen niet naar de schuilkelder gekomen. Ze heeft met niemand meer besproken. Ze was als een geest. Ik heb telkens weer geprobeerd haar te helpen, maar ze liet me niet toe. Het is vreselijk, Eberhard, maar ik ben bang dat Isabella haar moeder slechts een paar weken heeft overleefd.'

Even voelde het voor Eberhard alsof hijzelf dood was gegaan. Zijn lichaam functioneerde nog wel, maar in hem was er alleen nog maar een verschrikkelijke leegte. Daarna kwam de woede, die die leegte vulde. Dat gevoel overspoelde Eberhard en bracht zijn levenswil terug.

Die verdomde oorlog! Was hij nu tevreden? Die had hem zoveel ontnomen wat hem lief was. Maar hém zou hij niet vernietigen. Die genoegdoening zou Eberhard de oorlogshitser Hitler ook in de dood niet gunnen. Nooit!

'Mijn vader heeft een vreselijke schuld op zich geladen,' zei Eberhard met vaste stem. 'En op ons als familie, op mij als zijn zoon en erfgenaam. Ik zweer op zijn dood dat ik er mijn leven lang hard voor zal knokken om een goed mens te zijn en mijn medemensen te helpen. Ik zal exact de zoon zijn die mijn vader nooit wilde hebben, vol begrip en menselijkheid. Voor Isabella. Voor mijn dode broertje en zusje en voor alle andere arme stakkers die het leven moesten laten.'

'Eberhard?' klonk een slaperige stem uit de richting van de deur. 'Eberhard?' riep ze nu klaarwakker. 'Mijn Eberhard!' En ze rende op hem af.

Het kostte hem zijn laatste kracht, maar het lukte hem zijn zusje twee keer rond te zwieren, omdat ze het zo fijn vond als hij dat deed.

Zijn handen bloedden, maar Eberhard worstelde zich verbeten door de puinhopen heen die ooit de winkel in koloniale waren van zijn vader waren geweest. Van Edda had hij een ladderwagen geleend, waar hij de schatten op zette die de verwoesting hadden doorstaan.

Inmiddels had Eberhard een samenraapsel van de uiteenlopendste dingen uit het puin gehaald. Hij had conserven, gereedschap, zeep en schrijfwaren gevonden. En ook schroeven en spijkers, die hij met veel moeite een voor een had moeten oprapen. Maar dat maakte hem niet uit; het was uitstekende ruilwaar, waardoor zijn familie weer een tijdje in haar levensonderhoud kon voorzien, dat was wat telde. Hij had het grote geluk dat de winkel zo ernstig was verwoest dat niemand de moeite had genomen naar overblijfselen te zoeken.

Ondanks zijn eerdere plannen had Eberhard na zijn terugkeer besloten niet meer terug te gaan naar school en eindexamen te doen. Hij had nu de verantwoordelijkheid voor zijn moeder en zijn zusje en wilde zijn vaders winkel in koloniale waren voortzetten.

Zijn vader was niet arm geweest, met het geld konden ze het huis binnenkort weer opbouwen. Verder was er ondersteuning van de staat en waren er bankfinancieringen. Ze zouden het redden. Maar eerst moesten ze goed te eten hebben en voorzorgsmaatregelen treffen voor de winter. Het huis moest wachten.

Hoewel de winkel in zijn vroegere vorm helemaal niet meer bestond, was Eberhard toch begonnen met handelen. Bijna elke dag sjouwde hij spullen die hij in de puinhopen van de huizen had kunnen vinden of die zijn moeder uit hun platgebombardeerde huis had weten te redden naar Aken om ze op de zwarte markt te ruilen of te verkopen. Een hamer ruilde hij tegen een brood en schriften tegen margarine. Hij ruilde en ruilde en vocht ervoor om iets op te bouwen.

Alles wat hij nu bij elkaar kon scharrelen, zou de bouw en de start volgend jaar gemakkelijker maken. Maar het was moeilijk. Meestal was het net genoeg voor het dagelijks levensonderhoud. Er waren zoveel mensen die allemaal hetzelfde wilden: eten. Eberhards voordeel was zijn vasthoudendheid. Het lukte hem telkens weer om niet met lege handen thuis te komen.

Hij had ook handel kunnen drijven met de Britten, die erg geïnteresseerd waren in oorlogsrelieken. Maar al zou dat het misschien gemakkelijker voor hem gemaakt hebben, daarvan kon voor hem geen sprake zijn. Hij verafschuwde de nazi's uit de grond van zijn hart en wilde zijn handen niet vuilmaken aan die rommel. Anderen hadden minder scrupules. Overal was vraag naar: Hitlervlaggen, oude, afgedankte, straatnaambordjes met nationaalsocialistische namen of foto's van het monster Hitler. En vooral wapens waren in trek.

Eberhard kwam uitgeput van een dag handelen uit Aken terug. Hij zette een paar blikjes ananas en twee blikken met vlees op tafel. Daar kwamen nog boter, een pak meel en zes eieren bij.

'Buiten heb ik een krat met drie kippen,' zei hij. 'Als ze gewend zijn, gaan ze vast leggen, dan hebben we onze eigen eieren.'

'Ik breng ze wel naar het hok, dat is nog heel, net als de ren,' zei zijn moeder terwijl ze Eberhard omhelsde. 'Dat heb je goed gedaan.'

'Heb je ook iets voor mij meegenomen?' vroeg Barbara. Ze wist dat haar broer altijd aan haar dacht en vaak een kleinigheidje voor haar meebracht. Al was het vaak maar één snoepje. Heel af en toe wist Eberhard ook een *Streuselbrötchen* te bemachtigen. Barbara wist dat ze daarvoor eigenlijk geen geld hadden, ze moesten zuinig aandoen om het nieuwe huis te kunnen bouwen, had haar broer haar uitgelegd.

Eberhard schonk zijn zusje een liefdevolle blik, daarna zocht hij in zijn rugzak en haalde een pakje kauwgum tevoorschijn. Juichend viel Barbara hem om de hals.

'Dank je! O, Eberhard, je bent de beste broer op de hele wereld,' riep ze uit en meteen daarna danste ze door de kamer.

Dat was de beloning voor alle inspanningen die hij elke dag op zich nam. Het vervulde hem van trots als hij zijn zusje gelukkig rondjes zag draaien. Van die momenten genoot hij altijd heel erg, alleen daarom al probeerde hij om kauwgum of chocolade te bemachtigen, al lukte dat niet altijd. Omdat er weinig te lachen viel, deed de onbekommerde blijheid van zijn zusje hem echt goed.

Telkens weer verbaasde Eberhard zich erover dat ze zo onbekommerd kon zijn. Maar als hij haar later op de avond een verhaal vertelde en haar in de ogen keek, zag hij in de diepten daarvan haar pijn, alle verschrikkelijke dingen die ze in haar jonge leven had moeten doormaken. Wat een geschenk dat ze ondanks alles ook vrolijk kon zijn. Hij zag daaraan hoe sterk ze was.

Eberhard en zijn familie hadden geluk dat ze Edda Müller hadden, en omgekeerd gold dat ook. Edda hoorde inmiddels bij hen, ze was als een oma voor Barbara. Samen hadden ze besloten bij elkaar te blijven wonen en het huis van de familie niet te herbouwen. Als de situatie gestabiliseerd was, zouden ze het perceel verkopen. De opgave om weer een bedrijfspand te bouwen was al groot genoeg. En de kosten waren enorm, ondanks het geld dat ze geërfd hadden en de staatssteun.

Hun woonsituatie was gelukkig heel wat beter dan die van veel anderen. Eberhard had er zelfs een klein kamertje voor zichzelf, met een zacht bed en een deken zonder gaten of schaamluizen.

Bij de gedachte aan die walgelijke beestjes kreeg Eberhard meteen jeuk in zijn kruis. In het kamp waren ze echt een probleem geweest. Eberhard had geluk gehad dat Tom een scheermes voor hem had geregeld, waardoor hij zijn schaamhaar kon afscheren. Het hielp om daarna ook nog dagelijks azijn op zijn huid te doen. Dat brandde weliswaar als een gek, maar de schaamluizen waren verder getrokken naar zijn kamergenoot en hadden hem met rust gelaten. Hoe erg dat ongedierte ook was geweest, ze hadden natuurlijk niet moeten klagen. Schaamluis was vergeleken met de dreiging dat je in de oorlog zou sterven maar een kleine ergernis geweest.

Helaas jeukte het schaamhaar als het opnieuw aangroeide, zodat Eberhard telkens moest controleren of hij toch niet weer ongewenst bezoek had gekregen.

Ook nu hij zich weer regelmatig kon wassen, waren die controles zo'n gewoonte voor hem geworden dat hij eraan vasthield.

Terwijl Barbara genietend op haar eerste kauwgumpje kauwde, zat Eberhard in zijn stoel doelloos voor zich uit te staren. Hij was ontevreden met de situatie. Zo kwam hij niet verder, deze manier van handeldrijven leverde op den duur te weinig op.

'Wat is er met je, mijn jongen?' vroeg zijn moeder, die in de tweede stoel ging zitten. 'De kippen zijn goed doorvoed en gezond. Ik heb ze water gegeven. Het zal vast niet lang duren voordat we onze eigen eieren hebben. Toch zie je er niet tevreden uit. Zijn er problemen?'

Ook Edda was de kamer binnengekomen en bij hen gaan zitten.

'Nee, moeder. Geen problemen, maar je hebt gelijk, ik ben ontevreden.

De handel in spullen die ik op de kop weet te tikken, levert te weinig op. Ik zou een baan kunnen zoeken, overal zijn nu bouwvakkers nodig, maar dat is niet wat ik zou willen doen.' Eberhard keek zijn moeder open en oprecht aan. 'Ik wil koffiehandelaar worden, moeder.'

Zijn moeder haalde adem en wilde iets zeggen, maar Eberhard keek haar met een smekende blik aan zodat ze hem liet uitspreken.

'Ik heb er lang over nagedacht. Het is gevaarlijk. Om met koffie een bestaan te kunnen opbouwen zal ik moeten smokkelen. Maar dat loont. Ik heb het al een keer gedaan en toen was het nog gevaarlijker dan nu, want toen was het oorlog. De mensen snakken naar goede koffie. Als ik die in België koop, levert dat zoveel winst op dat ik een nieuw bestaan voor ons kan opbouwen.'

'Je weet dat ik me altijd zorgen om je maak, maar je hebt gelijk, jongen. Koffie is het zwarte goud.'

Het kreupelhout kraakte en Eberhard hield even in om te luisteren. In deze tijden wist je het nooit. Soldaten, douaniers of andere handelaren... het was beter dat je geen mens tegenkwam, anders zat je uiteindelijk nog zonder spullen of werd je zelfs gearresteerd.

Weer kraakte het, heel zacht. Was het een dier dat zich voor Eberhard in veiligheid bracht? Het volgende moment zag hij een smalle gestalte tussen de bomen flitsen, die voor hem wegglipte. Eberhards hart maakte een sprongetje. Dat blonde haar, dat figuur... het was Isabella!

De vrouw bleef staan, keek angstig om of iemand haar achtervolgde en snelde toen weer verder.

'Isabella!' riep Eberhard buiten zichzelf van vreugde. 'Isabella, wacht, ik ben het, Eberhard!'

Hij liet de zak met koffiebonen vallen en rende achter zijn vriendin aan. 'Isabella,' riep hij nog een keer. Het kon hem niets schelen of iemand hem hoorde, of het hem de buit van de dag kostte. Hij had Isabella gezien. Zijn Isabella!

Hijgend bereikte hij de plek waar ze was verschenen en hij keek om zich heen: er was niemand. Hij zocht alles af en kon geen sporen ontdekken. Kennelijk had hij zich vergist. Zijn fantasie was met hem op de loop gegaan. Isabella was dood, dat moest hij eindelijk accepteren.

Teleurgesteld sleepte hij zich terug naar de plek waar hij de koffiebonen had laten vallen, laadde de zak op zijn schouders en ging op weg naar huis.

Hoofdstuk 15

Uit de kast

Aken • Aachen • Oche • Aix-la-Chapelle • Aquae Granni

Heden: december

Alexander en Thomas Feldmann? Was het echt wat ze dacht, of was ze nu helemaal gek geworden? Corinne had een paar tellen nodig om zich te herstellen.

'Ik zou beter kunnen vragen wat júllie hier doen,' zei ze toen ze haar stem weer terug had. Heimelijk was ze blij, want het leek of ze haar broer eindelijk een keer zonder masker had betrapt – al had ze met wat ze nu ontdekte nooit van haar leven rekening gehouden. Als wat hier in de lucht hing werkelijk waar was, waarom had Alexander dan nooit met haar gepraat? Waarom maakte hij een geheim van zijn homoseksualiteit?

Thomas Feldmann pakte een ordner van de tafel en probeerde een zakelijk gesprek te veinzen, een toneelstukje waar Corinne geen seconde in trapte.

'Tot zover hebben we, denk ik, alles besproken, Alexander. Als je het ermee eens bent, vraag ik nog een paar offertes voor de verpakking van de kalender. Ik zal als eerste de bedrijven benaderen waarmee we al eerder succesvol marketingacties hebben gedaan.'

'Wat?' Alexander wierp Thomas een blik toe waaruit duidelijk zijn verwarring bleek. Daarna begreep hij dat Thomas probeerde hem een ontsnappingsmogelijkheid zonder gezichtsverlies te bieden en hij knikte snel. 'Ja,' zei hij, zijn keel schrapend. 'Dank je, Thomas. Ja, doe dat.'

Met een korte groet naar Corinne verliet Thomas Feldmann de kamer. Corinne had het allemaal verbaasd, maar ook heel geamuseerd gadegeslagen, al had ze geen idee waarom de twee zich zo gedroegen. Nadat de deur achter Thomas in het slot was gevallen, ging ze met een brede grijns op haar lippen in een van de fauteuils zitten en keek Alexander uitnodigend aan.

'Ik luister,' zei ze toen haar broer geen aanstalten maakte om uit zichzelf iets te zeggen. Het werd nu toch echt de hoogste tijd om de waarheid op te biechten.

Alexander stond nog steeds op dezelfde plek en wist kennelijk niet waar hij moest kijken. Maar daarna rechtte hij zijn rug en gleed het afgezakte masker terug. Corinne zag echt hoe hij opnieuw achter zijn façade verdween, ineens was hij weer de vreemde, onbenaderbare Alexander.

'Corinne, waarom kom je mijn kantoor zo gehaast binnenstormen?' vroeg hij, tegenover haar plaatsnemend. Zijn stem klonk hoog en trilde licht, de enige signalen van zijn onzekerheid.

Dat kon toch niet waar zijn? Corinne voelde langzaam maar zeker verontwaardiging in zich opkomen. Dacht Alexander echt dat hij nu zomaar op een ander onderwerp kon overgaan en weer de gewiekste directeur kon uithangen? Dan kende hij zijn zus nog niet. Ze besloot tot een onverbloemde, rechtstreekse aanval.

'Waarom heb je daar nooit met me over gepraat? Wat heeft dat geheimzinnige gedoe te betekenen, Alexander?'

'Het spijt me, Corinne, ik kan je niet helemaal volgen. Waar heb je het over?' Het antwoord kwam veel te snel; het was duidelijk dat hij loog en ze zag aan Alexander dat hij dat zelf ook wist. Zijn rechterooglid begon te trekken en in zijn ogen vlamde paniek op. Waar was hij toch zo bang voor? Het deed haar pijn hem zo onzeker te zien.

Intuïtief stond Corinne op en liep op Alexander af. Ze moest door die muur heen die hij om zich heen had optrokken. Vastberaden pakte ze zijn handen en trok hem omhoog. Hij liet het gebeuren, ook toen Corinne hem zonder een woord te zeggen omarmde. Ze voelde Alexander weliswaar verstijven, maar hij verzette zich niet en liet de omarming toe.

Zo stonden ze daar en Corinne hield hem vast. Al haar zusterliefde legde ze in die omarming. Op een gegeven moment werd Alexander zachter, zijn weerstand verdween. Aarzelend sloeg ook hij zijn armen om haar heen en ineens voelde Corinne dat haar broer huilde. Snikkend hield hij zijn gezicht tegen haar schouder.

Corinne streelde Alexanders rug en gaf hem de tijd weer tot zichzelf te komen. Het duurde een paar minuten, toen haalde hij diep adem en maakte zich van haar los. Hij probeerde te glimlachen, maar dat mislukte.

'Ik ben best een idioot, hè?' Het spijt me, Corinne.' Hij klonk echt berouwvol.

Alexander ging weer zitten, snoot zijn neus en staarde daarna naar het kleedje dat op tafel lag. Het leek alsof hij niet goed wist wat hij moest zeggen of waar hij moest beginnen.

'Was je daarom altijd zo afwijzend en afstandelijk? Omdat je bang was dat ik achter je geheim zou komen?' vroeg Corinne om het iets eenvoudiger voor hem te maken.

'Het spijt me zo, Corinne. Ik weet dat ik me vaak best vervelend tegenover je heb gedragen, maar...' Weer brak hij zijn zin af en verviel in stilzwijgen.

Op een gegeven moment werd het Corinne te gortig. Ze begon ongeduldig te snuiven. 'Vooruit, Alexander. De aap is uit de mouw, nu moet je met me praten. Wat heeft dit allemaal te betekenen?’ vroeg ze. ‘Heb je zo weinig vertrouwen in mij? Geloof je serieus dat ik er problemen mee zou kunnen hebben dat mijn broer homo is?’

Ze was te boos om nog langer te blijven zitten. Daarom stond ze op, ging achter haar stoel staan en legde haar onderarmen op de bovenkant van de rugleuning. ‘Het enige wat ik wil is dat jij gelukkig bent. Ik vind het top dat je verliefd bent. Op wie maakt me helemaal niets uit.’

Nu kwam er eindelijk leven in Alexander. ‘Dat maakt niets uit? Denk je dat echt? Jou misschien niet, Corinne,’ zei hij, en voor de eerste keer sinds ze hem onopzettelijk uit de kast had gehaald, keek hij haar in de ogen. Ze zag de pijn toen hij verderging: ‘Maar papa dan? Die zou flippen! Waarschijnlijk zou hij me het bedrijf uit jagen en onterven. Zijn zoon, een verdorven iemand, die abnormaal is. Je weet toch hoe hij denkt. Homo’s passen niet in zijn wereldbeeld, dat is volgens hem onnatuurlijk en ik denk niet dat het ons zal lukken om zijn houding te veranderen. En de werknemers? Ik hoor ze al kletsen. En mama? Ze zal het misschien accepteren, maar het zal haar hart breken. Ze verwacht immers van mij dat ik trouw en een gezin sticht, een erfgenaam verwek.’

Zo zat de vork in de steel! Langzamerhand werd Corinne de draagwijdte van Alexanders angsten duidelijk. Maar angst was nooit een goede raadgever, dat moest hij toch weten. Een dubbelleven was zeker de verkeerde weg, hoe wilde hij dan ooit gelukkig worden?

Corinne ging weer zitten. ‘Oké, Alexander. Dan nu heel langzaam en van voren af aan. Homoseksualiteit is tegenwoordig sociaal aanvaard en er is geen enkele regel die zegt dat een directielid niet zo mag leven als hij zelf wil. Als je trouw bent aan jezelf, zullen je medemensen het accepteren. En als het iemand van ons team niet bevalt, dan staat het hem vrij om te gaan. Dat zou voor ons bedrijf dan zelfs winst zijn, want bekrompen mensen kunnen we niet gebruiken. Zo zie ik de zakelijke kant. En wat onze ouders betreft, ik begrijp dat je je bedenkingen hebt. Papa zou hoogstwaarschijnlijk inderdaad problemen hebben met een homoseksuele zoon. Maar die is op dit moment sowieso veel te ziek, hij hoeft het niet te horen. Zelfs als hij herstelt, denk ik niet dat hij ooit terug zal komen in het bedrijf. Je hoeft dus niet bang te zijn dat iemand het aan hem zal verklappen. Het juiste moment om hem ervan op de hoogte te stellen kun je dus in alle rust afwachten. En mama? Hoezo zou het haar hart breken? Ik ben ervan overtuigd dat ze heel blij voor je zal zijn. Ze wil dat haar kinderen gelukkig zijn. En bovendien...' Corinne grijnsde ondeugend naar Alexander. 'Ze wilde altijd al graag een schoonzoon, dan krijgt ze die door jou in plaats van door mij. Wat is dus het probleem? Ik ken Thomas niet goed, maar voor zover ik het kan beoordelen, is dat een prima kerel, zoals moeder het zou noemen.' Corinne haalde even diep adem voordat ze verderging: 'En over een stamhouder hoeven we het nu toch echt nog niet te hebben. Bovendien ben ik er immers ook nog.'

Terwijl Corinne Alexanders problemen had ontward en ze een voor een uit de weg had geruimd, waren de ogen van haar broer steeds groter geworden. Hij keek deels sceptisch, deels bewonderend naar Corinne.

'Als ik zo naar je luister, krullenkop, dan begrijp ik zelf bijna niet meer waar ik eigenlijk bang voor was. Als jij het zo zegt, klinkt het allemaal als een fluitje van een cent. Geloof je echt dat het zo simpel kan zijn?'

Corinne lachte. 'Vandaag mag je me zelfs krullenkop noemen, schaapje. Natuurlijk is het simpel, dat zul je zien. Wat een geluk dat ik op precies het juiste moment je kantoor binnengestormd ben; wie weet hoelang je anders nog toneel had gespeeld. Hé, je hebt recht op je eigen leven en op liefde. Je bent niemand rekenschap verschuldigd en je hoeft niet met veel moeite een oneerlijk dubbelleven te leiden waardoor je niet echt gelukkig kunt zijn. Begrepen?' Corinne keek haar broer indringend aan tot hij knikte. Daarna vroeg ze: 'Hoelang zijn jullie al samen, Thomas en jij?'

'Iets meer dan twee jaar. Thomas is een schat.' Alexanders gelaatstrekken werden zacht, hij maakte een in zichzelf gekeerde indruk toen hij verder sprak. 'Het was niet eenvoudig toen we begonnen. Ik zat echt in de put en Thomas heeft me heel erg geholpen. Door zijn steun heb ik die moeilijke tijd doorstaan. Hij heeft mijn hart veroverd, ik kan me een leven zonder hem helemaal niet meer voorstellen.' Een paar tellen trok er een schaduw over Alexanders gezicht, daarna glimlachte hij weer. De herinnering aan de vreemde observatie voor de ingang van de dom, die ze al bijna was vergeten, flitste door Corinne heen.

Ze greep Alexanders hand vast en vroeg: 'Ben jij een vriend kwijtgeraakt? Aan aids?'

Alexanders ogen vulden zich met tranen. 'Hoe...' begon hij, maar daarna schudde hij zijn hoofd en zei: 'Momo. Hij was heel bijzonder.'

Corinne huilde samen met Alexander. Ze huilde om Momo, die ze niet mocht leren kennen, en ze huilde om de verloren tijd met haar broer. Hij had dat allemaal helemaal in zijn eentje moeten doorstaan, alleen omdat hij zijn angst niet had kunnen overwinnen.

Er ging een gevoel van ontzetting door haar heen. 'Heeft hij jou... ik bedoel, gaat het goed met je? Ben je gezond?'

'Ja, Corinne, ik ben gezond. Toen het wat werd tussen Momo en mij, was hij al ziek. We zijn altijd heel voorzichtig geweest, we wisten wat er op het spel stond.'

Nu stond Corinne op.

'Vooruit. Kom,' zei ze, en ze klapte in haar handen. 'We moeten iets regelen.'

'Wat ben je van plan?' vroeg Alexander. Hij ging aarzelend in op haar uitnodiging, maar Corinne greep zijn hand vast en trok hem mee.

'We gaan nu samen naar huis en met mama praten. Maar eerst wil ik nog heel even naar de binnenstad.'

Memoire nomade heette het aidsmonument voor de ingang van de dom, ter herinnering aan de vele doden die de ziekte al had geëist. Corinne en Alexander bekeken er hand in hand de gedenkstenen in het plein.

'Heb jij de steen voor Momo laten aanbrengen?' vroeg Corinne. Het monument was haar vroeger nooit opgevallen, ze had het pas gezien toen ze Alexander er opmerkte en ook toen had ze niet kunnen verzinnen wat haar broer met die gedenkstenen verbond.

Ze had er geen vermoeden van gehad wat Alexander allemaal had moeten doormaken. Altijd verborgen achter zijn 'normale façade', zoals hij zijn burgerlijke masker zonet tegenover Corinne had genoemd. Alexander knikte en Corinne zei: 'Vertel me eens over hem. Wat was hij voor iemand? Wat vond je leuk aan hem? En hoe zag hij eruit? Ik wil me hem graag kunnen voorstellen. Heeft Thomas Momo ook gekend?'

Uitgeput, maar heel tevreden met alles klom Corinne die avond in bed, ging op haar rug liggen en liet de dag nog een keer de revue passeren.

Ze had haar broer terug. Dat was het mooiste geschenk. Alsof er een knop was omgezet, was Alexander ineens weer wie hij vroeger was geweest. Hij lachte weer en liet zijn gevoelens zien. Hoe erg moest die situatie hem niet belast hebben, terwijl hij zichzelf eigenlijk de hele tijd in de weg had gestaan.

Alhoewel, corrigeerde Corinne haar gedachten meteen weer, dat klopte niet helemaal. Tot voor kort had Alexander nog nauw met hun vader samengewerkt; toen was het vast niet zo gemakkelijk geweest om uit de kast te komen als vandaag tijdens het soepel verlopen gesprek met hun moeder.

Corinne had een gigantische familieruzie echter maar al te graag op de koop toe genomen als het dan beter zou gaan met haar vader. Ze zou Alexander hebben bijgestaan, samen hadden ze zijn hart wel ontdooid, daar was ze van overtuigd. Maar nu was alles anders.

Hun vader lag beneden in zijn nieuwe kamer te dommelen. Niemand wist of en wanneer zijn toestand zou verbeteren. Corinne zette de verdrietige gedachte aan haar vader vastberaden opzij. Er werd heel goed voor hem gezorgd, naar omstandigheden ging het goed met hem. Toen zijn hand werd gemasseerd, had hij vandaag zelfs met zijn mondhoeken getrokken alsof hij wilde glimlachen. Meer konden ze nu simpelweg niet doen.

Maar ze had haar lieve Alexander terug, die gedachte gaf haar energie. Ze had de fantastische broer terug die hij vroeger voor haar altijd geweest was en die hij vanaf nu weer zou zijn. Ze genoot erg van dat nieuwe oude gevoel, het deed haar oneindig goed. Veel te lang had ze naar die nabijheid verlangd.

De laatste uren waren geweldig geweest. Precies zoals Corinne had voorspeld, was Alexanders coming-out voor hun moeder evenmin een probleem geweest als voor Corinne. Op dat punt waren de dames Ahrensberg het eens. Haar moeder was blij te horen dat Alexander iemand had gevonden van wie hij hield en die zijn gevoelens beantwoordde. Ze wilde Thomas graag gauw leren kennen en moest voor het eerst in lange tijd volmondig lachen toen Corinne hem had voorgesteld als de schoonzoon in spe waarnaar ze zo lang had verlangd.

Maar wat betreft hun vader was ze het met haar kinderen eens. Het was beter om niets tegen hem te zeggen; in zijn huidige toestand zou hij het waarschijnlijk helemaal niet begrijpen en anders zou hij zich onnodig opwinden.

Nadat Alexander tegenover zijn moeder uit de kast was gekomen, hadden ze samen gegeten, een fles wijn opengetrokken en lang en heel open over het leven, de liefde, koffie en ook over Corinnes toekomstplannen gesproken. Corinne had namelijk al haar moed bij elkaar geraapt en hen tweeën daarover geïnformeerd.

Het was heel laat geworden en ook niet bij één fles wijn gebleven, waardoor Alexander had besloten 's nachts in de villa te blijven slapen. Ze wilden de volgende dag samen ontbijten en daarna samen naar het bedrijf gaan. Corinne had beloofd nog wat te komen helpen als ze haar nodig hadden, maar in principe was ze nu van haar taken ontheven en kon ze zich bezighouden met de oprichting van haar eigen bedrijfje.

Alexander en haar moeder begrepen haar beweegredenen, al had Alexander herhaaldelijk benadrukt dat ze het familiebedrijf echt niet om hem moest verlaten. Hij was bereid met haar over hun verschillende opvattingen te praten en op zoek te gaan naar compromissen. Dat was voor Corinne echter allang een gepasseerd station, het ging haar niet meer om de manier waarop het bedrijf geleid moest worden, maar om haar eigen weg. En die zag ze duidelijk voor zich.

Ze wilde per se koffiebrander worden, met kleine batches, ze wilde een nauwe band met de koffieboeren en een eigen kleine winkel. In de directie van een grote onderneming, zelfs al was het hun eigen familiebedrijf, zou ze niet gelukkig worden.

Corinne ging rechtop zitten in bed en haalde het boek van haar opa uit het laatje van haar nachtkastje. Ze was nieuwsgierig om nog meer te weten te komen over hoe hij met het bedrijf was begonnen. Of – en vandaag voelde ze zich daar sterk genoeg voor – ze kon lezen hoe het zat met die schuld waarover hij had geschreven. In elk geval wilde ze tussen de regels door lezen van het dagboek dat haar opa haar had nagelaten en hem dicht bij zich voelen.

Elke keer dat ze erdoorheen bladerde, had ze het gevoel dat ze haar opa een beetje beter leerde kennen – een geweldig geschenk, waar Corinne hem heel dankbaar voor was.

Nieuwsgierig ging ze met het dagboek op haar schoot in kleermakerszit op haar bed zitten, haar rug tegen het opgeklopte kussen dat ze tegen het hoofdeind had gelegd.

Ze verheugde zich erop weer in de gedachte- en gevoelswereld van haar opa te mogen duiken. Maar ze was ook bang voor de nare herinneringen die hem tot het eind van zijn leven immers overduidelijk niet hadden losgelaten. Corinne begon te lezen.

Oktober 1999

Tijdens mijn krijgsgevangenschap was het door de steun van een bewaker mogelijk af en toe mijn gedachten op te schrijven. Tom hield van mijn manier van verhalen vertellen en ik hield van Tom met zijn slimme ogen en zachte hart – veel te zacht om een goede soldaat te kunnen zijn. Was dat het wellicht? Misschien hadden onze zielen elkaar herkend. Ik weet het niet, maar altijd als ik aan toen denk, denk ik ook vol dankbaarheid aan Tom. Ik heb vaak overwogen hem in de Verenigde Staten te gaan zoeken, zodat ik hem kon bedanken. Maar ik heb het nooit gedaan.

Ik hoop dat hij een goed leven heeft gehad.

Hier volgen een paar bladzijden die ik uit mijn krijgsgevangenschap heb weten te redden. Een groot deel ervan ben ik op de tocht naar huis tijdens een zware regenbui kwijtgeraakt. Wat ik kon redden, vindt nu zijn plek in dit boek. De hiaten heb ik voor een deel aangevuld met mijn herinneringen.

Maart 1944

Het is zo koud dat alles pijn doet. Gisteren is Franz gestorven, we moesten vandaag een graf voor hem graven, de bodem was bevroren en we moesten lang hakken. Het was hondenwerk, maar we hebben Franz een fatsoenlijke begrafenis gegeven. Dat was het waard.

Tom had me een trui toegestopt, Friedrich en ik deelden die. Friedrich had hem net zo hard nodig als ik. We droegen hem om de beurt, ieder een paar uur, om weer warm te worden. Toen Tom het merkte, was hij eerst woedend, maar daarna heeft hij Friedrich er ook één gegeven. Dat deed hij echter pas nadat ik hem had beloofd dat ik mijn trui niet meer met anderen zou delen. Tom weet dat ik mijn woord houd als ik iets beloof.

Elke dag komen er nieuwe gevangenen. Iedereen is blij dat hij bij de yankees is en niet meer aan het front.

Ik ben moe en hongerig. En vol verlangen! Ik wil weten hoe het met iedereen gaat. Is mijn waarschuwing op tijd gekomen? Soms droom ik daarvan. Ik zie ze komen, met hun wapens en zware laarzen. Ik hoor hun stappen. In de pas. Tik. Tik. Tik. Ik wil schreeuwen. 'Isabella, kijk uit!' wil ik roepen. Maar er komt geen geluid uit mijn mond, hoeveel moeite ik ook doe. En dan word ik wakker en kan ik haast geen lucht krijgen. En ik wil alleen nog maar naar huis. Maar thuis is ver weg. Ze vechten nog steeds. Wanneer houdt dat eindelijk op?

Corinne stopte en haalde diep adem. Met de rug van haar hand veegde ze haar natte wangen droog. De tranen bleven stromen, zo ontroerd was ze door de woorden van haar opa.

Ze bladerde een stukje verder. Ze moest wat ze in het dagboek las verwerken, het was niet iets wat je zomaar even snel kon doorlezen. Op een van de volgende bladzijden vond ze een foto. Een jongen en een knap blond meisje met een lange vlecht die over haar schouder tot op haar buik viel. Ze stonden er gearmd op en je zag dat ze heel vertrouwd met elkaar waren. Het meisje glimlachte naar de camera, de jongen keek ernstig.

Isabella en ik – 1942, stond er onder de foto. Voorzichtig veegde Corinne met het topje van haar vinger over de foto en probeerde die jongen te vergelijken met het beeld van haar opa dat ze in haar herinnering had.

Hij was erg veranderd in de tientallen jaren die er tussen de opname en haar herinnering lagen. Corinne had hem niet herkend als ze niet had geweten dat hij het was.

Isabella... Zou dat zijn vriendin geweest zijn? Hij was in elk geval niet met haar getrouwd, want haar oma had Magdalena geheten. Haar oma was overleden toen Corinne nog geen jaar oud geweest was, waardoor ze zelf geen herinneringen aan haar had. Ze kende alleen de verhalen en anekdotes die haar steeds weer waren verteld.

Het bladeren en lezen in opa's dagboek en de daardoor opgeroepen herinneringen grepen Corinne behoorlijk aan. Ze voelde allerlei emoties tegelijk: verdriet, geluk, ontsteltenis en trots – een emotionele achtbaan.

Weer moest ze zuchten. Het was alsof ze een ventiel opende en daarmee iets van druk op haar hart liet ontsnappen.

Op de volgende bladzijde ontdekte Corinne een brief die haar opa aan Isabella had geschreven en die ze hem na de oorlog terug had gegeven. Haar opa had die informatie op de envelop gezet. Ze las de brief, die hij kennelijk tijdens zijn krijgsgevangenschap had geschreven. Hij vertelde zijn vriendin over het leven van alledag in het kamp en benadrukte dat ze zich geen zorgen moest maken. Het ging goed met hem, en daarna informeerde hij nadrukkelijk naar de familie Rosenbaum. Hij wilde weten of zijn waarschuwing haar op tijd had bereikt.

Corinne begreep niet precies waar het over ging. Ze sloeg de bladzijde om en vond een notitie uit 1999 waarin haar opa inging op zijn terugkeer in 1945. Hij vertelde over het akelige nieuws dat hem bij zijn thuiskomst te wachten had gestaan. Over zijn verscheurde gevoelens ten opzichte van zijn dode vader en over het verdriet dat hem bijna van zijn levensmoed had beroofd.

Toen kon ik niet vermoeden dat alles nog veel erger zou worden voordat het – zij het oppervlakkig – kon helen. Hoe het is afgelopen met de Rosenbaums heb ik nooit gehoord. Ik weet niet of ze het concentratiekamp hebben overleefd, maar na alles wat ik daarover heb gehoord, vermoed ik dat ze vermoord zijn. Ik weet dat ik daar niets aan kan doen. Ik ben niet verantwoordelijk voor de daden van mijn vader. Maar toch draag ik de schuld met me mee. En er is niets wat ik daartegen kan doen.

Met bonzend hart klapte Corinne het boek dicht. Dat was genoeg voor vandaag. Nog meer leed en oorlogsgebeurtenissen kon ze op dit moment niet aan. Het snoerde haar keel dicht als ze dacht aan de mensen die die vreselijke tijd hadden doorstaan. Hoe hadden ze het kunnen verdragen? Hoe hadden ze na al die ellende en al dat leed weer kunnen lachen en geluk in hun leven kunnen vinden?

Wat was dat voor een verhaal van die Rosenbaums? Als ze zich niet vergiste, was dat een Joodse naam. En wat was er van Isabella geworden? Veel vragen bleven rondcirkelen in Corinnes hoofd en achtervolgden haar tot in haar dromen.

Hoofdstuk 16

Opa's trommelbrander

Aken • Aachen • Oche • Aix-la-Chapelle • Aquae Granni

Heden: december

'Krullenkop, je ziet eruit alsof je afgelopen nacht hebt doorgehaald. Wat is er aan de hand? Kun je nergens meer tegen? Word je soms oud?' was Alexanders begroeting toen Corinne de volgende ochtend geeuwend de eetkamer binnenkwam. Ze had de halve nacht wakker gelegen en telkens weer het dagboek gepakt om verder te lezen. Het verhaal van Isabella en de Rosenbaums liet haar niet meer los. Pas toen ze haar stralende broer zag, kon ze zich losmaken van de grote zuigkracht die het drama op haar uitoefende.

Alexander zat al achter een roerei met een kop koffie, had de krant opengeslagen en kwam zo ontspannen en vrolijk over dat Corinnes hart overliep van geluk. Het was prachtig om hem zo te zien, het voelde net zo vertrouwd als vroeger.

Ineens voelde Corinne zich weer als een kind en ze liet zich verleiden door de lichtheid die er nu weer tussen hen hing. Net als vroeger stak ze heel ondamesachtig haar tong uit naar haar broer en veegde als straf voor zijn plagerij door zijn geföhnde haar. Ze wist heel goed dat hij dat niet kon uitstaan.

Alexander pakte zijn zus meteen vast, trok haar op zijn schoot en begon haar te kietelen.

'Houd... houd... op,' zei Corinne buiten adem, en ze moest zo lachen dat ze geen lucht meer kreeg.

'Ik versta je niet!' zei Alexander, en hij deed alsof hij haar zijn oor toestak om te horen wat ze zei. Maar hij stopte niet met kietelen.

'Alsjeblieft,' bracht Corinne naar adem snakkend uit.

'Alsjeblieft, wat?' informeerde Alexander.

Corinne keerde zich hijgend en giechelend om in een poging haar broer af te weren. Die bleef haar onverbiddelijk in haar zij prikken, wat zij beantwoordde met hoge gilletjes.

'Jullie maken me een herrie alsof het jaren geleden is en jullie weer klein zijn,' merkte hun moeder op toen ze de eetkamer binnenkwam. Aan de glimlach op haar gezicht zag ze dat ze genoot van het vrolijke lawaai in de anders zo stille villa. Ze ging bij haar kinderen aan tafel zitten en keek hen aan.

'Goedemorgen, mama,' zei Alexander. Hij was even gestopt, maar ging daarna meteen door met zijn aanval op Corinne.

'Alexander, houd op, je zus krijgt geen lucht meer. Straks loopt ze nog blauw aan,' zei Esther Ahrensberg kort daarna vermanend tegen haar zoon, ook al genoot ze van de gekheid.

Corinne was intussen van Alexanders benen af gegleden en op de vloer terechtgekomen. Ze stak haar hand naar hem op. 'Genade,' zei ze.

Alexander schudde haar hand. 'Genade,' bevestigde hij. 'Maar ik heb gewonnen.'

'Wat je maar wilt, als je me maar niet meer kietelt,' antwoordde Corinne. Ze had van al het gedol de hik gekregen.

Alexander trok haar overeind en gaf haar een glaasje water. Corinne ging op haar stoel zitten en dronk het in drie grote slokken leeg.

'Goedemorgen, mama. Bedankt dat je me gered hebt,' zei ze toen, en ze gaf haar moeder een kushand. Ze rekte zich lachend uit. 'Nu ben ik een beetje meer wakker dan zonet,' zei ze ten slotte. 'Maar ik hoef echt niet elke dag kietelend wakker gemaakt te worden. Jemig, vermoeiend om een grote broer te hebben.'

Theatraal veegde ze met de rug van haar hand over haar voorhoofd.

'Kom op, zo'n grote broer heeft ook voordelen, dat moet je toegeven,' antwoordde Alexander meteen. Corinne kon niet anders dan zich naar hem toe buigen en hem een zoen op zijn wang geven.

'Vermoeiend, maar ook super,' voegde ze toe aan haar uitspraak. Alexander knikte tevreden, daar kon hij duidelijk mee leven.

Terwijl Corinne haar eerste kop koffie dronk en een geroosterde boterham met avocado en ei at, praatten ze over hun vader. Hij had een rustige nacht gehad en was stabiel. Corinne en Alexander wilden na het ontbijt bij hem gaan kijken, voordat ze naar het bedrijf gingen. Ze bespraken de dag en hun plannen.

'Noah komt om tien uur. We willen opa's trommelbrander bekijken. Ik hoop dat jullie het goedvinden dat ik hem meeneem als hij het nog doet?' vroeg Corinne.

'Die Noah is wel echt een schat,' zei Alexander knipogend naar Corinne. 'Is er iets moois aan het ontstaan?'

'Koffie, bakken vol. Elke keer als we elkaar zien,' pareerde Corinne. Voor Alexander kon protesteren, voegde ze eraan toe: 'Maar als je het precies wilt weten, nee, broertje, het is niets. Maar Noah is een fantastische vent en ik ben dankbaar voor zijn steun en vriendschap.'

Het onderwerp vriendschap bracht haar weer terug naar de afgelopen nacht en het dagboek van haar opa en ze veranderde van gespreksonderwerp.

'Mama, heb jij weleens iets over ene Isabella gehoord? Of over een familie Rosenbaum?' vroeg ze.

'Isabella?' herhaalde haar moeder peinzend. Ze smeerde aardbeienjam op haar geroosterde boterham, nam een hap en pijnigde ondertussen zichtbaar haar geheugen af. 'Heet de dochter van onze huisarts niet zo? Wat is er met haar?'

Corinne knikte en schudde meteen daarop haar hoofd. 'Ja, klopt, die heet zo, maar nee, die Isabella bedoelde ik niet. Het gaat om een meisje met wie opa vroeger waarschijnlijk bevriend was. Als ik de notities in zijn dagboek goed heb begrepen, is er kennelijk een misverstand of ruzie geweest. Dat moet iets met die familie Rosenbaum te maken hebben gehad. Wat precies weet ik nog niet, dat moet ik nog lezen. In elk geval heeft het lot van de familie Rosenbaum opa heel erg beziggehouden. De familie werd gearresteerd en naar een concentratiekamp gebracht. Opa ging ervan uit dat ze om het leven waren gekomen, maar zeker wist hij dat niet. En hij heeft het ook niet onderzocht.' Corinne haalde diep adem, ze ordende de volgende zinnen in haar hoofd. 'Ik denk dat onze overgrootvader een overtuigd nazi was en een beslissende rol bij die arrestatie heeft gespeeld. Is dat niet afschuwelijk? Opa heeft zijn hele leven lang geworsteld met de schuld van zijn vader. Daarom waren sociale projecten zo belangrijk voor hem. Hij had het gevoel dat hij iets goed te maken had.'

Corinne slikte haar tranen weg, het lot van die mensen en het verhaal van haar eigen voorouders grepen haar erg aan.

'Weet je meer over die Rosenbaums? Geboortedata? Woonplaats? Voornamen?' vroeg Alexander. Hij had heel geïnteresseerd naar Corinne geluisterd.

'Ik niet, maar ik geloof dat opa dat wel heeft opgeschreven. Wacht, ik haal het boek en zoek het op.' Ze sprong op en rende de trap op naar haar kamer. Ze pakte het boek en even later zat ze weer aan de eettafel en bladerde door het boek.

'Ik heb vannacht iets gezien. Een momentje, ik heb het zo vast weer,' mompelde ze terwijl ze verder bladerde. Op de laatste bladzijden vond ze het.

Soms denk ik erover om misschien toch inlichtingen in te winnen om te horen hoe het de Rosenbaums verder is vergaan. Ik vraag me af of ik het dan zal kunnen loslaten, maar dat weet ik niet zeker. Hoe ik me er het hoofd ook over breek, er blijft een restje onzekerheid. Ik geloof dat ik bang ben voor de waarheid. Ergens heb ik nog een piepkleine hoop dat ze misschien door een wonder de gruwelen van het concentratiekamp overleefd hebben. Ik weet niet wat het met me zou doen als ik die hoop zou moeten verruilen voor de onverbiddelijke waarheid. En zo schuif ik de beslissing voor me uit. Telkens opnieuw.

Voor het geval dat het op een dag toch zover is dat ik besluit dat ik het wil weten, noteer ik hier de gegevens die me ter beschikking staan.

Jacob Rosenbaum, geboren op 25 maart 1918 in Euweiler

Rebecca Rosenbaum, meisjesnaam Saaleman,
geboren op 18 april 1917 in Aken

Sarah Rosenbaum, geboren op 24-12-1941 in Euweiler

Voor zover ik weet zijn de Rosenbaums in september 1943 op transport gesteld naar het concentratiekamp Bergen-Belsen.

Alexander haalde zijn smartphone uit zijn jaszakje en maakte een foto van de dagboekaantekening.

'Als iemand iets over het lot van die mensen kan ontdekken, dan is het wel onze bedrijfsjurist Waldmann. Ik zou hem graag de gegevens willen geven en hem willen vragen informatie in te winnen. Het is weliswaar niet zijn werkterrein, maar ik weet zeker dat hij dat verzoek niet zal afslaan. Ben je het daarmee eens?'

'Vinden jullie het dus oké?' Corinne keek haar moeder en ook Alexander vragend aan. Het was echt een goed idee om de bedrijfsadvocaat om steun te vragen, als je zeker wist dat je de waarheid wilde horen tenminste. 'Ik bedoel, opa heeft vast redenen voor zijn terughoudendheid gehad. Als ik het goed heb gelezen, was onze overgrootvader verantwoordelijk voor de arrestatie van die familie. Ik wil persoonlijk echt graag weten wat het lot van die mensen is geweest. En ik wil ook weten hoe het toen zat met overgrootvader en opa en de hele situatie. Maar vraag ik dan niet te veel van jullie? Is het oké voor jullie dat ik zo ver in het verleden ga wroeten, waardoor er misschien ook minder fraaie dingen uit ons familieverleden aan het licht komen?'

'Wat is dat nou voor een vraag, Corinne. Natuurlijk is dat oké. Zoals ik het lees heeft je opa tot zijn dood dat verleden niet kunnen afsluiten. Ik weet niet hoe dat na de dood is, maar ik ben ervan overtuigd dat hij je dankbaar zou zijn dat jij daar nu mee aan de slag gaat. Misschien vangt hij er immers zelfs iets van op.'

'Wíj gaan ermee aan de slag,' corrigeerde Alexander hun moeder. 'Dit gaat ons allemaal aan, ik help in elk geval mee. Samen en met de steun van Waldmann zullen we vast snel een antwoord op de vraag naar het lot van de familie krijgen. En wie weet, misschien is er immers echt een wonder gebeurd en hebben ze het overleefd.'

Alexander had het dagboek naar zich toe getrokken, bladerde het door en kwam uit bij de foto die Corinne de vorige avond had ontdekt.

'Dat zijn opa en zijn vriendin Isabella. Die twee waren van kinds af aan al twee handen op één buik. De bladzijden staan vol verhalen over hoe ze samen door het bos en de velden hebben gewandeld. Allemaal momenten waardoor ik denk dat Isabella veel voor opa heeft betekend. Ze waren een keer samen op sluipjacht en toen wilde Isabella graag eens een vos van dichtbij zien. Maar het enige wat ze te pakken kregen was een eekhoorn, en die beet opa zo hard in zijn vinger dat hij hem van schrik en pijn meteen weer losliet. Of een ander verhaal: Isabella kon goed zwemmen, zij heeft opa leren zwemmen.'

Corinne had veel van die anekdotes gelezen sinds ze het dagboek in haar bezit had. Haar opa had bladzijdelang over zijn kindertijd verteld. Fijngevoelig, met veel humor. Het was amper te begrijpen dat je tijdens de donkere nazitijd een gelukkige jeugd kon hebben. Haar overgrootmoeder Johanna moest een fantastische vrouw zijn geweest. Ze had er alles aan gedaan om voor haar kinderen de nare werkelijkheid zo lang mogelijk op afstand te houden.

En toch waren er tussen die gelukkige herinneringen ook duistere zinnen en diepzwarte hoofdstukken. Corinnes opa legde met zijn woorden de vinger onverbiddelijk op de waarheid, maar hij deed het nooit uit effectbejag. Juist door die sobere overdenkingen, die harde werkelijkheid in karige bewoordingen, kwam het indringender en ook des te wreder op haar over.

Telkens weer moest ze die passages overslaan om het op een later moment opnieuw te proberen, want ze kon het niet in één keer verdragen. En het liet haar ook niet meer los. Ze wilde elk woord opzuigen dat haar opa haar had nagelaten. Elke lettergreep, elk gevoel, al was het nog zo verdrietig en verschrikkelijk.

'Weet je, Corinne, ik heb veel nagedacht sinds we het hebben uitgepraat,' doorbrak Alexander Corinnes gedachten. 'Ik geloof dat ik van pure angst voor een blamage veel te halsstarrig was. Ik kan nu niet in details treden, maar ik beloof je, als je erop terugkomt en toch in het bedrijf blijft, gaan we een aantal van je ideeën bespreken en toepassen. Wil je niet nog een keer over je beslissing nadenken?'

Het was fantastisch voor Corinne om te voelen dat Alexander zijn vraag serieus meende. En tegelijkertijd wist ze absoluut zeker dat het voor haar uitgesloten was.

‘Ik ben zo blij dat we goed uit elkaar gaan, Alexander, maar ik heb mijn besluit genomen. En ik verheug me op mijn avontuur als een jacuvogel die een rijpe koffiebes vindt. Ik kan niet wachten om de juiste ruimte te vinden, zodat het eindelijk kan beginnen.’

Alexander keek op zijn horloge. ‘Over beginnen gesproken. Had je geen afspraak?’

‘Ik ben zo benieuwd wat je zult zeggen,’ zei Corinne nu al voor de derde of vierde keer. Ze liep samen met Noah de trap naar de zolder op.

Straks zou ze weten of hij opa’s trommelbrander nieuw leven kon inblazen of dat het een museumstuk zou blijven. Ze hoopte heel erg dat Noah zou zeggen dat hij bruikbaar was.

‘Laat je aanwinst dan maar eens zien,’ zei Noah vlak nadat ze de zolder op waren gegaan. Dat was echter niet nodig geweest, want Corinne had het witte laken al weggetrokken en stond stralend naast de oude brander. ‘Hiermee heeft mijn opa na de oorlog zijn eigen bedrijf opgericht!’

‘Hm,’ zei Noah en hij bekeek het apparaat beter. Hij draaide aan de trommel en beoordeelde de koelzeef en diverse kleine onderdelen. ‘Het ziet er allemaal heel goed onderhouden uit, echt perfect. Op het eerste gezicht zou ik zeggen dat hij het best nog zou kunnen doen. Maar de gasaansluitingen moeten we per se laten controleren en de pakkingen zullen waarschijnlijk vervangen moeten worden. Als je het ermee eens bent, regel ik dat. Ik heb een goed contact met de installateur die mijn brander regelmatig onderhoudt. Als hij de brander een servicebeurt heeft gegeven en zijn fiat geeft, kunnen we hem testen. Wil je dat hierboven doen of zullen we het apparaat liever naar beneden brengen? Kun jij intussen groene koffiebonen regelen?’

‘O, Noah, je bent een topgozer!’ Corinne sprong van enthousiasme op en neer.

‘Eerst afwachten. We weten nog niet of en hoe snel alles zal gaan,’ zei Noah, die Corinnes enthousiasme wat probeerde te temperen.

Maar dat lukte niet. Corinne stond echt in vuur en vlam. Ze dacht zelfs bijna dat ze de eerste koffiegeur al kon ruiken.

'Het lukt. Dat weet ik gewoon,' zei ze met grote vastberadenheid in haar stem. 'Ik ga Kurt de conciërge vragen om de brander naar mijn kantoor te brengen. Daar is plek genoeg. Jij regelt dat met de specialist en ik versier koffiebonen. Ik ben zo gelukkig, Noah. Dat wordt echt fantastisch!' Corinne stopte en keek Noah vragend aan. 'Maar zeg eens, heb je wel tijd? Ik bedoel, je hebt immers je winkel. Als er nou klanten voor de deur staan die zich ergeren omdat je gesloten bent? Het was sowieso al super dat je hiernaartoe kon komen.'

Noah glimlachte naar Corinne. 'Lief dat je je ongerust maakt, maar mijn klanten kunnen gewoon koffie kopen. Felix – dat is een vriend die me soms helpt – heeft de verkoop voor vandaag overgenomen. Ik verwachtte al dat we langer nodig zouden hebben.'

'Ik ben je zo dankbaar. Voor je hulp, voor je vriendschap...'

'Ik vind het leuk, Corinne. Echt.'

Noah en Corinne stonden tegenover elkaar. Best dicht bij elkaar. Corinne kon haar blik niet van zijn korenbloemblauwe ogen afhouden. Haar hart klopte heel snel en haar vingers jeukten om door Noahs lange haar te kunnen strijken. Nu ze beter keek, ontdekte ze achter het korenbloemblauw ook nog lichtere vlekjes hemelsblauw. Een hemel vol korenbloemen, dacht ze, en was ze niet in de ban geweest van zijn blik, dan had ze waarschijnlijk gelachen om haar poëtische vaststelling.

Noah kwam nog wat dichterbij. Ze voelde zijn adem op haar huid. Hij legde zijn hand op haar wang. Corinne verroerde zich niet.

Dit is niet goed, dacht ze. Ik heb geen plaats voor liefde in mijn leven. Ik moet me om de branderij bekommeren. Om de Rosenbaums. Om mama.

Ze zouden elkaar zo zoenen en Corinne wist dat het goed was. Helemaal fout en toch volkomen juist. Er was helemaal geen keus, ze wilde per se weten hoe zijn lippen voelden, hoe het was om door hem gekust te worden.

Met een heel kleine, amper merkbare beweging hief ze haar gezicht naar hem op. Noah reageerde meteen, alsof hij op dat gebaar gewacht had. Eindelijk voelde ze hem. Warm en zacht en...

'Corinne? Ben je hierboven?' Alexander kwam door de deur en bleef abrupt staan toen hij zijn zus en Noah ontdekte. 'O, dat spijt me, ik wilde niet storen', zei hij, met een grijns van oor tot oor.

'We wilden net vertrekken,' zei Noah, en Corinne zag dat Alexanders interruptie hem heel ongelegen kwam. Hij wist zich echter te beheersen. 'Ik ga ervoor zorgen dat Hans Strohmeier zo snel mogelijk hierheen komt. Eens kijken of ik hem op zijn mobieltje kan bereiken, misschien kan hij het onderhoud er vandaag nog tussen schuiven. Je hoort nog van me, oké? Tot later!'

Noah gaf Corinne een korte omhelzing, knikte even naar Alexander en vertrok. Corinne zag dat hij zijn mobieltje uit zijn broekzak haalde terwijl hij wegliep.

'Het ziet ernaar uit dat opa's trommelbrander het inderdaad nog doet,' zei Corinne in de stilte die tussen Alexander en haar hing.

'Nounounou,' zei Alexander alleen maar. Met zijn armen over elkaar geslagen nam hij Corinne uitgebreid op.

Ze deed alsof ze het niet merkte en liep naar de brander. 'We moeten de aansluitingen laten controleren, maar Noah denkt...'

'"Nee, broertje, het is niets,"' imiteerde Alexander Corinne nu. '"Maar Noah is een fantastische vent en ik ben dankbaar voor zijn steun en vriendschap." Koffiebonen, ik hoor jullie ritselen, kan ik daarop alleen maar zeggen.'

Eigenlijk wilde Corinne zich niet door Alexander uit de tent laten lokken, maar toen schoot haar te binnen hoeveel pijn zijn eigen geheimzinnige gedoe haar had gedaan, daarom draaide ze zich gepikeerd snuivend om.

'Oké, jij hebt gewonnen. Er is wél iets. Misschien. Ik bedoel, ik weet het niet. Ach, Alexander, ik heb geen idee, echt niet. Ik wil eigenlijk geen vriend, ik wil me veel liever op de oprichting van mijn branderij concentreren. Als ik nu verliefd word, wordt het allemaal zo gecompliceerd en veel, en ach, geen idee.'

Corinne merkte zelf dat ze veel woorden gebruikte en in een kringetje ronddraaide.

'Ik begrijp je, Corinne, maar als je grote broer je een raad mag geven, sluit je dan niet af als je hart je zegt dat hij de ware is. Liefde is een geschenk en geen last. Wanneer je verliefd bent, belemmert je dat niet in je werk. Het geeft je juist vleugels.'

'Ik heb het niet gepland, het is me op de een of andere manier overkomen.' Corinne keek Alexander doordringend aan. 'Ik vind het zo ongepast. Thuis vecht vader om zijn weg terug te vinden in het leven, terwijl we niet weten hoe dat zal aflopen. En ik heb niets anders aan mijn hoofd dan verliefd worden?'

'Ik kan je natuurlijk niet vertellen wat de koffiebaron van een gozer met een kleine branderij zou vinden, maar één ding kan ik je verzekeren: onze vader wil dat we gelukkig zijn. Ook al komen onze ideeën en de zijne over hoe dat geluk eruit zou moeten zien niet altijd met elkaar overeen. Je moet er dus mee ophouden om te veel over alles na te denken en dat te analyseren. Vertrouw wat meer op jezelf. En vooral: luister naar je grote broer.' Alexander knikte naar de trommelbrander. 'En Noah denkt dat dat ding het nog doet?' vroeg hij.

'Daar willen we achter zien te komen,' zei Corinne. Ze omarmde Alexander en fluisterde: 'Dank je.'

Hoofdstuk 17

Twee rivalen

Aken • Aachen • Oche • Aix-la-Chapelle • Aquae Granni

Heden: december

Het was laat in de ochtend en Corinne en Sebastian hadden afgesproken bij Susan in het café. Daar hadden ze een hoektafeltje aan het raam bemachtigd en zich geïnstalleerd. Peinzend draaide Corinne het koffiekopje rond in haar hand. Ze zat een beetje voor zich uit te dromen, terwijl Sebastian zijn laptop had opengeklapt en nog even snel iets wilde voorbereiden om het haar straks te laten zien.

Al wist Corinne best dat het om de website van haar koffiebranderij ging, Sebastian deed heel geheimzinnig. Hij had zijn laptop zo gedraaid dat ze het beeldscherm niet kon zien en het haar met geheven wijsvinger verboden om stiekem te spieken. Zijn gezicht straalde van genoegen. Het was heel duidelijk dat hij het fijn vond om zijn vriendin een plezier te doen.

Corinne glimlachte naar hem. Wat een geluk dat ze zo'n fantastische vriend had. Haar poging om het met hem over de kosten van het ontwerpen van de website te hebben had hij meteen afgewimpeld. Corinne had zich voorgenomen hem in elk geval terug te betalen met eersteklas koffie, zodra ze met haar bedrijfje begonnen was. Dat was het minste wat ze kon doen.

Om hen heen klonk het gezellige gezoem van gesprekken, het tentje zat aardig vol. De mensen genoten van een korte onderbreking van de winkelhectiek, de kerstdrukte heerste in de stad. Iedereen leek op het laatste moment nog cadeautjes, kerstversieringen of eten te kopen, de o zo normale angst om achter het net te vissen, die Corinne nog maar een paar weken geleden had gemist, had de mensen nu te pakken. Allemaal snelden ze van winkel naar winkel en opnieuw leken ze vergeten te zijn waar het met kerst eigenlijk om ging.

Des te mooier was de oase van rust die Susan bood. Hier kon je op adem komen en je gloeiende voeten tot rust laten komen. Na een stuk taart en een kopje koffie gaven ze zich dan met hernieuwde energie over aan de kerstinkoopwaanzin, want ze hadden echt nog een geurtje voor tante Frieda of een paar sokken voor oom Ernst nodig. Terwijl veel mensen, daar was Corinne van overtuigd, veel blijer zouden zijn met een gemeende en liefdevolle omhelzing.

Het afgelopen jaar, de beroerte van haar vader, de coming-out en daarmee verbonden het terugvinden van haar broer die ze zo had gemist, Alexanders overleden vriend en de mensen op de koffieplantage in Brazilië, die met zo weinig gelukkig en tevreden waren… al die ervaringen hadden Corinne sensitiever gemaakt. Ze vierde kerst dit jaar veel bewuster en echt als feest van de liefde.

Was het morgen echt al kerstavond? Corinne kon het amper geloven, ze had het gevoel dat ze nog maar net terug was uit Brazilië. De tijd was voorbijgevlogen. Wekenlang had Corinne al haar energie in de voorbereidingen voor de oprichting van haar bedrijfje gestopt. Ze werd met de dag ongeduldiger en kon niet wachten tot ze eindelijk haar eigen koffiebranderij zou openen, maar er moest enorm veel werk worden verzet. Corinne kwam er nauwelijks aan toe om op adem te komen.

Voor de zekerheid had ze een bedrijfsplan opgesteld, want ze wilde geen vergissing begaan. Meer dan eens had ze in gedachten haar vader om vergeving gevraagd, want nu was ze hem heel dankbaar voor haar bedrijfseconomische kennis.

Natuurlijk had Corinne haar vader over al haar plannen en ontwikkelingen verteld en hem ook gezegd hoe blij ze achteraf met haar studie was. Maar hij had er niet op gereageerd. Waarschijnlijk had hij het niet begrepen. Misschien kon hij haar dankbaarheid wel voelen, dat hoopte ze tenminste.

De cognitieve vermogens van haar vader waren evenals zijn lichamelijke nog steeds ernstig beperkt. Toch waren er kleine verbeteringen die ze konden vieren. Simpele vragen als 'Wil je iets drinken?' of 'Heb je honger?' kon hij inmiddels weer beantwoorden, en hij kon ook aangeven dat hij iets wilde eten of drinken. Het waren kleine stapjes vooruit, die het hele gezin moed gaven.

Sinds hij in de villa werd verpleegd, had Corinne er een gewoonte van gemaakt haar vader elke avond goedenacht te wensen, even bij hem te gaan zitten en een paar minuten zijn handen te masseren. Hij reageerde daar soms op door met zijn mondhoeken te trekken, maar ze merkte vooral dat hij zich zichtbaar ontspande.

Het was niet veel meer dan een klein gebaar, maar het betekende veel voor Corinne om er op die manier te kunnen zijn voor haar vader. Die minuten elke avond waren van hen, op die momenten kwamen ze allebei tot rust.

Verder was er weinig rust in het leven van Corinne. Ze was een heel opwindende levensfase binnengegaan en genoot daar erg van, ook al had ze aanvankelijk heel andere plannen voor de komende jaren gehad. Tegelijkertijd maakte ze zich ook zorgen, want ondanks alle vooruitgang die ze boekte en de punten die ze van haar to-dolijst had kunnen afstrepen, had ze het gevoel dat ze stilstond. Dat was begrijpelijk, want al haar plannen stonden of vielen met de geschikte ruimte en die had ze helaas nog niet gevonden.

Corinne had al een advertentie in de *Aachener Zeitung* laten zetten en navraag gedaan bij een in bedrijfspanden gespecialiseerde makelaar, maar het juiste onroerend goed was er tot nog toe niet bij geweest. Misschien moest ze intensiever op zoek gaan. En misschien moest ze bepaalde eisen schrappen. Het zag er niet naar uit dat het perfecte object voor haar branderij bestond. Ze had echter nog niet tot een compromis kunnen besluiten en zich voorgenomen in januari, met de energie van het nieuwe jaar in de rug, vaart te zetten achter haar zoektocht.

Op andere terreinen lukte het duidelijk beter. Ze was vooral blij met het toekomstige hart van haar nieuwe bedrijf: de trommelbrander van haar opa stond netjes opgeknapt en gepoetst in haar kantoor te wachten tot hij zou worden gebruikt. Haar opa was er echt heel zuinig op geweest, er zaten amper krasjes in het metaal en de brander glom inmiddels alsof hij zo uit de fabriek kwam, terwijl hij meer dan zeventig jaar oud was. De servicebeurt had totaal geen problemen opgeleverd, alleen de pakkingen moesten inderdaad vernieuwd worden.

Als Corinne terugdacht aan de eerste proefbranding, kreeg ze ook nu weer kippenvel van geluk. En dat terwijl ze het er toen behoorlijk warm van had gekregen, want bij die oude brander moest je echt op allerlei dingen letten. Vooral de juiste brandtemperatuur was een grote uitdaging, de gasvlam moest telkens weer worden aangepast, waarvoor je het nodige aan fingerspitzengefühl en ervaring in huis moest hebben, waar het haar natuurlijk nog aan ontbrak. Tussendoor moest je om de paar minuten, en later zelfs om de paar seconden, de brandgraad controleren. Hoe langer het proces duurde, hoe vaker je de kleur van de bonen moest controleren. Ook het ritselen was belangrijk, en natuurlijk de first crack, het signaal dat de bonen opengebroken waren.

Of en hoelang ze daarna nog in de brander moesten blijven, hing af van de koffiesoort en van het gewenste resultaat. Voor espresso had je een duidelijk donkerder branding nodig dan voor filterkoffie.

Natuurlijk had Corinne dat allemaal van tevoren ook al geweten, maar het was iets compleet anders om het zelf in de hand te hebben. Dat vond ze een heerlijk gevoel: het was ambacht en kunst tegelijk. Ze kon daarmee haar heel persoonlijke koffie creëren, de mensen een individueel aroma schenken en telkens opnieuw proberen het maximale uit elke koffieboon te halen. Exact daarin lag de uitdaging.

Corinne had zichzelf na de eerste drie rondes verontschuldigd tegenover de deels verkoolde bonen. Het gaf haar een schuldgevoel, zo'n slechte behandeling had geen enkele koffieboon verdiend. Maar onder Noahs leiding en met haar goede gevoel voor wat de koffiebonen nodig hadden, was het vanaf de vierde branding steeds beter gegaan.

Dat de zesde test toch weer was mislukt, had niets met Corinnes gebrek aan talent voor branden te maken, maar had eerder aan de nabijheid van Noah gelegen. Zijn ogen verwarden haar en hadden haar zo van de wijs gebracht dat ze per ongeluk zonder het te merken het gas veel te hoog had gedraaid. De korenbloembetovering werd pas door de branderige geur verbroken. Haastig had ze het gas dichtgedraaid en de bonen op het koelrooster gestort, maar die batch was niet meer te redden geweest.

Wat Corinne echter veel meer ergerde dan de verpeste koffie was Noah. Hij had niet opnieuw geprobeerd om haar te zoenen. Had ze zich de situatie op de zolder alleen maar ingebeeld? Of wachtte hij tot zij de eerste stap zou zetten? En wilde ze dat wel? Alles in haar schreeuwde ja, maar haar verstand lag dwars. Wat had Alexander gezegd? Ze moest niet te veel over alles nadenken. Had hij gelijk? Piekerde ze te veel?

Misschien zou ze het straks echt doen. Misschien waagde ze de eerste stap. Misschien. Ze wilde Noah die middag weer in zijn branderij bezoeken en hem assisteren. Dat was de beste mogelijkheid om zich nog meer in het onderwerp in te werken en zijn waardevolle praktische tips op te zuigen. Misschien zou...

'Zo, nu ben ik zover. Voilà! Kijk maar eens naar de twee ontwerpen voor een website en zeg me wat je ervan vindt en welke je het best bevalt,' zei Sebastian, waardoor hij haar abrupt uit haar gedachten haalde. 'En hoe vind je het logo? Daarmee creëren we een corporate identity. Je zult zien dat jouw Öcher Boontje daarmee in een mum van tijd een merk wordt. Passend bij de website heb ik meteen al een voorbeeldetiket voor je koffie gemaakt. Dit zijn natuurlijk maar voorstellen, maar je moet ergens beginnen en ik heb mijn best gedaan om alles wat we de afgelopen weken hebben besproken op de een of andere manier toe te passen. Op die basis kunnen we het nu bespreken en jij kunt je wensen naar voren brengen, mocht iets toch nog niet naar je zin zijn.'

Corinne had even nodig om weer te landen in de werkelijkheid. Terwijl Sebastian nog op zijn laptop zat te typen, was ze zo ver weggedroomd dat ze helemaal was vergeten waar ze was. Dat ze hier met Sebastian in Emotion zat en op zijn verrassing wachtte.

En ineens vond ze het echt spannend. Wat zou hij voor haar ontworpen hebben? Nieuwsgierig bekeek ze de websites.

'Wauw,' fluisterde ze enthousiast. Ze klikte zich door de twee ontwerpen heen en was diep onder de indruk. 'Sebastian, je hebt jezelf overtroffen! Ik vind ze allebei super, hoe moet ik daartussen kiezen?'

Sebastian grijnsde heel tevreden en nam een slok koffie. Corinne veegde automatisch met haar duim het melksnorretje weg dat boven zijn bovenlip zat. Dat had ze vast al duizend keer gedaan, het was een vriendschappelijk gebaar, maar ineens veranderde Sebastians blik. Hij hield haar hand, die ze net weer weg wilden trekken, vast en keek haar heel ernstig aan.

'Ik ben heel blij dat het je bevalt. Weet je, Corinne, ik...'

Susan liep langs hun tafeltje en gebaarde dat ze zo bij hen zou komen. Sebastian liet Corinnes hand los.

'Wat?' vroeg Corinne, en ze was benieuwd welk serieus onderwerp hij met haar wilde bespreken. Maar hij maakte een wegwerpgebaar.

'Niets, laat maar zitten,' zei hij.

'*Here we go*,' klonk de stem van Susan voordat Corinne erop kon doorvragen. Ze zette een schaal met kerstgebak op tafel. 'Ik heb *English cookies* gebakken. Wat vinden jullie? *Does it taste like Christmas*?'

Corinne wierp Sebastian nog een vragende blik toe, maar hij deed alsof er niets gebeurd was. Ze accepteerde het, ook al was ze heel nieuwsgierig, en ze wendde zich tot Susan. 'Heimwee?' vroeg ze.

Wanneer Susans Engels erg door haar Duits heen schemerde, zat daar meestal een verlangen naar Engeland achter, iets waardoor ze af en toe werd overvallen, ook al woonde ze uit vrije wil en graag in Aken.

'*O, well, it's just the Christmas time.* Alles goed, honey,' verzekerde Susan haar, en ze voegde er nog aan toe: '*Don't worry, I'm fine.*'

Nog iemand die niet met haar wilde spreken, stelde Corinne vast, en ze drong niet verder aan. Misschien had Susan ook wel gelijk en kon je beter niet te veel aandacht aan heimwee besteden.

'Kijk eens, Susan. Wat vind jij ervan?' vroeg Corinne dus. Ze draaide de laptop zo dat Susan het kon zien.

Aandachtig bekeek ze de ontwerpen, scrolde erdoorheen en riep uit: '*O, dear, it's so* lovely! *Fantastic!*' Uitbundig klopte ze Sebastian op zijn schouder. '*Would you develop such a site* voor mij ook? Als ik het kan betalen dan. Hoeveel koffie en taart moet ik voor zoiets verkopen?'

Terwijl Susan en Sebastian onderhandelden over de prijs in koffie en taart voor een website voor Emotion, bekeek Corinne in alle rust de ontwerpen van Sebastian nog een keer.

Ze was enthousiast en had nu toch een favoriet ontwerp gevonden: de website overwegend in warme beige- en bruintinten. Sebastian had foto's van groene en gebrande koffiebonen en de trommelbrander op de homepage gezet. Alles was heel overzichtelijk. Vooral het logo vond ze heel mooi. Sebastian had een achthoek ontworpen, waarin in witte letters *Öcher Boontje – de koffiebranderij* stond. Onder de letters had hij een koffieboon gezet. Het logo was opvallend, maar niet opdringerig.

Speels, maar niet kitscherig. Corinne vond het eenvoudig en elegant, simpelweg perfect.

Vanaf de homepage kon je doorklikken naar een pagina over koffie (herkomst, soorten, teelt en verwerking), koffiezetten en een persoonlijke pagina over Corinne, waar Sebastian teksten over haar had opgesteld, over haar ontwikkeling en haar liefde voor koffie. Natuurlijk had ze hem aan de teksten en foto's geholpen, maar toch moest hij er heel wat uren in gestoken hebben. Er was zelfs een webshop, die hij alleen nog niet had ingericht, omdat ze immers nog geen producten had. Verder ontbraken haar verpakkingen nog en ook was nog niet besloten welke soorten ze zou aanbieden.

Sebastian knikte tevreden toen Corinne hem vertelde welk ontwerp ze had gekozen.

'Dat was ook mijn eerste keuze,' zei hij. Het tweede ontwerp was te vergezocht, daarover waren ze het eens.

Ze zaten nog een hele tijd bij elkaar. Susan serveerde ondertussen een quiche met prei, zodat ze iets behoorlijks in hun maag kregen, en Corinne hielp Sebastian met tips voor cadeautjes voor zijn moeder.

Toen werd het tijd voor hen om te vertrekken.

'Ik moet ervandoor,' zei Corinne. 'Noah wacht.'

'Echt shit dat ik je alleen met het ontwerpen van je website kan helpen,' mopperde Sebastian. 'Ik zou je ook graag bij de bedrijfsplanning en de koffie ondersteunen.'

Corinne schaterde het uit en hoofdschuddend zei ze: 'Zei je "alleen"? Sebastian, jij bent top! Zonder jou zou ik nog lang niet zover zijn, en ik waag echt te betwijfelen of ik iemand gevonden zou hebben die met een bedrijfsdesign was gekomen dat zo perfect bij me past.' Ze stond op en zei: 'Maar nu moet ik er toch echt vandoor. Ik bel je later, oké?'

Sebastian keek niet erg tevreden, maar daar kon Corinne nu ook niets aan veranderen. Hij reageerde wel vaker eigenaardig als ze tijd met Noah doorbracht, op de een of andere manier leek hem dat niet te bevallen. Corinne negeerde zijn nukkige houding, omarmde hem en liep op Susan af om afscheid te nemen. Ze wenste haar een prettige kerst, want waarschijnlijk zouden ze elkaar voor de feestdagen niet meer zien. Daarna ging ze op weg naar Noah.

Goedgemutst opende Corinne de deur van Noahs branderij met de melodische dingdong en liep naar binnen. Toen ze de deur dicht wilde doen, kwam Noah haar tegemoet en hield haar tegen.

'Daar ben je eindelijk,' luidde zijn begroeting.

In zijn ogen fonkelde de vreugde om haar te zien. Toen hij naar haar glimlachte, verschenen er fijne lijntjes om zijn ogen en zijn mondhoeken. 'Ik heb op je gewacht. Houd je jas maar aan, we gaan iets doen.'

'Maar...' probeerde Corinne te protesteren.

Noah schudde echter zijn hoofd. Zijn glimlach werd nog inniger. 'Geen gemaar. Het is kerst. Tijd voor wonderen.' Hij schoot zijn jack aan, deed zijn sjaal om en stak Corinne zijn hand toe. 'Kom je mee?'

Wat was hij van plan? Waar wilde hij haar mee naartoe nemen? Corinne had hem die vragen maar al te graag gesteld, maar ze zag aan zijn gezicht dat ze geen antwoorden zou krijgen, dus slikte ze haar vragen in en zei alleen: 'Dan is er vandaag dus geen bijles voor startende ondernemers.'

'Dat zou ik zo niet zeggen,' antwoordde Noah alleen.

'Aha,' zei Corinne. 'En wat moet dat betekenen?'

Noah grijnsde en zei niets. Zuchtend nam Corinne zijn uitgestoken hand aan en liep naast Noah in de richting van de binnenstad.

Even hield ze het uit, daarna kreeg haar nieuwsgierigheid weer de overhand en deed ze een nieuwe poging. 'Kom op, Noah, vertel, waar gaan we naartoe?' Ze probeerde dingen met elkaar te combineren, want ze liepen de kant van Emotion op. 'Naar Susan?' vroeg ze daarom. 'Nou, die zal verbaasd zijn als ik daar alweer verschijn, want daar kom ik namelijk net vandaan,' vertelde ze.

'Verkeerd geraden. Gun me toch het plezier om je te kunnen verrassen,' zei Noah. 'Naderhand kunnen we naar Susan gaan als je wilt. Ons doel ligt niet ver van haar vandaan. We gaan naar de Schmiedstraße, het Höhe Spitzgässchen.'

'Aha,' zei Corinne. 'En wat is daar voor spannends?'

Toen er geen antwoord kwam, zuchtte ze en ze versnelde haar pas. 'Als je dan zo geheimzinnig wilt doen, loop dan tenminste wat sneller, dan duurt het niet zo lang voordat we er zijn.'

Noah lachte en vond Corinnes nieuwsgierigheid en ongeduld duidelijk grappig, maar hij deed haar het plezier en ging sneller lopen. In een mum van tijd waren ze bij de Schmiedstraße en kort daarop ook al in het zijstraatje dat daarop uitkwam: het Spitzgässchen.

Nieuwsgierig keek Corinne om zich heen. Waar wilde Noah heen? Ze zag een boetiek, een opticien en een boekwinkel. Wilde hij haar een boek aanraden? Ze hadden het al een paar keer over vakliteratuur over koffie gehad. Maar daarvoor had hij haar toch niet hiernaartoe hoeven slepen?

Voor ze het kon vragen, liep Noah naar de deur van de opticien. Voor de etalageruit hing een briefje. *Geachte klanten, vanaf 15 januari vindt u...* Meer kon Corinne niet lezen omdat Noah ervoor ging staan. Hij hield de deur voor haar open en vroeg haar naar binnen te gaan.

'Hallo, Noah, ik heb op jullie gewacht,' zei een vrouw van in de vijftig, hen welkom hetend. Ze droeg een chique, wat extraverte bril, een donkerblauwe kokerrok en een blouse in een wat lichtere kleur blauw. In haar bruine haar had ze blonde highlights en aan haar verzorgde handen fonkelden drie opvallende ringen.

'Jij moet Corinne zijn.' Nu sprak de vrouw Corinne aan en ze stak haar ter begroeting haar hand toe. 'Ik hoop dat je het goedvindt als we jij tegen elkaar zeggen. Ik ken Noah al zo lang en zijn vrienden zijn ook mijn vrienden. Ik ben Christina, of noem me liever Chrissi, maar dat had je vast al wel gedacht.'

Behoorlijk beduusd schudde Corinne de hand van de sympathieke

Christina. 'Hallo, Chrissi,' zei ze. 'Leuk om je te ontmoeten. Maar eerlijk gezegd weet ik niet zo goed waarom we hier zijn.'

Terwijl ze het zei, keek ze om zich heen en nu pas merkte ze dat de winkel leeg was. Langs een van de zijwanden van de ruimte stonden nog een paar kratten, er stond nog een kast tegen een muur, en verder niets.

'Oké!' Christina sloeg met haar hand tegen haar voorhoofd. 'O, sufferd dat ik ben. Noah, ik hoop dat ik je verrassing nu niet heb verpest.'

Noah grijnsde. 'Nee, Chrissi. Maar nu is het wel tijd om Corinne niet langer te laten wachten, zodat ze straks haar eigen boontjes kan doppen. Lieve Corinne, ik wil je graag – maar natuurlijk alleen als je dat wilt – de ruimtes voor je Öcher Boontje laten zien. Chrissi verhuist volgende week, ze gaat naar een groter pand. Toen ik hoorde dat ze iemand zocht die de huur van haar wilde overnemen, wist ik meteen dat dit misschien de geschikte plek voor jou zou kunnen zijn. Als het je bevalt, kun je hier vanaf januari met je koffiebranderij van start gaan.'

'Noah! Meen je dat? Chrissi, echt?' Corinne had van pure verrassing haar handen voor haar mond geslagen en keek van Noah naar Chrissi en weer terug.

'Wil je het bekijken?' vroeg Chrissi. 'De eigenaar van het pand is een goede vriend van me. Hij gaat akkoord met jou als huurder, dat heb ik inmiddels geregeld. Dus, kom, dan laat ik je mijn – of misschien binnenkort jouw – domein zien.'

Susan bracht een dienblad met glazen en een fles champagne. Zoals afgesproken waren ze meteen na de afspraak bij Chrissi weer naar Susan in Emotion gegaan. Ze hadden geluk gehad en ook Sebastian daar nog getroffen.

'Ik kan het nog helemaal niet geloven,' zei Corinne zeker voor de tiende keer, de sleutelbos in haar hand bekijkend.

Ze was helemaal sprakeloos. De ruimtes waren echt perfect: de afmetingen, de indeling, de ligging... alles was precies zoals ze het altijd had gedroomd. Een grote opslagruimte achterin, waar ze kon vullen en etiketteren, een kleinere ruimte die ze als privéruimte kon gebruiken, een toiletruimte met wc en wastafel en een grote winkelruimte met voldoende plek voor een toonbank met koffiebar, een paar statafeltjes, kasten en een gedeelte om koffie te branden. De ligging was perfect, midden in het gezellige, drukke centrum, maar twee straten bij Susan vandaan en met veel klanten die langsliepen.

Corinne had niet lang hoeven na te denken, de huurprijs was redelijk en het moment perfect, daarom had ze meteen toegezegd. Chrissi had haar vol vertrouwen, echt ongelooflijk, de sleutels overhandigd, zodat ze tijdens de kerst nog een keer in alle rust alles kon bekijken en het ook aan haar familie kon laten zien. Chrissi zei dat er toch alleen nog maar een paar kratten stonden, die ze na de feestdagen wilde laten weghalen. De rest stond al in haar nieuwe winkel. Meteen voor de eerste dag na de kerstdagen was er een afspraak met de verhuurder gemaakt, dan zouden ze het contract bespreken.

'Op je Öcher Boontje,' zei Noah, en hij hief zijn glas. Ook Susan en Sebastian proostten haar toe, en het liefst had Corinne de hele wereld omarmd.

'Hé, wordt er hier zonder mij feestgevierd?' Net toen ze haar glas weer op tafel zette, hoorde ze Alexanders stem. Nonchalant kwam hij door de deur binnenslenteren en hij nam een stroom koude lucht mee. 'Susan, *darling*, je laat me toch niet omkomen van de dorst?'

'Zeker niet, honey,' zei Susan. Ze lachte naar Alexander en drukte hem meteen daarna een glas in de hand.

'En waar proosten we op?' vroeg Alexander, en hij keek Corinne aan. Ze wist precies wat hij dacht en werd meteen zo rood als een rijpe koffiebes. Ze voelde de hitte in haar gezicht.

'Op mijn nieuwe pand,' antwoordde ze snel, voordat Alexander iets pijnlijks zou kunnen zeggen.

'Nee, dat meen je niet!' riep Alexander verrast uit. 'Maar dat is snel gegaan. Vanochtend zat je nog te klagen dat er in heel Aken niets geschikts voor je te vinden was. Hoe is dat zo plotseling gekomen?'

Corinne vertelde hem over Noahs verrassing en beschreef haar broer de ruimtes, die ze in gedachten al had ingericht. 'En als eerste ga ik opa's trommelbrander er neerzetten. Dan voelt het meteen goed,' legde ze uit.

'O, over opa gesproken. Ik heb ook nieuws. Stel je eens voor, Waldmann heeft succes gehad met zijn naspeuringen.'

Corinne verslikte zich in haar champagne en Noah klopte haar op haar rug tot ze niet meer hoestte.

'Wat heeft hij ontdekt?' vroeg Corinne nerveus en met hese stem. 'Hebben ze, ik bedoel, zijn ze...'

'Ze hebben het overleefd, Corinne. Het is bijna een wonder, maar de familie Rosenbaum heeft het concentratiekamp inderdaad overleefd. De vader is echter aan de gevolgen van de martelingen al snel na de bevrijding gestorven. De moeder heeft haar dochter alleen opgevoed en is een paar jaar geleden in de leeftijd van eenennegentig jaar vredig ingeslapen. Maar – en nu wordt het spannend – de dochter, Sarah Rosenbaum, leeft nog. Ze is bijna tachtig en woont in Zwitserland.'

Beste mevrouw Rosenbaum,

U verbaast zich vast dat u een brief van een vreemde krijgt en ik wil mij verontschuldigen dat ik u zomaar schrijf.

Mijn naam is Corinne Ahrensberg, ik ben de kleindochter van Eberhard Ahrensberg, die geboren is in Euweiler, in Duitsland, net als u.

Mijn opa leeft niet meer, maar ik heb een dagboek gevonden, waarin hij na zijn pensioen veel persoonlijke herinneringen en verhalen uit zijn leven heeft opgeschreven.

Ik wil u graag vragen om mijn brief niet overhaast te verfrommelen, maar die te lezen en te luisteren naar mijn verzoek en pas te besluiten hoe u gaat reageren als u alles weet.

Tijdens het bestuderen van het dagboek van mijn opa ben ik – en ik vind het niet gemakkelijk om dat op te schrijven – erachter gekomen dat mijn overgrootvader tot het laatst toe een overtuigd aanhanger van het nationaalsocialisme en de NSDAP is geweest. Net als mijn opa schaam ook ik me voor de daden en de ideeën van mijn voorvader. Ook al ben ik er niet verantwoordelijk voor, toch wil ik in elk geval een klein deel van de verantwoordelijkheid op me nemen.

Mijn opa verafschuwde de mentaliteit van zijn vader en heeft al tijdens de oorlog zoveel mogelijk mensen proberen te helpen en te beschermen. Maar hij was een tiener, veel mogelijkheden had hij niet.

Kort voordat hij in 1943, hij was nog maar een jonge jongen, naar het front moest, had hij een laatste kans om zijn vader te dwarsbomen. Hij had gehoord dat uw ouders en uzelf, mevrouw Rosenbaum, op aanwijzing van zijn vader – mijn overgrootvader – zouden worden gearresteerd en op transport zouden worden gesteld naar een concentratiekamp. Uw familie zat toen nog ondergedoken bij de familie Pelzmann, in een kleine kamer zonder ramen, waarvan de ingang verstopt zat achter een keukenkast.

Wie ze had verklikt, kon mijn opa niet achterhalen, maar hij heeft geprobeerd de Pelzmanns te waarschuwen om daarmee uw ouders en u – u was toen immers nog maar een klein kind – de kans te geven om te vluchten.

Helaas is die reddingsactie mislukt.

Tot zijn dood heeft mijn opa daarin eigenlijk niet kunnen berusten. Hij kon het zijn vader niet vergeven dat hij de mensen die hem zo lief waren zoveel ongeluk had aangedaan. Zoals u misschien weet was hij goed bevriend met de Pelzmanns en vooral met hun dochter Isabella.

Toen de SS'ers het huis van de Pelzmanns binnenstormden, Isabella's moeder doodschoten en u en uw ouders afvoerden, was mijn opa al op weg naar het front, waar hij korte tijd later in Amerikaanse krijgsgevangenschap geraakte.

Na zijn terugkeer lag het dorp in puin. Zijn vader was gesneuveld. Niemand wist wat er met u en uw ouders was gebeurd, en de familie Pelzmann leefde niet meer.

Mijn opa is in die periode begonnen met het handelen in koffie en heeft een nieuw familiebedrijf opgebouwd, dat we tot op heden voortzetten. Hij heeft zich opgewerkt van niets en heeft een lang en tevreden leven gehad. Uw lot heeft hem echter nooit losgelaten. Toch heeft hij nooit uitgezocht hoe het de familie Rosenbaum is vergaan. De angst voor een vreselijke waarheid en een nog groter schuldgevoel waren daarvoor te groot.

Maar hij is u nooit vergeten.

Hij heeft zijn hele leven lang geprobeerd een goed mens te zijn. Hij was maatschappelijk betrokken, heeft in de koffieteeltlanden voor betere omstandigheden gezorgd en was een gulle directeur en een fantastische opa, die ik tot op de dag van vandaag mis.

Sinds ik dit vreselijke verhaal in zijn dagboek heb gelezen, is het mijn wens om, uit naam van mijn opa, uit te zoeken hoe het u is vergaan.

Ik weet dat er onbeschrijflijke gruwelen zijn gebeurd en dat mijn overgrootvader daaraan mee heeft gedaan. Maar ik wil ook dat u hoort dat mijn opa er alles aan heeft gedaan om te voorkomen dat u zou worden gearresteerd. Als hij tijdens zijn leven had gehoord dat u die ergste tijd die een mens zich maar kan voorstellen had overleefd, dan had hem dat heel gelukkig gemaakt.

Ter nagedachtenis aan hem en uit schaamte voor de misdaden van mijn overgrootvader wil ik u om vergeving vragen.

Met beschaamde, deemoedige en toch ook heel hartelijke groeten,
Corinne Ahrensberg

PS Ik wil u bedanken dat u mijn brief hebt uitgelezen en wens u het allerbeste.

Hoofdstuk 18

Smokkel

Euweiler • Euwiller

Mei 1946

Hoewel Eberhard al heel wat kilometers in de benen had, voelde hij zich fit en vooral heel opgelucht: het eerste deel van zijn smokkeltocht was vlotjes verlopen. Zonder voorvallen was het hem gelukt bij Jean-Claude in België te komen. En ook onderweg naar zijn afnemer was alles tot dusverre rustig en zonder incidenten gebleven.

Eberhard drukte de herbergier in Monschau opgelucht het pakket met de bestelde koffie in handen. Daarmee was ook het tweede deel van zijn tocht succesvol afgesloten. Resteerde nog deel drie: hij moest weer heelhuids thuis zien te komen, pas dan kon hij zeggen dat de tocht geslaagd was.

De afgelopen maanden had Eberhard twee keer spullen moeten achterlaten om te voorkomen dat hij betrapt zou worden. Daardoor was hij er beide keren ongedeerd vanaf gekomen, maar het had hem veel geld gekost. Dat ging hem erg aan het hart, ook al had hij natuurlijk geluk gehad.

'Alles rustig vannacht?' vroeg hij.

'Heb in elk geval niks gehoord,' luidde het knorrige antwoord van de herbergier.

De man kwam altijd wat bot over, maar achter die ruwe bolster ging een vriendelijke en hulpvaardige man schuil. Bovendien was hij een van Eberhards beste klanten. Doordat zijn zwager bij de douane werkte, kon hij Eberhard soms waarschuwen voor controles die op stapel stonden.

De twee mannen wisselden nog wat nieuwtjes uit en kort daarop bedankte Eberhard de man en liep met een stapeltje bankbiljetten in zijn broekzak en vooral met een rugzak volgepakt met belangrijke levensmiddelen door het bos de berg op.

Zijn oplettende blik ging daarbij snel van rechts naar links. Gespannen probeerde Eberhard om in de duisternis, waarin zelfs de dichtstbijzijnde boom amper te ontwaren viel, nog wat te zien. Hij zette zijn voeten voorzichtig neer zodat er geen takje knakte en geen steen knerpte en dwong zichzelf langzaam en beheerst adem te halen. Maar de stilte om hem heen werkte als een versterker, elke stap leek te weergalmen als een donderslag, Eberhards ademhalingen dreunden pijnlijk hard in zijn oren.

Soms hoorde hij een zacht geritsel, dan stopte hij om zeker te weten dat het maar een dier was geweest dat zich voor de rustverstoorder in veiligheid had gebracht. Af en toe doorbrak de schreeuw van een uil een paar tellen de nachtelijke bosrust.

De weg leek veilig. Vóór Eberhard lag alleen het bos met zijn natuurlijke bewoners en tot zijn grote opluchting was er geen sterveling te zien of te horen. Toch bleef hij op zijn hoede, want hij kende het gevaar. De situatie kon bliksemsnel veranderen en dan was het een kwestie van seconden, die beslisten over vrij zijn of gevangengenomen worden.

In Monschau kon je altijd goed geld verdienen. De prijzen daar waren hoger dan elders. De reden daarvoor was dat het heel gevaarlijk was om smokkelwaar naar Monschau te brengen. Veel gevaarlijker dan de spullen in Aken op de zwarte markt of langs de deuren te verkopen. Daar kende Eberhard de weg als zijn broekzak en kon hij tussen de mensen en in de stegen snel verdwijnen wanneer het hem te gevaarlijk werd.

Door de steile hellingen en het onherbergzame terrein waren er rond Monschau maar heel weinig vluchtwegen. Bovendien was het ook lichamelijk een hele tour om weer uit de kloof te komen. Zelfs Eberhard, die door zijn veelvuldige tochten naar België, zijn uitgestrekte verkooptochten per fiets en de sprintjes die hij af en toe moest trekken om niet betrapt te worden door douaniers, uitstekend getraind was, zweette behoorlijk tijdens de klim.

Hij had de gewoonte zijn fiets boven te laten staan en Monschau alleen te voet te bezoeken. Zo kon hij de beste binnendoorweggetjes zoeken en liep hij veel minder gevaar om in een controle terecht te komen. Inmiddels had hij de beste route gevonden. Er waren op zijn pad twee lastige plekken met steile rotsen, waar hij alleen door zich met een touw te zekeren langs kon. Dat was weliswaar lastig, maar juist dat verkleinde het gevaar van ongewenste controles, voor zover dat in deze onzekere tijden mogelijk was.

Die ellendige douaniers waren als hinderlijke muggen. Telkens als je dacht dat je ze kwijt was, hoorde je in de verte weer hun doordringende gezoem. Je voorvoelde het gevaar, je hoorde het gezoem naderen en toch kon je je er haast niet tegen beschermen.

Tijdens de eerste maanden van zijn handel in koffie had hij elke tocht als een kat-en-muisspel gezien en er zelfs wel een beetje plezier in gehad om de kat altijd een stapje voor te zijn. Hij had het risico echt opgezocht, alsof hij het lot keihard wilde uitlachen en bespotten. Waanzinnig, maar er was een goede reden voor: het was een poging om zijn pijn te overstemmen.

Eberhard was erachter gekomen dat de gedaante die hij tijdens een van zijn eerste tochten had ontdekt, inderdaad Isabella was geweest. Terwijl de bommenwerpers het huis van haar ouders hadden verwoest, bevond Isabella zich in het bos. Ze had het overleefd en het bos daarna vrijwel niet meer verlaten, had Eberhard gehoord. Enige tijd later, na hun eerste vluchtige ontmoeting – als je die zo mocht noemen – had hij haar in het bos opgespoord. Maar de vreugde over het feit dat ze nog leefde, had al snel plaatsgemaakt voor ontnuchtering en uiteindelijk diepe teleurstelling.

Isabella wilde niets meer met hem te maken hebben. Niet met hem en met geen enkel ander mens. Ze had zich teruggetrokken in een heel verscholen gelegen boshut en met stenen naar Eberhard gegooid toen hij dichterbij wilde komen.

De adrenalinestoten die hij kreeg als hij door het bos jaagde, leidden tijdelijk zijn gedachten af. Dan had hij geen tijd om zich bezig te houden met pijnlijk gemis en kon hij ook geen gedachten verspillen aan verdriet. Het enige waarop het op die momenten aankwam was overleven. De juiste weg, de juiste schuilplaatsen en weer thuiskomen.

Maar als hij daar aankwam, werd hij opnieuw overweldigd door de pijn, en in de loop van de maanden was in Eberhard een zwart gat van verdriet ontstaan, dat hem dreigde te verteren.

En toen was de dag gekomen waarop zijn kat-en-muisspel met de douaniers hem bijna niet alleen de vrijheid, maar zelfs het leven had gekost. Eigenlijk waren de mannen nog ver weg geweest en Eberhard had zich bijna in veiligheid gewaand toen het schot was gevallen. Dat geluid, waarvan hij zozeer had gehoopt dat hij het nooit meer zou hoeven horen, was hem door merg en been gegaan. Het had hem wakker geschud, waardoor hij in één klap weer met beide benen op de grond stond. Met een snoekduik was hij in het kreupelhout verdwenen en had zich stilgehouden tot de douaniers hun zoektocht opgaven.

Daarna was hij naar huis geslopen en had hij besloten dat het zo niet verder kon gaan. Ja, hij was Isabella kwijtgeraakt, hij had haar daarna teruggevonden en nu moest hij haar opnieuw laten gaan. Dat was veel voor zijn door de oorlog verwonde hart, maar hij moest het deel van zichzelf dat met hun vriendschap stierf, begraven en loslaten, anders zou hij het zelf niet overleven.

Hij veroordeelde Isabella daarom niet. Zij had geen schuld aan dit alles. Ze was simpelweg niet meer zichzelf. En dus rouwde hij nu om zijn vriendin alsof ze inderdaad was gestorven. En al kon hij het nauwelijks geloven, dat maakte het gemakkelijker. Zijn verdriet werd op die manier draaglijk en de strijd om te overleven, de energie die hij nodig had om het dagelijks leven na de oorlog vooral voor zijn moeder en zusje weer de moeite waard te maken, eiste hem op, waardoor de wond langzaam heelde.

En toen, een paar weken geleden, had hij Magdalena ontmoet. Aan het eind van de oorlog had ze samen met haar ouders haar geboortestad verlaten en was naar Euweiler verhuisd. De eerste keer dat Eberhard haar tegenkwam, was op de zwarte markt. Magdalena was lang en knap. Haar lange donkere haar hing meestal in een keurige vlecht langs haar rug tot bijna op haar heupen. Ze konden vanaf het eerste moment goed met elkaar opschieten en ontmoetten elkaar steeds vaker. Van lieverlee ontstond er tussen hen tweeën een tedere band. Een vluchtige kennismaking resulteerde in vriendschap en uiteindelijk liefde. Een week geleden had Eberhard om haar hand gevraagd en ze had ja gezegd. In de zomer wilden ze trouwen.

Het was allemaal erg snel tussen hem en Magdalena gegaan. Maar misschien, bedacht Eberhard, hadden de mensen die de oorlog hadden overleefd wel geen tijd om lang te wachten. Ze wisten hoe breekbaar het leven kon zijn en konden niets anders dan de tijd benutten die hun geschonken werd.

Sinds hij Magdalena had, was Eberhards leven ingrijpend veranderd. Hij had nu iemand naast zich met wie hij een toekomst wilde opbouwen. Ineens voelde het goed om weer plannen te maken en vooruit te kijken. Maar er rustte nu natuurlijk ook meer verantwoording op zijn schouders.

Nu maakten niet alleen zijn moeder en zijn zusje, maar ook Magdalena zich zorgen om hem. Eberhard zat daardoor in een lastig parket. Magdalena had hem vaak gevraagd om niet meer naar België te gaan en te stoppen met smokkelen. Maar Eberhard wilde zo snel mogelijk met Magdalena een gezin stichten. Als hij als winkelier aan de slag zou gaan en alleen legale producten zou verhandelen, verdienden ze geen rode cent, dan mochten ze blij zijn als ze genoeg bij elkaar kregen om dagelijks van rond te komen.

Nee, het was geen optie om te stoppen met smokkelen. Eberhard had de winst nodig om voor zichzelf en de mensen van wie hij hield iets te kunnen opbouwen voor de toekomst. Het werd alleen steeds moeilijker om te smokkelen. De controles waren de laatste tijd erg aangescherpt, de douaniers traden steeds hardhandiger op en er werd inmiddels steeds vaker geschoten. Toch waagde hij het er telkens weer op en dan bleef Magdalena achter in Euweiler. Ze probeerde flink te zijn, maar elke keer huilde ze haar ogen rood. Het deed Eberhard pijn om haar met die last op te zadelen, maar hij zag geen andere uitweg.

Ze leefden allemaal heel zuinig. Voor zichzelf was Eberhard zelfs bijna vrekkig. Hij deed alles om de situatie binnenkort te verbeteren en had altijd zijn doel voor ogen: zijn eigen koffiebranderij. Als hem dat gelukt was, zou alles beter worden. Daar was hij van overtuigd.

Zodra de mensen weer wat meer geld hadden en zich luxe konden permitteren, zou Eberhard ook de koffie officieel inkopen en doorverkopen. Op dit moment was dat nog een droom, want door de enorm hoge belasting op koffie was legale koffie voor normale mensen bijna onbetaalbaar. Koffie werd niet zonder reden het zwarte goud genoemd.

Maar niet alleen Magdalena was bang. Ook Eberhard verlangde ernaar om het eindelijk legaal te kunnen doen, smokkelen was allang geen sinecure meer. Niet alleen de pakkans was drastisch gestegen, ook de straffen waren veel hoger geworden. Eberhards angst dat hij in de gevangenis terecht zou komen, groeide met de dag. Hij walgde van dit leven op de rand van de wet. Ooit zou hij ermee stoppen, maar nu nog niet.

Het was nog vroeg genoeg en het was prima weer. Eberhard wilde profiteren van de nieuwemaan en besloot vannacht een verre tocht te maken. Hij wilde voor een nieuwe voorraad zorgen, de vraag was groot en het was een goede tijd voor de handel. Op de zwarte markt van Aken had Eberhard de laatste maanden als betrouwbare en eerlijke handelaar een goede naam gekregen. Hij zou de buit van Monschau naar huis brengen en meteen nog een keer op pad gaan.

Bij de Westwall verstopte Eberhard zijn fiets en ging op de loer liggen. Hij wist dat een kinderbende had afgesproken om daar de grens over te steken. Velen smokkelden inmiddels in grote groepen; er waren veel georganiseerde bendes, waarvoor mensen als Eberhard, die alleen opereerden, moesten oppassen. Ze konden hem namelijk zijn koffie afnemen als ze hem te pakken kregen. Al waren het vaak nog maar kinderen, zij waren met een groep en als man alleen had hij geen enkele kans tegen die vechtersbaasjes.

Er zaten echter twee kanten aan het gedoe met de smokkelbendes. Als de douaniers ze opmerkten, in de nacht opjaagden in de nacht en probeerden te arresteren, kon hij in de schaduw van die klopjacht meestal ongestoord zijn gang gaan. Dat was hij ook die nacht van plan, en dat lukte. In de algehele chaos wist hij onopgemerkt door de controles België binnen te komen.

Jean-Claude, zijn huidige Belgische leverancier, begroette hem vriendelijk, ook hij wist Eberhards betrouwbaarheid te waarderen. Toen Eberhard voor de eerste keer bij hem had aangeklopt, had de Belg hem eerst fronsend en met over elkaar geslagen armen opgenomen. Eberhard had argwaan in zijn ogen gezien. Daarna had de Belg gezegd: 'Alle nazi's zijn klootzakken, altijd en zonder uitzondering. *D'accord*?'

'Ja,' had Eberhard zonder aarzelen geantwoord, en hij had de blik van de handelaar heel open en zonder een spier te vertrekken beantwoord. 'D'accord.'

Jean-Claude had geglimlacht en hem vriendelijk aangekeken. Nadat hij datgene wat voor hem het belangrijkst was uit de weg had geruimd, gaf hij Eberhard een hand. 'Mijn vriend, wat kan ik voor je doen?' had hij met warme stem gevraagd. Sindsdien waren de beide mannen zakenpartners en een soort van vrienden.

Het duurde niet lang of Eberhard kon zwaar bepakt de terugweg weer aanvaarden.

'Wees voorzichtig, mijn vriend.' Met die woorden en een vriendschappelijk schouderklopje nam de Belg afscheid van hem. 'Er wordt gefluisterd dat de gieren vannacht laag vliegen.'

Was het toch een vergissing geweest om er nog een keer op uit te gaan? Was hij te inhalig? Had hij het lot nu te vaak getart? Eberhard nam de waarschuwing van zijn handelspartner heel serieus; Jean-Claude had overal contacten en was meestal op de hoogte van de laatste nieuwtjes. Voor alle zekerheid besloot Eberhard een andere weg naar huis te nemen dan normaal. Hij kende de weg in de Hoge Venen op zijn duimpje en zocht een route door het hoogveen en het bos buiten de gebruikelijke smokkelroutes om. Daardoor moest hij weliswaar tien kilometer omlopen, maar als hij daardoor ongedeerd thuiskwam, nam hij dat graag op de koop toe.

Om op krachten te blijven verschool hij zich vlak over de grens tussen de bomen en pakte het in een krant verpakte brood uit dat Magdalena hem ten afscheid in handen had gedrukt toen hij 's avonds was vertrokken.

Het donkere en niet meer helemaal zachte brood was besmeerd met wat reuzel. Magdalena had er goudsbloemen en veldzuring op gedaan.

Eberhard beet er een flink stuk af en genoot tijdens het kauwen van het gelukkige gevoel dat door hem heen stroomde. Veel te snel was het brood tot de laatste kruimel op. Hij likte zijn lippen af en ging weer op weg. Hij was moe en uitgeput en wilde eindelijk naar huis.

Hij had nog maar een paar passen gezet of hij hoorde ze rechts achter zich aan komen. Douaniers! In paniek bleef Eberhard staan en luisterde. Ook van links hoorde hij verdacht geritsel. Hij zat in de val.

Een fractie van een seconde had hij nodig om de schok te boven te komen, daarna rende hij ervandoor. Maar waarheen? Als een haas probeerde hij plotselinge zijsprongen te maken. Hij hoorden hun kreten, ze hadden hem ontdekt, maar ze zouden hem niet krijgen. Eberhard was vastbesloten om te ontkomen. De rugzak hing zwaar aan zijn schouders, maar hij wilde die niet afgooien. Hij wilde niet alweer de beloning voor al zijn moeite kwijtraken. Verbeten rende hij verder.

Het terrein was heuvelachtig, wat zijn vlucht bemoeilijkte. Hij worstelde zich over boomwortels en om omgevallen bomen heen. Twee keer zakte hij weg in de moerassige ondergrond en klonk er een luid soppend geluid toen hij zijn voeten eruit trok en weer op vaste bodem sprong.

Hij hijgde, zijn longen brandden, maar hij bleef doorlopen. Als ze hem te pakken kregen, was alles weg. Hij dacht aan zijn moeder, aan de verdrietige ogen van zijn zusje, aan Magdalena, en zette nog een tandje bij, hoewel hij allang niet meer kon. Het zweet liep in straaltjes langs zijn gezicht en hij nam niet de tijd om het weg te vegen.

Eberhard had de hoop bijna opgegeven toen de kreten eindelijk verder weg klonken. Ze leken zich van hem te verwijderen. Waren ze hem kwijt? Kon het echt zo zijn dat het hem gelukt was?

Met trillende knieën leunde Eberhard tegen de stam van een boom. Hij was de duisternis ontzettend dankbaar, maar zijn ademhaling klonk veel te luid. Als hij niet oplette, zou zijn gehijg hem verraden. Met grote zelfbeheersing lukte het hem langzamer en gecontroleerder te ademen. De impuls om gulzig een teug lucht te nemen werd bijna allesoverheersend. Het flikkerde voor zijn ogen en in zijn oren suisde het als tijdens een orkaan. Maar Eberhard concentreerde zich op zijn eindeloze in- en uitademing en dwong zijn rebellerende lichaam in dat ritme.

Het voelde als een eeuwigheid tot zijn hele organisme gekalmeerd was. Alleen het pijnlijk snelle kloppen van zijn hart getuigde nog van de paniek die door hem heen was geraasd.

Dichtbij hoorde Eberhard een beek kabbelen. Hij moest de grote dorst die na deze noodgedwongen vlucht door het bos bij hem opkwam echt lessen, dus sloop hij voorzichtig in de richting van het geluid. Toen hij zich aan zijn handen van de kleine helling wilde laten zakken, verloor hij zijn houvast en kwam met een veel te luide plons in het water terecht. Zijn dorst was hij vergeten. Hij ging meteen weer rechtovereind staan en luisterde in het duister. En natuurlijk, ze hadden hem gehoord.

Verdomme! Het liefst had hij zichzelf een oorvijg gegeven voor zijn onhandigheid, maar daar had hij nu ook niets aan. Zo nat als hij was, rende hij er weer vandoor. Ditmaal waren ze nog dichterbij. Zijn kansen om nog een keer aan zijn achtervolgers te kunnen ontkomen, waren bijna nihil. Zijn enige bondgenoot was het duister, maar hij vroeg zich alleen af of dat genoeg zou zijn.

'Daar verderop, ik hoor die smeerlap!' riep iemand heel dichtbij.

'Klootzak!' kwam het van iets verder naar rechts. 'Nu krijgen we je!'

Moest hij gewoon blijven staan en het opgeven? Eberhard wist niet wat verstandig was. Als ze nog lang op hem moesten jagen en hem toch nog in handen kregen, zouden ze hem laten boeten voor de inspanning. Maar als hij zich overgaf, verspeelde hij de kleine kans toch nog ongedeerd te ontkomen.

Die gedachten vlogen door zijn hoofd, terwijl hij over het terrein joeg. Nu liep hij een helling op. Inmiddels was hij de weg kwijt, hij liep alleen nog maar zijn voeten achterna. Welke kant op maakte hem niet uit, als hij de douaniers maar van zich afschudde.

Het gehijg van zijn achtervolger klonk zo dichtbij dat Eberhard bijna dacht dat hij diens adem in zijn nek voelde. Hij keerde zich om, maar kon niets zien. Het moment daarop verloor hij de bodem onder zijn voeten en viel.

Voor hij het kon uitschreeuwen, werd er een hand over zijn mond gelegd, die het geluid smoorde.

Hoofdstuk 19

Öcher Boontje

Aken • Aachen • Oche • Aix-la-Chapelle • Aquae Granni

Heden: januari

Sprakeloos stond Corinne in haar Öcher Boontje, of beter gezegd, in de ruimte die ooit Öcher Boontje zou worden. Inmiddels was alles leeggehaald, de wanden waren fris wit en de vloeren waren gedweild. Nu ging het erom haar koffiebranderij leven in te blazen en zo in te richten dat die een persoonlijk tintje kreeg. Straks rook het hier niet meer naar schoonmaakmiddel en verf, maar heel lekker naar vers gebrande koffie. Corinne kon niet wachten. Overmoedig draaide ze in de grote winkelruimte met uitgestrekte armen een rondje, tot ze duizelig werd en zich aan het deurkozijn moest vasthouden om niet om te vallen.

Duizelig van geluk, dacht ze. Dat was de perfecte benaming, want dat was exact het gevoel dat ze had – en niet alleen nu, kort na het ronddraaien, maar bijna continu sinds het allemaal zo fantastisch was begonnen. Ze kon nog steeds amper geloven dat het nu echt zover was.

Als bij toverslag ging het nu allemaal zoals ze zich dat had gewenst: ze had de perfecte ruimte gevonden, de contracten waren getekend en haar droom werd langzaam maar zeker werkelijkheid.

De afspraak met haar verhuurder op de dag na kerst was in elk opzicht positief verlopen. Helmut Bühling was een vriendelijke oudere man die Corinne een beetje aan haar eigen opa deed denken. Hij had haar als huurster al vooraf geaccepteerd, doordat Chrissi een goed woordje voor haar had gedaan. In het persoonlijke gesprek had hij zijn instemming nog een keer bevestigd en haar eigenlijk meteen het concepthuurcontract overhandigd.

Hij vond het belangrijk om 'nette' huurders – zoals hij het had uitgedrukt – te hebben, die het gebouw niet uitwoonden en geen louche zaken deden. Hij was gecharmeerd van Corinnes idee om een koffiebranderij te openen, al begreep hij eerst niet echt goed wat haar beweegredenen waren geweest om uit het grote familiebedrijf te stappen.

Toen haar verhuurder van de gezondheidsproblemen van de koffiebaron had gehoord, raakte hem dat oprecht en hij had hem veel beterschap gewenst. Hij had Günther Ahrensberg jaren geleden tijdens een inzamelingsactie voor kinderkanker leren kennen en waarderen. Een wilskrachtige, doelgerichte man die echter ook aan anderen dacht, zo had hij de koffiebaron omschreven en Corinne was het met hem eens geweest. Je kon niet ontkennen dat haar vader een sterke wil had; als iets hem weer op de been zou helpen, dan was het die eigenschap wel.

Haar onberispelijke reputatie door haar familieachtergrond had bij de positieve beslissing het laatste zetje gegeven. Een lid van de in Aken gerespecteerde familie Ahrensberg was ze als nieuwe huurster uiterst welkom. Drie keer had hij echter gevraagd of ze er echt goed over nagedacht had en het niet bij de eerste problemen zou opgeven om vervolgens terug te keren naar het veilige familiebedrijf. Maar nadat Corinne hem had verteld van haar wens om zelf koffie te branden en hem had uitgelegd dat ze met kleine batches en hoogwaardige koffiesoorten individueel op de klant afgestemd wilde werken, had hij tevreden geknikt en haar beslissing zelfs gesteund. De wereld had immers ook kleine projecten nodig en het moest niet altijd alleen maar een kwestie van groter, sneller, meer zijn.

Toen bedrijfsjurist Waldmann had gehoord dat Corinne een geschikte ruimte had gevonden, had hij haar uit zichzelf zijn steun aangeboden, ook al had hij vakantie en hadden Corinnes zaken niets met Ahrensberg Koffie te maken. En toen ze hem naar zijn honorarium had gevraagd, had hij geprotesteerd en gezegd dat hij er niets voor wilde hebben. Corinne moest het zien als een vriendendienst, dat was voor hem vanzelfsprekend. Hij kende Corinne tenslotte al sinds ze had leren lopen.

Haar opa zou vast trots zijn als hij wist hoe trouw het personeel van Ahrensberg elkaar bijstond. Ze waren echt één grote familie, en ook al sloeg Corinne nu haar eigen weg in, ze bleef toch deel uitmaken van dat team, en daar was ze dankbaar voor.

Hoewel ze uit het bedrijf stapte, had Alexander haar zelfs gevraagd samen met hem een persoonlijk kerstcadeautje voor de werknemers uit te zoeken. De tijd had gedrongen en het moest allemaal op het laatste moment, omdat hij te laat op het idee was gekomen, maar Alexander had er niet van willen afzien. Hij vond het belangrijk om een persoonlijk signaal af te geven en het personeel te laten zien dat hij zijn rol als nieuwe chef serieus nam en dat ze allemaal iets voor hem betekenden.

Haar vader had iedere werknemer elk jaar met kerst een pak Ahrensberg-koffie en een doos koffiebonbons overhandigd, een vriendelijk gebaar, waar hij echter nooit al te veel energie in had gestoken.

Alexander en Corinne hadden dat kleine gebaar wat willen aanpassen en persoonlijker willen maken. Hun medewerkers moesten voelen dat er over de attentie was nagedacht. Koffie en bonbons kon iedere werknemer met personeelskorting het hele jaar door kopen, dat was niets bijzonders.

Corinne had het idee gehad om een van Noahs koffiespreuken op een grote mooie mok te laten drukken. KOFFIE EN EEN ZOEN – MEER HEB

JE NIET NODIG was de leus waarover ze het na een korte discussie eens waren geworden.

Thomas had er een aantrekkelijk ontwerp voor gemaakt met het logo van het bedrijf erbij. Hij had er ook voor gezorgd dat de mokken werden bedrukt en op tijd werden geleverd. Eigenlijk was het al veel te laat geweest, maar Thomas had gebruikgemaakt van zijn goede contacten met de leverancier om het onmogelijke mogelijk te maken.

Bij de mok hadden ze een bijpassende porseleinen filterhouder met een permanent koffiefilter uitgekozen en uiteindelijk hadden ze besloten er ook nog een pak Ahrensberg-koffie bij te doen. Het was een mooi cadeaumandje geworden en de moeite had echt geloond. Het bleek een groot succes: de mensen waren er echt blij mee geweest en hadden zich gewaardeerd gevoeld.

Corinne had zoveel lol in het idee van de mok met spreuk gehad dat ze het wilde overnemen voor haar Öcher Boontje. Voor de mokken waarin ze koffie wilde serveren, maar ook voor mokken die ze wilde verkopen. Ze had gedweept met het idee tegenover Sebastian en zich samen met hem voorgesteld hoe de mokken er bij haar in de winkel uit zouden kunnen zien. Inmiddels had Sebastian er ook al één voor haar ontworpen; het exemplaar was Corinnes grote trots.

Inspelend op haar dromen had Sebastian haar de eerste Öcher Boontje-mok met kerst gegeven. Daar had ze geen vermoeden van gehad en ze was er heel blij mee geweest. Sebastian was heel tevreden dat zijn verrassing zo'n succes was geweest.

Sebastian was echt een schat, bedacht Corinne toen ze weer eens door haar hoofd liet gaan hoe hij haar de afgelopen weken had ondersteund en dat hij er altijd voor haar was als ze hem nodig had. Hij was fantastisch. Hoe dan ook waren veel dingen op dit moment geweldig. Corinnes leven was één aaneenschakeling van geluksmomenten. Als de koffiebaron nu ook nog weer op de been kwam, was alles perfect.

Het afgelopen jaar had Corinne voor veel lastige opgaven gesteld, maar ze had de uitdaging met geheven hoofd en vol moed aangenomen. Opgeven was voor haar nog nooit een optie geweest. De eerste dagen van dit nieuwe jaar voelden nu al aan als het begin van een nieuwe tijd.

Straks was ze niet meer alleen in haar fantasie, maar ook in het werkelijke leven koffiebrandster. Ze zou echt op eigen benen staan. Ze was er klaar voor en kon niet wachten om de eerste bonen in de trommelbrander te doen, het eerste ritselen en knisteren te horen, de eerste koffiegeur op te snuiven en eindelijk ook de eerste klanten in haar Öcher Boontje te begroeten. Haar droom zou werkelijkheid worden.

Corinne stond nog steeds tegen het deurkozijn geleund, genietend van de paar minuten die ze voor zichzelf had, en liet haar gedachten ontspannen de vrije loop.

Punctueel tot op de minuut verscheen Sebastian in haar blikveld. Glimlachend zag ze hem door de etalageruit de hoek om lopen en op de winkel afstappen. Hij droeg zijn extra warme donkere anorak en had een dikke sjaal om zijn hals en een wollen muts op zijn hoofd. Voor zijn mond vormden zich op het ritme van zijn ademhaling ademwolkjes. De winter had de stad sinds een paar weken in zijn greep, het was ijskoud.

Sebastian zette zijn voeten voorzichtig neer. Het trottoir was op sommige plekken flink glad, de bevroren stukken waren voor een deel bedekt met versgevallen sneeuw en daardoor natuurlijk nog gevaarlijker. Dat wist Corinne uit eigen ervaring, ze was even daarvoor zelf bijna uitgegleden en op haar achterste beland.

Alleen haar snelle reactie en de boom waaraan ze zich had kunnen vastklampen, hadden een val voorkomen.

De riem van zijn lichtbruine leren aktetas had Sebastian over zijn rechterschouder gehangen. Toen hij Corinne achter het raam van de winkel ontdekte, kwam er een glimlach op zijn gezicht. Meteen stak hij zijn hand op en hij zwaaide vrolijk naar haar. Met gebaren liet hij haar zien dat hij het koud had, hij trok een paar grimassen en versnelde zijn pas om snel in de warmte te zijn. Corinne hapte geschrokken naar lucht, Sebastian was precies op de plek waar zij zonet... maar ze kon haar gedachte niet meer uitdenken, het was al gebeurd.

Op het moment dat Sebastian op de ijsplaat stapte, verloor hij net als Corinne zijn evenwicht. Hij zwaaide wild met zijn armen, zijn benen vlogen naar voren en daar lag hij languit op zijn rug op het asfalt. Corinne rukte zo snel mogelijk de deur open, maar voordat ze hem te hulp kon snellen, was hij alweer opgekrabbeld.

'Niks aan de hand,' riep hij haar toe, de sneeuw van zijn lichaam kloppend. Corinne slaakte een zucht van verlichting. Dat zou er nog maar aan ontbroken hebben. Ze had zichzelf ernstige verwijten gemaakt als Sebastian iets had gebroken, want hij was tenslotte voor haar op pad, omdat hij haar wilde ondersteunen. Hij had net zo goed lekker achter zijn bureau kunnen zitten, met zijn voeten tegen de verwarming.

Corinne en Sebastian hadden in haar winkel afgesproken omdat ze vandaag alles samen moesten uitmeten en na wilden denken over de inrichting. Sebastian zou haar daarbij helpen en haar advies geven; hij hield het onderwerp corporate identity altijd stevig voor ogen en lette erop dat Corinne haar lijn trouw bleef.

Ook Noah zou later nog komen, als hij zijn eigen branderij had gesloten. Hij ondersteunde Corinne met zijn geschoolde blik, zodat ze kleine fouten zou vermijden die in de dagelijkse praktijk veel energie zouden kosten en een belasting zouden vormen. Corinne had daar met Sebastian en Noah uitgebreid over gediscussieerd. Ze wilden design en praktische toepasbaarheid harmonieus op elkaar afstemmen.

Corinne kon op haar beide mannen, zoals ze ze soms voor de grap noemde, echt vertrouwen. Ze was dankbaar dat ze zulke goede vrienden had, dat was niet vanzelfsprekend. Het enige wat haar vreugde over de twee mensen die ze zo graag mocht enigszins temperde, was het feit dat Sebastian en Noah elkaar nog steeds niet erg mochten.

Er smeulde iets tussen die twee, ze kon het niet benoemen, maar als ze elkaar ontmoetten, was de sfeer gespannen alsof ze elkaar in de gaten hielden en erop wachtten tot de ander een fout maakte.

Maar zodra Corinne het ter sprake bracht, beweerden beiden eendrachtig meteen dat ze zich vergiste en dat er niets aan de hand was. Corinne zuchtte als ze eraan dacht. Ze zou hen graag geloven, maar betwijfelde ten zeerste of ze op dat punt wel eerlijk tegen haar waren. Misschien waren ze zelfs niet eens eerlijk tegen zichzelf en wisten ze helemaal niet dat het zo stroef liep. Ook dat leek haar mogelijk.

Energiek schoof ze al die overwegingen terzijde, daar had ze nu voorlopig geen tijd voor, daarover kon ze zich later nog het hoofd breken.

'Heb je je pijn gedaan?' vroeg Corinne aan Sebastian, die nu bij de winkel was aangekomen en samen met haar naar binnen ging.

'Nee, het gaat allemaal goed, maak je geen zorgen.' Hij omhelsde Corinne en vroeg: 'Wacht je al lang? Ben ik te laat?'

'Je bent precies op tijd, schat. Ik stond alleen te popelen en daarom was ik hier al wat eerder. Is het niet fantastisch?' Dat was een retorische vraag, want Corinne had hem in allerlei varianten vast al honderd keer gesteld. Geen wonder dus dat Sebastian er helemaal niet op inging. Hij zocht in zijn leren tas en haalde iets tevoorschijn.

'Alsjeblieft, voor jou.' Hij keek haar stralend aan en zag er op dat moment uit als een klein jongetje dat net een enorme sneeuwpop had gemaakt. Zijn wangen en neus waren rood van de kou, zijn ogen glansden van vreugde en om zijn lippen speelde een overmoedige grijns. Had hij blond haar gehad, dan had hij eruitgezien als Astrid Lindgrens Michiel van de Hazelhoeve.

Omdat ze nog geen meubels had, ging Corinne gewoon op de vloer zitten, met haar rug tegen de muur. Nieuwsgierig en vol ontzag keek ze naar de flyer die Sebastian haar net in de hand had gedrukt.

ÖCHER BOONTJE

Opening

In koffiebruine letters had Sebastian de woorden op de voorkant gezet. Daarna volgden de datum van de opening, die begin maart gepland stond, en de dagelijkse openingstijden.

Ook stond erin dat ze aan huis bezorgde binnen de stad Aken. Dat was Corinnes idee geweest, ze wilde dat vooral aanbieden voor klanten die geen tijd of mogelijkheid hadden om boodschappen te doen.

Corinne wist uit ervaring dat welgestelde mensen vaak druk waren met hun werk, maar zichzelf wel wilden verwennen en waarde hechtten aan hoogwaardige producten en dat oudere mensen zich graag een goede koffie wilden permitteren, maar niet meer mobiel waren. Die twee groepen hoopte ze met haar kosteloze thuisbezorging te bereiken. Ze zag zichzelf al na sluitingstijd door de stad fietsen en goedgemutst met een volgepakte fietsmand bestellingen bezorgen.

Ze had nog niet besloten of ze ook een webshop wilde opzetten. Eerst wilde ze zich concentreren op zakendoen in de regio en kijken hoe dat ging en hoe haar Öcher Boontje eigenlijk zou worden ontvangen. Het was voor haar belangrijk om haar koffiebranderij langzaam en gezond te laten groeien. Toch had Sebastian zich er niet van laten weerhouden om alles al voor te bereiden, als het zover was, kon de webshop in een mum van tijd geactiveerd worden.

In Sebastian had Corinne de perfecte webmaster. Hij kwam met eigen ideeën, dacht mee en vooruit en het lukte hem altijd weer om haar wensen en vaak nog vage ideeën perfect te vertalen en haar enthousiast te maken.

Sebastian en Noah waren haar beste vrienden en Corinne kon zich een leven zonder die twee helemaal niet meer voorstellen. Haar hart stroomde over van dankbaarheid en ze zou hen uitnodigen voor een uitgebreid etentje met veel wijn als Öcher Boontje de beginfase achter zich had gelaten en zich een plaats op de markt begon te veroveren. Of ze kon ook een zomerfeest organiseren, bedacht Corinne. Ze zou in elk geval iets bijzonders bedenken. Maar alles op zijn tijd; nu wilde ze eerst uitvoerig Sebastians werk bewonderen en appreciëren. Nieuwsgierig draaide ze de flyer om. Sebastian had een foto van haar op de koffieplantage in Brazilië uitgekozen en stelde Corinne daaronder voor in een paar persoonlijke zinnen, waarin hij haar passie en liefde voor koffie beschreef.

Daarna volgde informatie over een paar koffiesoorten die Corinne wilde aanbieden en een beschrijving van de daarbij behorende teeltgebieden.

Het geheel werd afgesloten met een korte tekst over koffie en de betekenis daarvan in de maatschappij, die Noah voor Corinne had geschreven. Als kop had hij *HET IS ALTIJD KOFFIETIJD* gekozen en vol liefde en humor beschreef hij koffiedrinkers en hun voorliefdes. Zijn samenvatting aan het eind van de korte tekst luidde: *wat je humeur ook is, een kop koffie gaat er altijd in.*

Waarschijnlijk had hij wel meer dan één kopje koffie gedronken terwijl hij dat voor haar had bedacht. Corinne glimlachte dankbaar.

De in drieën gevouwen flyer was gedrukt op hoogwaardig papier en oogde chic. Sebastian had de vormgeving aangepast aan de opmaak van de website.

'Dat is top, Sebastian, ik ben helemaal enthousiast! Dank je! Ik weet dat ik het al eerder heb gezegd, maar je hebt ongelooflijk veel talent.'

'Prima. Ik ben blij dat het je bevalt. Blijf je nog langer lui zitten of gaan we nu alles opmeten?'

Lachend stak Corinne haar hand uit en hij trok haar omhoog. 'Zie je nu wel, gaat best,' zei hij tevreden.

Hij pakte de duimstok en Corinne haar notitieblok en pen en daarna waren ze al druk bezig met de planning van de inrichting.

'Hier moeten de stellingen komen,' legde Corinne uit. 'Ik heb er ook al een paar uitgezocht die op maat gemaakt kunnen worden. En voor daarginds laat ik een toonbank maken, want wat ik in mijn hoofd heb, kun je niet kant-en-klaar kopen. Daarachter komen servieskasten, een breed werkblad om koffie te kunnen zetten, onderkasten, een vaatwasser...'

'Stop, stop, stop,' onderbrak Sebastian Corinnes woordenvloed. 'Dat kan ik echt niet allemaal onthouden. Mijn hoofd loopt nu al over. Misschien moeten we het systematisch aanpakken en van rechts naast de deur alles nog een keer helemaal rondom meten. Daarna zeg jij wat je precies nodig hebt en ik volg jouw aanwijzingen. Oké?'

'Okidoki,' antwoordde Corinne, en ze moest om zichzelf en haar overdreven ijver lachen.

'En we moeten niet vergeten dat er nog een paar bruine accenten op de muren moeten komen. Ik ben ervoor om daarvoor een schilder in te huren. Wat dacht je van een brede koffiebruine streep helemaal rondom? Dat zou heel goed bij je website passen.'

'Superidee. En in dezelfde kleur kunnen we daarachter boven het werkblad een muursticker aanbrengen. Zoiets kun je speciaal laten maken, toch? Of niet?'

Sebastian wreef over zijn kin en knikte nadenkend. 'Wat moet daar dan komen te staan? Een woord? Koffie?' vroeg hij. 'Of koffietijd?'

Maar dat vond Corinne te fantasieloos. Ze wilde iets wat emoties, een glimlach opriep. Ze haalde zich weer de spreuken voor de geest die ze bij Noah had gelezen.

'Ik heb het!' riep ze vervolgens uit. 'Met liefde en koffie wordt alles goed!'

Sebastian stond erbij en keek haar peinzend aan.

'Wat is er?' vroeg Corinne toen hij haar bleef aankijken zonder iets te zeggen. 'Vind je het niet goed?'

'Weet je eigenlijk wel hoe ongelooflijk geweldig je bent, Corinne?' vroeg Sebastian, en zijn stem klonk wat schor.

Corinne beet verlegen op haar onderlip en lachte onzeker. Ze slikte, haar hart klopte ineens veel sneller. 'Weet je zeker dat je zonet toen je viel niet je hoofd hebt gestoten?' vroeg ze in een hulpeloze poging om grappig te zijn.

Maar Sebastian was heel duidelijk niet in voor een grapje.

'Corinne,' begon hij, en zijn blik werd nog intenser. 'Ik geloof...' Hij onderbrak zichzelf, pakte met zijn hand teder haar kin vast en boog zich naar haar toe.

Voordat Corinne eraan toe was om te beslissen hoe ze daarop ging reageren, beroerden zijn lippen de hare. Het voelde prettig, vertrouwd. Sebastian had een vaste plek in haar hart, maar ze wist ook dat het niet het gevoel was dat ontstond als twee mensen die elkaar begeerden elkaar zoenden. Het voelde meer alsof ze haar broer kuste. Of haar beste vriend. Dat moest ze niet toelaten. Ze moest Sebastian tegenhouden om hem tegen zichzelf te beschermen.

Vastberaden legde ze haar handen op zijn borst en duwde hem van zich af. Ze keek hem strak in de ogen en schudde heel zacht haar hoofd. Er trok een schaduw over Sebastians gezicht, hij had haar boodschap begrepen.

'Is het Noah?' vroeg hij.

Was het Noah? Ja, dacht ze. Natuurlijk! Ineens was er geen twijfel meer en ook alle andere vragen gingen in rook op. Dát was het wat er de hele tijd tussen Sebastian en Noah gesmeuld had. Rivaliteit om haar, en ze had er zelf niets van geweten. Tegelijkertijd wist ze nu zeker dat ze eindelijk de moed bij elkaar moest rapen om de volgende stap te zetten, omdat Noah kennelijk het besluit had genomen het aan haar over te laten. Het was tijd om hem te laten zien hoe het met haar gevoelens zat.

'Het spijt me, Sebastian,' zei Corinne zacht.

Sebastian was een uitstekende verliezer. Even slikte hij zwaar, haalde diep adem en keek haar toen ondeugend met fonkelende ogen aan. 'Je hebt net mijn hart gebroken, Corinne, dat is je toch duidelijk, hè?' Theatraal legde hij zijn beide handen op zijn linkerborst en steunde.

Opgelucht omdat hij het kennelijk beter verwerkte dan ze had gevreesd, schoot Corinne in de lach. Ze voelde dat hij zijn beheersing niet alleen speelde, maar dat het voor hem echt geen punt was. Misschien had ook hij niet gevoeld wat hij had verwacht, had hij zijn jaloezie tegenover Noah gewoon verkeerd geïnterpreteerd. En ging het daarbij helemaal niet om haar hart, maar om het feit dat hij het lastig vond om haar met een andere man te delen. Corinne omarmde Sebastian en drukte een stevige zoen midden op zijn mond. 'Jij bent en blijft mijn beste vriend. Dat lijkt me duidelijk!' zei ze.

Sebastian sloeg zijn armen om haar heen, tilde haar op en draaide haar rond. Corinne legde haar hoofd in haar nek en lachte.

Vanuit haar ooghoek zag ze Noah, die net door de etalageruit de winkel in keek. Ze zag de pijn in zijn ogen. Hij had de kus kennelijk gezien en de verkeerde conclusies getrokken.

Corinne maakte zich los van Sebastian en rende naar de winkeldeur. Toen ze naar buiten stapte, bleek Noah al een heel stuk verderop te lopen. Met zijn handen in zijn jaszakken, zijn schouders naar voren, beende hij met grote passen van haar weg.

Hoofdstuk 20

Het antwoord

Aken • Aachen • Oche • Aix-la-Chapelle • Aquae Granni

Heden: januari

De kou sneed Corinnes in het gezicht en beet door haar dunne trui in haar huid, maar dat kon haar op dit moment niets schelen. Als ze eerst terug zou rennen naar de winkel om haar jas te halen, was Noah misschien weg. Dat wilde ze absoluut niet riskeren. Ze moesten het meteen oplossen, anders was de moed haar misschien weer in de schoenen gezonken.

Zo snel ze kon rende Corinne achter Noah aan. Telkens weer moest ze glibberige stukjes ontwijken, maar een paar keer kwam ze toch op een ijsplaat terecht, waardoor ze gevaarlijk begon te glijden. Maar ze kon niet langzamer gaan lopen, ze moest hem zien te bereiken. Dat moest echt! Ze moest hem duidelijk maken dat hij de verkeerde conclusies had getrokken.

Het is niet zoals het eruitziet, ging het door haar hoofd. Hoe vaak had ze in films niet haar hoofd geschud over dat onnozele zinnetje. Nu kwam ze in de verleiding het Noah zelf na te roepen. Maar toen nam ze toch een andere beslissing.

In plaats daarvan riep ze toen ze hem bijna had ingehaald: 'Noah! Wacht, alsjeblieft!' Ze was behoorlijk buiten adem.

Het maakte haar niets uit dat voorbijgangers zich omdraaiden en het schouwspel geïnteresseerd en nieuwsgierig opnamen.

Dan keken ze maar. Dan verheugden ze zich er maar over dat ze het allemaal konden zien. Het ging om hun toekomst, dus speelden een paar toevallige toeschouwers geen rol.

Eerst dacht Corinne nog dat Noah haar zou negeren, maar toen bleef hij staan en keerde zich aarzelend naar haar om. Hij maakte een woedende en tegelijkertijd verdrietige indruk.

'Wat wil je? Zout in de wond strooien? Mij vertellen hoe gelukkig je met Sebastian bent en dat ik een stommeling ben? Of kom je nu met het obligate "Laten we vrienden blijven"?' Hij lachte spottend. 'Ik vind je leuk, Corinne, heel leuk zelfs. Veel leuker dan jij misschien denkt. Maar ik speel geen spelletjes. En ik houd niet van oneerlijkheid. Sinds wanneer speelt dit? Hebben jullie je samen slap gelachen om die verliefde sukkel van een Noah?'

Zijn anders zo stralend blauwe ogen waren bijna nachtzwart toen hij haar met een sombere blik strak aankeek.

Maar Corinne liet zich niet zo gemakkelijk uit het veld slaan. Juist niet. De pijn die ze in zijn ogen ontdekte, vertelde haar dat hij echt in haar geïnteresseerd was. Ze zou nu al haar moed bij elkaar rapen en hem vertellen hoe het met haar gevoelens zat. Als hij haar dan van zich af duwde, had ze het in elk geval geprobeerd.

Pas het volgende moment drongen zijn woorden tot haar bewustzijn door. Verliefd? Had hij zonet 'verliefd' gezegd? De angst om afgewezen te worden loste op in de golf van geluk die door Corinne heen stroomde toen ze dat begreep. Hij had echt 'verliefd' gezegd.

Nu kon niets haar meer tegenhouden. Vastberaden zette ze een stap naar Noah toe en ze bleef vlak voor hem staan.

'Je hebt behoorlijk veel fantasie, beste Noah,' zei ze plagend en teder tegelijk. 'Wat jij hebt gezien, was de uiting van een innige vriendschap die me al jaren met Sebastian verbindt. En het was ook de punt achter een dwaalweggetje dat Sebastian bijna had genomen. Het was een nee en tegelijkertijd een ja, Noah. En die ja was voor jou. Begrijp je dat?'

Nog was Noah niet overtuigd. Corinne voelde zijn twijfel. Ze pakte met haar beide handen zijn jas vast en trok hem nog wat dichter naar zich toe. Zijn ogen werden weer wat lichter. Daar was het weer: het korenbloemblauw.

'Ja,' zei ze nog een keer, en ze hief haar gezicht naar hem toe. Noah aarzelde maar even, daarna boog hij zich naar haar toe.

Eindelijk vonden hun lippen elkaar. Corinne voelde Noahs huid op de hare en zijn armen om haar heen. Ze sloot haar ogen en gaf zich over aan dat heerlijke gevoel. Het was een warme, innige kus, die haar geborgenheid gaf en zoveel meer beloofde dat ze er knikkende knieën van kreeg. Haar handen gingen over zijn rug, ze wilde meer, ze wilde dicht bij Noah zijn, hem voelen, zijn hartslag horen.

Toch maakte ze zich even van hem los en ineens voelde ze de kou weer. Ze klappertandde zelfs. Ook Noah had het gemerkt. Meteen trok hij zijn jas uit en legde die om haar schouders.

Van de andere kant van de straat klonk getik. Corinne draaide zich met een ruk om, ze had helemaal niet gemerkt dat ze vlak bij Emotion stonden. Achter het raam ontdekte ze Susan. Haar vriendin klapte, knikte en stond te dansen van opwinding. Waarschijnlijk slaakte ze ook gilletjes, maar dat kon je buiten op straat niet horen.

Het volgende moment was Susan verdwenen en even later verscheen ze voor de deur van haar koffietentje.

'I knew it,' riep ze, en haar stem trilde van enthousiasme. 'Had ik het je niet gezegd, Corinne? Noah is een slagroomschnitt. Ach, krijg nou

wat. So lovely, *you both. Come in!* Daar moeten we op proosten. Vooruit. Kom, kom.'

Maar Corinne en Noah schudden beiden hun hoofd.

'Dank je, Susan. Maar we moeten terug naar de winkel. Sebastian wacht, we gaan de inrichting bespreken,' zei Corinne. Susan mocht helemaal door het dolle zijn, zelf voelde ze zich zo overweldigd door de afgelopen minuten dat het allemaal nog niet helemaal tot haar doordrong. Noah was verliefd op haar!

'O, *well*, nou, hopla dan, zorg dat jullie in de warmte komen! Maar dit vraagt om een *celebration*! Hoe dan ook!'

Ze zwaaide naar Corinne en Noah en dook weer haar tentje in.

Verstrengeld liepen Corinne en Noah het stuk terug naar Öcher Boontje. Het voelde zo vertrouwd alsof het altijd zo was geweest. En toch was het heerlijk nieuw en opwindend. Telkens weer blikte Corinne omhoog, ze moest Noah bekijken en zich ervan verzekeren dat hij het echt was.

'Slagroomschnitt?' vroeg Noah gnuivend, vlak voordat ze bij Öcher Boontje waren.

'Ik heb geen idee waar Susan het over had. Waarschijnlijk wilde ze ons trakteren op een stuk slagroomtaart,' zei Corinne, en ze ergerde zich omdat ze voelde dat haar wangen weer warm werden. Wat een geluk dat ze door de kou vermoedelijk al rozig waren.

Noah grijnsde geamuseerd, maar daarna werd zijn gezicht ernstig. Ze waren aangekomen bij de winkel en hij hield de deur voor Corinne open en liep meteen achter haar aan de winkelruimte binnen.

Sebastian stond midden in de grote ruimte en keek hen aan. Terwijl Corinne achter Noah aan gegaan was, had hij alles opgemeten en heel precies een plattegrond met alle belangrijke afmetingen getekend. Zijn blocnote en potlood lagen naast zijn voeten op de grond.

Een paar seconden leken de twee mannen met hun blikken een strijd uit te vechten. Corinne keek er heel gespannen naar. Dat moment was ongelooflijk belangrijk, nu werd bepaald hoe ze in de toekomst met elkaar om zouden gaan. Hopelijk slaagden ze erin een stap naar de ander toe te zetten. Ze hoopte het van ganser harte. Eerst zag het er niet naar uit, maar daarna stak Sebastian Noah zijn hand toe.

'Ik wens jullie veel geluk,' zei hij, en zijn stem klonk wat schor, maar toch ook vast. 'En als je ook maar met de gedachte speelt om haar pijn te doen of een spelletje met haar te spelen, dan zul je het berouwen!' Die woorden had hij vol ernst en genegenheid uitgesproken. Hij meende wat hij zei. Noah aarzelde even, een moment lang was de spanning om te snijden, daarna schudde hij Sebastians hand.

'Dank je,' zei hij, en in dat woord klonk alles wat hem op dat moment bezighield. De vrede was bezegeld en met zijn volgende uitspraak wist Sebastian ook het laatste restje spanning te laten verdwijnen.

'Het zal duidelijk zijn dat ik peetoom wordt, daarover hoeven we niet te discussiëren, toch?' zei hij, en hij gaf Corinne een knipoog, die vervolgens verontwaardigd naar lucht hapte. Noah leek veel minder gechoqueerd te zijn.

'Doe je ook dubbele peetschappen?' vroeg hij nonchalant grijnzend. 'Bij ons in de familie zijn er veel tweelingen.'

Corinne werd duizelig. Waren die twee nu helemaal gek geworden? Zij had daarover toch ook iets te zeggen, wat dachten ze wel? Alleen omdat ze van Noah hield, hoefde ze toch niet meteen... Terwijl ze in gedachten steeds woedender werd, merkte ze ineens dat zowel Sebastian als Noah haar grijnzend aankeek.

'O, schurken dat jullie zijn,' schold Corinne toen haar duidelijk werd dat ze haar allebei flink te pakken hadden genomen. Ze schold en lachte tegelijk. Dat beloofde wat als die twee, nu het misverstand uit de weg was geruimd, het meteen zo goed met elkaar konden vinden. Corinne vermoedde dat de twee flauweriken haar leven behoorlijk op zijn kop zouden zetten.

Het warme gevoel dat door haar heen ging, zei haar dat ze dat ook juist wilde. Liefde, vriendschap, plezier en respectvol met elkaar omgaan.

'Omdat jullie nu allebei de clown uithangen, heb ik een goed middeltje tegen al te veel geouwehoer,' zei ze, zonder verder op het onderwerp kinderen in te gaan.

Noah wilde protesteren, maar Corinne hield hem tegen.

'Wacht maar af. Ik geloof dat ik een goed idee heb. Het is nog wat vroeg en we hebben nog veel werk voor de boeg, maar ik kan niet wachten, jullie weten immers hoe graag ik het wil, en daarom dacht ik...' Ze merkte dat ze begon te haperen. Terwijl ze het onder woorden bracht, leek het haar toch niet meer zo'n goed idee. Het leek eerder dwaas en kinderachtig. Ze moest zich niet verliezen in onnozel sentimenteel gedoe, maar zich als een volwassene aan de praktische volgorde voor de opbouw van haar zaak houden, anders maakte ze het zichzelf en anderen onnodig lastig.

Onzeker beet ze op haar lip.

'Zeg toch gewoon dat je graag zo snel mogelijk de trommelbrander van je opa hier wilt hebben,' zei Noah luchtig.

Wat? Corinne sperde verbaasd haar ogen open. Hoe wist hij dat? Hoezo kon hij haar gedachten lezen?

Noah nam haar in zijn armen en gaf haar een zoentje. Hij keek haar liefdevol aan en zei: 'Raad eens wat ik als eerste naar mijn branderij heb verhuisd?' Daarmee beantwoordde hij Corinnes onuitgesproken vraag, die hij waarschijnlijk van haar gezicht had afgelezen. 'Logisch, toch, dat je staat te popelen. En waarom ook niet? Als je trommelbrander afgedekt is terwijl hierbinnen aan de inrichting wordt gewerkt, gaat dat vast prima. De ruimte is groot genoeg, hij zal niet erg in de weg staan.'

Hij kon niet alleen haar gedachten lezen, maar begreep ook haar gevoelens. Corinne keek Noah stralend aan.

'Dan gaan we dus naar het bedrijf toe?' vroeg Sebastian. 'Maar hoe vervoeren we dat gigantische ding? Denk je dat we een van de bedrijfsvrachtwagens mogen lenen?'

'Dat mag vast wel. Ik bel meteen om het te vragen en dan laat ik voor ons als het kan een auto reserveren.'

Volkomen uitgeput lagen ze alle drie op hun rug in de winkelruimte op de vloer te wachten tot hun razende hartslag en hun pijnlijke spieren kalmeerden. Het was een hele toer geweest om de trommelbrander te vervoeren. Alleen zouden ze dat niet gered hebben, maar gelukkig hadden Kurt de conciërge en een paar magazijnmedewerkers de zware brander helpen inladen en weer uitladen. Inmiddels waren ze vertrokken.

Sebastians buik begon luid te knorren en Corinnes maag sloot zich erbij aan. Dat was ook geen wonder, want het was al laat in de middag en ze hadden allemaal uren lopen ploeteren en hadden niets in hun maag behalve een kop koffie met wat lekkers erbij toen ze even bij Alexander langs waren geweest.

'Tijd voor pizza, of wat vinden jullie?' vroeg Sebastian.

'Het beste idee van de dag,' zei Corinne instemmend. 'Maar ik wil liever niet uit eten gaan, ik wil graag hier blijven. Laten we pizza en een fles wijn halen en hier eten,' stelde ze voor.

Ze wilde in haar eigen winkel zijn, de trommelbrander bewonderen en genieten van het enthousiaste gevoel dat ze kreeg bij de gedachte aan hoe alles zou worden.

'Daar ben ik voor!' kwam ook prompt Noahs antwoord. 'Sebastian, als jij de pizza haalt, zorg ik voor wijn, glazen en een toetje. En Corinne houdt hier de wacht en bewaakt haar schatje. Oké?'

'Ik dacht dat jij haar schatje was,' antwoordde Sebastian gekscherend, en Corinne was opgelucht dat hij zo losjes met de situatie omging, al kon hij haar niets wijsmaken. Ze hoorde maar al te goed de ondertoon van teleurstelling onder zijn woorden, die hij met een lach probeerde te camoufleren. Het zou ook vreemd zijn geweest als het hem helemaal niets zou kunnen schelen, zelfs al waren het maar verdwaalde gevoelens geweest. Maar hij hield zich dapper.

'Maar alle gekheid op een stokje,' zei hij nu. 'Ik bedoel, het is jullie eerste avond samen, ik zou goed kunnen begrijpen dat jullie liever alleen zouden zijn. Dat zou ik echt oké vinden.

Corinne besefte weer eens waarom ze al zo lang zo goed bevriend was met Sebastian. Hij was gewoon heel genereus en empathisch. Ze wist dat haar geluk voor hem belangrijker was dan zijn gekwetste gevoelens.

Over een paar dagen zou hij begrijpen dat hij echt even op een dwaalspoor had gezeten, daarvan was Corinne overtuigd. Misschien was hij bang geweest dat hij haar als vriendin zou verliezen en had hij zich daarom ingebeeld dat hij meer voor haar voelde. Maar tussen Sebastian en haar was nooit meer dan vriendschap geweest, dat zou ook hem binnenkort duidelijk zijn. Maar hij moest zich nu echt niet terugtrekken.

De korte blik die ze wisselde met Noah bevestigde dat hij er net zo tegen aankeek als zij.

'Dat is lief bedoeld, Sebastian, maar wij...' Nu keek Corinne nog een keer naar Noah, die glimlachend knikte. 'Wij willen deze eerste avond hier in mijn winkel graag samen met jou vieren. Je bent tenslotte een belangrijk onderdeel van mijn droom en bovendien ben je onze vriend. Oké, ik wil graag een pizza quattro stagioni,' riep ze uit, alvast genietend over haar buik wrijvend.

Zonder verdere discussie trokken Noah en Sebastian hun jas aan en verdwenen in de besneeuwde avond.

Toen de deur achter hen in het slot viel, bewonderde Corinne in stilte haar trommelbrander. Ze had een kleine staande lamp van thuis meegenomen, die de ruimte in een warm licht dompelde. Het licht werd weerkaatst in het glimmend gepoetste staal van de brander. Afhankelijk van hoe ze haar hoofd hield, fonkelde en glinsterde het. Het was alsof de trommelbrander altijd al op deze plek had gestaan en het voelde allemaal zo goed.

Wat een geluk dat Noah deze ruimte gevonden had. Hier zou ze vast gelukkig worden. Corinne stelde zich voor hoe het eruit zou zien als alles ingericht was. Ze droomde van het melodische belgeluid dat bij het openen van de deur zou klinken en een nieuwe klant zou aankondigen. En ze stelde zich voor dat Noah en zij elkaar na sluitingstijd zouden bezoeken, elkaar bij zouden praten over de dagelijkse beslommeringen en zich verheugden op hun gezamenlijke vrije tijd.

Noah! Door alle gedoe rond het niet zo eenvoudige vervoer van de trommelbrander en de opwinding over haar Öcher Boontje had Corinne nog helemaal geen tijd gehad om de gebeurtenissen van de dag te verwerken. Noah was verliefd op haar en zij op hem. Ze hadden elkaar gekust en het zag ernaar uit dat ze nu bij elkaar hoorden.

Ze had die stap zo lang voor zich uit geschoven, had zich verschanst achter alle mogelijke uitvluchten en bijzaken aangevoerd om zichzelf te rechtvaardigen waarom ze niet eindelijk het initiatief had genomen. En nu was alles ineens heel simpel geweest. Alle vraagtekens waren verdwenen. Er werd niet meer gewikt en gewogen. Hij hield van haar en zij van hem en daar hoefden ze verder niet over na te denken.

Corinne moest niezen. Nog steeds in gedachten zocht ze in haar tas naar een zakdoek, waardoor ze de brief zag die Alexander haar eerder in zijn kantoor had toegestopt.

'Deze is voor jou gekomen. Ik wilde hem zo bij je langs komen brengen, omdat ik dacht dat je hem meteen zou willen lezen, maar nu je hier toch bent...'

Corinne had de envelop aangenomen en zich afgevraagd waarom dat voor Alexander zo dringend was geweest. Hij was haar nog nooit post komen brengen. Ze had net naar de afzender willen kijken toen Kurt op de deur had geklopt om te vertellen dat ze klaar waren om de brander te vervoeren.

Dus had Corinne de brief in haar tas gestopt zonder er verder naar te kijken; ze zou hem later wel lezen. Ze hadden het allemaal erg druk gehad met de brander, die ze heelhuids naar zijn bestemming wilden transporteren. Daardoor was Corinne de brief stomweg vergeten.

Maar nu zat ze hier en had ze tijd. Ze bekeek de envelop van hoogwaardig crèmewit briefpapier. Het adres was erop geschreven in een duidelijk, net handschrift, dat ze niet kende. Ze draaide de envelop om en vervolgens kreeg ze hartkloppingen. Hij kwam uit Zwitserland. Sarah Rosenbaum had geantwoord.

Met nerveuze bewegingen maakte Corinne de envelop open. Ze was ongelooflijk opgewonden terwijl ze de brief eruit trok. Hoe zou Sarah Rosenbaum hebben gereageerd op haar brief? Was ze verbitterd door het akelige lot van haar familie? Was ze al op de hoogte geweest van het verhaal van Corinnes opa en wilde ze wel herinnerd worden aan die tijd? Corinne moest het weten.

Toen ze de brief openvouwde, viel er een droogbloem uit. Corinne nam hem in haar hand en bewonderde hem. Als ze het goed zag, was het een lelie.

Wat zou dat betekenen? Het leek in elk geval een positief teken. Als Sarah Rosenbaum boos was geweest tijdens het schrijven van de brief, had ze waarschijnlijk geen bloem in de envelop gedaan.

Net toen Corinne wilde beginnen met lezen, ging de winkeldeur open en kwam Noah binnen. Hij had een mand in zijn hand waarin het zachtjes rinkelde. Corinne zag een fles rode wijn, een fles water en glazen. En een doos met een logo dat haar heel bekend voorkwam. Noah was bij Susan geweest en had bij haar het dessert gehaald. Hij zette de mand neer en liep op Corinne af.

'Omdat ik de vrouw des huizes net alleen tref, zou ik dom zijn als ik die kans niet zou grijpen,' zei hij, terwijl hij naast haar ging zitten. Hij keek Corinne teder aan en nam haar in zijn armen.

Ze beantwoordde zijn kus, maar hij merkte meteen dat ze gespannen was. 'Wat is er?' vroeg hij.

'Sarah heeft geantwoord,' legde Corinne uit, en ze hield de brief omhoog, die ze nog steeds in haar hand had.

'Sarah uit Zwitserland?' De vraag kwam van Sebastian. Hij had de deur achter zich dichtgetrokken en de heerlijke geur van de pizza's verspreidde zich door de winkel. Corinne had het gevoel dat ze in deze situatie geen hap naar binnen zou krijgen.

Sebastian zette de dozen in het midden en ging zitten.

'Eerst de brief,' zei hij dwingend. 'Als we de dozen dicht laten, blijven de pizza's vast nog wel even warm.'

Corinne knikte. 'Goed. Ik zal hem jullie voorlezen.' Ze schraapte haar keel en slikte, want ze had een droge mond van de spanning.

Noah trok de mand naar zich toe, haalde er een fles uit en gaf Corinne een glas. Ze nam het dankbaar in ontvangst en dronk een slok water.

Haar hand beefde toen ze het papier vasthield.

Beste Corinne,

Ik hoop dat het goed is als ik je bij je voornaam aanspreek. Ik weet dat je een volwassen vrouw bent, maar ik voel me met je verbonden en kies daarom voor deze persoonlijke aanhef.

Ik wil je van harte bedanken voor je brief. Je hebt de gave de juiste woorden te vinden. Wat je me over je opa hebt verteld, heeft me erg ontroerd. Dat wist ik inderdaad allemaal niet.

Mijn moeder vermeed het zoveel mogelijk om over het verleden te praten. Op een gegeven moment heb ik dat geaccepteerd en er niet meer bij haar op aangedrongen.

Dat is een vorm van traumaverwerking die ik bij veel mensen met een oorlogstrauma heb gezien. Mijn moeder had die verschrikkelijke tijd verpakt in een koker die ze had verankerd in een hoekje van haar ziel, dat ze voor zichzelf en anderen afgesloten had.

Veel mensen, ook mijn moeder, konden op die manier, ondanks hun nare ervaringen, een tevreden leven leiden. De prijs was echter dat met hun herinneringen ook een deel van hun persoonlijkheid werd ingekapseld. Mijn moeder kon tot het allerlaatst moeilijk over haar gevoelens praten. Haar motto was: volhouden en glimlachend je lot ondergaan.

Ik heb mijn moeder nooit zien huilen, dat was een zwakte die ze zichzelf niet toestond. Ik vermoed dat ze bang was dat ze zou verdrinken in de tranen als die eenmaal begonnen te stromen.

Maar ik wil geen verkeerd beeld schetsen. Mijn moeder heeft na de verschrikkingen van de oorlog en nadat ze zich had hersteld van de dood van mijn vader een goed leven gehad. Ik denk dat ik in alle redelijkheid kan zeggen dat haar jaren daarna gelukkig waren.

We hebben in Zwitserland een mooi vaderland en veel vrienden gevonden.

Ik vind dat wij, de overlevers, net als de generatie na ons, de plicht hebben om ervoor te zorgen dat de verschrikkingen van de naziheerschappij nooit worden vergeten. Tegelijkertijd moeten we elkaar ook onvoorwaardelijk de hand reiken en elkaar met open hart tegemoet treden. Alleen zo kunnen de gewonde zielen helen en kan een deel van wat er is gebeurd weer goedgemaakt worden.

Mijn moeder was een gepassioneerd tuinierster. Ze hield van bloemen, vooral van lelies. En daarom neem ik de vrijheid in deze brief als teken van vrede een gedroogde lelie bij te sluiten.

Beste Corinne, ik ben ervan overtuigd dat je opa trots zou zijn als hij wist wat voor een geweldige kleindochter hij heeft.

Misschien – ik wil graag zeggen dat ik er bijna van overtuigd ben dat dat het geval is – kan hij vanuit een andere dimensie, in welke vorm ook, je ontwikkeling volgen. Is dat geen prachtige gedachte?

Ik wil je nogmaals heel erg bedanken voor je brief, je empathie en je moed om een deel van de verantwoordelijkheid te willen dragen die we allemaal zouden moeten dragen.

Ik wens je van harte het allerbeste en zou het fijn vinden als je ooit nog eens terug zou schrijven.

Met de allerhartelijkste groeten,
Sarah Rosenbaum

Hoofdstuk 21

Verzoening

Euweiler • Euwiller

Mei 1946

In zijn eerste schrik wilde Eberhard zich bevrijden van de hand op zijn mond en zich verzetten tegen de overval. Hij probeerde tegen zijn tegenstander te schreeuwen, maar de vingers drukten zo hard tegen zijn lippen dat hij er niet meer dan een ondefinieerbaar geluid uit kreeg.

Waar was die ellendige douanier zo snel vandaan gekomen? Hij had gedacht dat hij nog een kleine voorsprong had gehad! Eberhard draaide zich om. Hij sloeg en trapte vertwijfeld om zich heen, zonder dat hij de ander echt raakte. Kon hij maar wat zien. Hij kneep zijn ogen dicht, maar het lukte hem niet door de duisternis heen te dringen, die zich als een zwaar laken om hem heen gelegd had.

'Sst,' klonk het bijna onhoorbaar bij zijn oor. Het klonk doordringend. 'Stil zijn,' werd er zo zachtjes gefluisterd dat hij het bevel meer vermoedde dan echt hoorde.

Hoewel de woorden bijna toonloos waren geweest, wist hij het meteen, en dat besef trof hem als een elektrische schok! Die stem zou hij altijd en overal herkend hebben, zelfs al was die – net als nu – niet veel meer dan een fluistering. Het was Isabella! Zijn Isabella! En ze hield hem stevig vast!

Daarop begreep hij eindelijk dat hij helemaal niet was overweldigd, maar dat ze hem wilde redden. Een gevoel van opluchting stroomde door hem heen en natuurlijk gehoorzaamde hij en hield zich stil. In een snel ritme ging zijn borstkas op en neer. Hij was helemaal buiten adem.

Toen Isabella merkte dat hij haar had begrepen en rustig was geworden, haalde ze voorzichtig haar hand van zijn mond en liet hem los.

Eberhard voelde dat ze iets aan het doen was. Hij hoorde een schrapend geluid, recht boven zich. Vlak daarna hoorde hij het roepen van de douaniers, dat een seconde geleden nog luid en dichtbij had geklonken, alleen nog maar gedempt. Kennelijk had ze de ingang van haar schuilplaats afgesloten.

'Wat...' begon hij zacht fluisterend te vragen. Maar Isabella siste bliksemsnel dat hij stil moest zijn, en Eberhard zweeg.

Hij begreep nog steeds niet hoe het allemaal met elkaar in verband stond. Wat deed Isabella hier op deze verlaten plek midden in de nacht? Wat was er zonet eigenlijk gebeurd? Waarom had hij zijn houvast verloren? Waar was hij terechtgekomen nadat hij de bodem onder zijn voeten was kwijtgeraakt? De vragen buitelden over elkaar heen in zijn hoofd.

Voorzichtig tastte hij om zich heen. Hij voelde aarde. Kennelijk was hij in een hol of een gat terechtgekomen. De stemmen van de douaniers klonken nu zo dichtbij dat het leek alsof ze recht boven hem waren.

'Waar is die klootzak, verdomme?' riep een van hen. 'Hij kan toch niet spoorloos verdwenen zijn.'

'Zonet hoorde ik hem nog,' zei een andere. 'Ik denk dat hij de helling af is gegaan.'

'Oké, mannen, ik heb er voor vandaag genoeg van. Laten we vertrekken, we kappen ermee. Die is weg, die krijgen we toch niet meer te pakken.'

De stemmen werden zachter, tot ze ten slotte helemaal wegstierven.

'Bedankt,' zei Eberhard zacht, en hij haalde opgelucht adem. 'Dat was op het nippertje.'

'Nog niet,' fluisterde Isabella. 'Sst!'

Wat had ze toch? De douaniers waren vertrokken, dat hadden ze hen immers horen zeggen. Eberhard wilde in opstand komen, maar het volgende moment bedacht hij zich. Hij zat samen met Isabella hier in dit gat. Ze zaten zo dicht bij elkaar dat hij de warmte van haar huid voelde. Ze had hem gered. Het was dus toch niet zo dat hij haar onverschillig liet, zoals ze hem had wijsgemaakt. Hoe onprettig de situatie ook was, ineens leek die hem niet meer zo verschrikkelijk en hij wilde deze zachte toenadering niet meteen weer kapotmaken door te ongeduldig te zijn.

In plaats van door te gaan met vragen stellen of in discussie te gaan gaf hij zich over aan de situatie. Hij vertrouwde erop dat Isabella wist wat ze deed. Als zij vond dat het belangrijk was, zou hij hier in het hol nog een tijdlang met haar blijven wachten. Maar dan wilde hij het wel wat comfortabeler voor zichzelf maken. Dus tastte hij de grond af, ging zitten en leunde met zijn rug tegen de wand van het hol. Dit was me de nacht wel, dacht hij. De vele kilometers, het rennen, de inspanning... nu kwam het allemaal op hem af. Uitgeput sloot hij zijn ogen. Het liefst was hij ter plekke in slaap gevallen.

Isabella deed hetzelfde. Eberhard kon haar weliswaar niet zien, maar hij voelde dat ze naast hem ging zitten. Aarzelend tilde hij zijn hand op en tastte naar zijn vriendin. De vriendin die ze altijd voor hem was gebleven en die hij dacht kwijt te zijn. Nu zag hij dat die vriendin nog steeds in Isabella schuilging. Ze was niet weg, maar had zich alleen heel goed verstopt. Ze had zich teruggetrokken voor de gruwelen, de chaos en de wanhoop, zodat ze zich daar niet mee bezig hoefde te houden. Even dacht Eberhard aan Magdalena. Zij zou Isabella graag mogen, dat wist hij heel zeker. En ze zou haar zielsdankbaar zijn dat ze haar toekomstige man had gered.

Misschien was deze ontmoeting een eerste stap terug naar het normale leven. Konden ze er samen voor zorgen dat Isabella weer een gewoon leven kreeg? Ze kon toch niet eeuwig in het bos blijven schuilen en leven als een dier?

Maar toen hij zijn hand op haar arm legde, voelde Eberhard haar verstijven en daarna ineenkrimpen. Meteen trok hij zijn hand weer terug.

Eberhard had geen idee hoelang ze daar zo zaten te wachten. Het liefst was hij opgestaan, had hij zijn achterste afgeklopt en een eind aan het verstoppertje spelen gemaakt. Een paar keer stond hij op het punt. Hij haalde net adem om in elk geval de stilte te doorbreken die tussen hen hing toen hij boven hen opnieuw gedempte stemmen hoorde.

'Het is klaar, mannen!' riep een van de douaniers. 'Ofwel hij heeft gemerkt dat we er toch nog steeds zijn, of hij is hem echt gesmeerd. Ik heb er genoeg van. Voor vandaag heeft hij gewonnen.'

Toen hem duidelijk was dat hij zonder Isabella's voorzichtigheid regelrecht in een val gelopen zou zijn, hapte Eberhard naar lucht. Hij voelde de hand van zijn redster zachtjes zijn arm aanraken.

'Nog een paar minuten, dan kunnen we het erop wagen,' zei ze zacht.

'Hoe wist je dat?' vroeg Eberhard.

'Ik heb uitgebreid de kans gehad om de douaniers en hun verschillende tactieken te bestuderen,' antwoordde ze luchtigjes.

Het schemerde al toen Isabella en Eberhard aankwamen bij het hutje waar Isabella woonde sinds haar ouderlijk huis tijdens een bombardement was verwoest. Op hun weg door het bos hadden ze op Isabella's advies gezwegen. Het gevaar om toch nog ontdekt te worden was te groot. Toen ze op de open plek kwamen, met aan de rand ervan, verscholen tussen de bomen, de hut, haalde Isabella merkbaar opgelucht adem en haar gespannenheid verdween. Vlak voordat ze de houten hut hadden bereikt, wees ze naar de put die ervoor stond.

'Hier kun je je handen wassen en je opfrissen,' zei ze. Nu ze niet meer fluisterde, klonk haar stem broos, alsof ze hem lange tijd niet meer had gebruikt. 'Ik ga naar binnen om thee voor ons te zetten.'

Dankbaar knikte Eberhard. Hij voelde zich in Isabella's aanwezigheid vreemd verlegen. Ze sprak het niet uit, maar hij voelde dat ze tegenover hem heel ambivalente gevoelens had. Het ene moment kwam ze vriendelijk en liefdevol over, en flitste er in haar ogen iets op van de oude Isabella zoals Eberhard haar voor de tragische gebeurtenissen had gekend. Dan was haar blik helder en had haar gezicht de zachtheid die hem zo vertrouwd was. Maar een paar tellen daarna trok opnieuw die sluier over haar blik, waar hij telkens opnieuw van schrok. Dan keek ze hem aan alsof ze een vreemde was, dan zag hij afschuw in haar ogen en had hij bijna de indruk dat ze hem haatte.

Maar hoe dan ook had ze hem vannacht gered en meegenomen naar haar hut, zodat hij een beetje kon bijkomen voordat hij op weg ging naar huis.

Misschien zou ze hem de mogelijkheid geven om met haar over de gebeurtenissen van toen te praten. Misschien zou ze dan begrijpen hoezeer hij zichzelf de schuld gaf, ook al wist hij dat hij geen kans had gehad tegen de overmacht van zijn vader en van de partij.

Terwijl Eberhard naar de put liep, liet hij zijn blik ronddwalen. Isabella had voor zichzelf op deze open plek midden in het bos een toevluchtsoord gecreëerd. Hij zag dat ze een tuintje had aangelegd en hij bewonderde haar om haar kracht. Tegelijkertijd deed het hem zoveel pijn om te zien hoe de oorlog de ziel van zijn vriendin had verwoest dat hij het liefst in tranen was uitgebarsten.

Wat was dat voor een leven, zo afgezonderd en zonder contact met haar medemensen? Hoe had ze de winter hier doorstaan? Wat gebeurde er als ze ooit ziek werd? Hij nam zich voor alles op alles te zetten om Isabella weer naar het dorp te halen. Ze was een van hen en ze zou vast weer haar plek in de gemeenschap vinden als ze het maar probeerde en mensen dichtbij liet komen.

Vastbesloten boog Eberhard zich over de put heen. Eerst waste hij zijn handen, die vies waren geworden toen hij uit het gat was gekropen; hij had zich stevig moeten vastgrijpen in de aarde om houvast te vinden. Nadat hij de laatste donkere sporen had weggewist, schepte hij met beide handen ijskoud water en gooide het in zijn gezicht. Hij moest zich ertoe zetten, maar hij herhaalde die koude douche nog een paar keer. Daarna nam hij een aantal grote slokken van het heldere water en voelde zijn energie terugkomen.

Uit de hut klonken geluiden, het was tijd om naar binnen te gaan. Eberhard hoopte vurig op een verhelderend gesprek. Peinzend beëindigde hij zijn vluchtige wasbeurt en liep naar de deur. Hij klopte en bleef in de deuropening staan. Isabella keek hem aan en knikte.

'Kom binnen. Ik heb kruidenthee gezet. En ik heb ook nog wat brood. Je hebt vast honger.'

'Dank je,' zei hij, en hij ging bij haar aan de grof geschaafde tafel zitten.

Nieuwsgierig keek hij om zich heen. Dit moest ooit een jachthut zijn geweest. De inrichting was karig en praktisch. Met kleine details had Isabella desondanks een knusse sfeer gecreëerd. In een hoek stond een eenvoudig bed. Daarnaast bezat ze een kolenkachel, een paar kasten, een tafel en twee stoelen.

Isabella gaf hem de tijd om alles in zich op te nemen, daarna haalde ze haar schouders op. 'Ik weet het, het is niets bijzonders, maar voor mij is het voldoende. Hier heb ik tenminste rust.' Ze schonk thee in de twee kopjes. 'Wat ik nodig heb, heb ik uit de puinhopen van de huizen bij elkaar gezocht. Een paar kopjes, borden, bestek... kleren ook. Een warme deken. Alles wat belangrijk is, is er. En als er toch nog iets...'

Haar oogleden trilden, Eberhard merkte hoe zenuwachtig en gespannen ze was. Ze sprak gejaagd en leek bang te zijn voor wat er kon gebeuren als ze ophield met praten.

'Dank je, Isabella,' zei hij toen ze een van de twee kopjes naar hem toe schoof. Hij pakte het en hield het in zijn beide handen. 'Laat me alsjeblieft vertellen wat er gebeurd is,' zei hij zacht.

'Ze zijn dood,' zei Isabella met holle stem. 'Iedereen van wie ik hield, is dood.'

'Dat weet ik,' zei Eberhard. 'Het is verschrikkelijk.'

Hij zocht naar de juiste woorden. Veel kansen zou ze hem niet geven, hij mocht het niet verpesten.

'Mijn vader was een verrekte nazi,' zei hij. 'Dat wist ik en ik heb zo goed ik kon tegen hem gestreden. Dat weet je, Isabella.'

Haar ogen glommen vochtig maar ze verroerde zich niet, dus ging Eberhard verder.

'Toevallig hoorde ik die nacht dat de Sicherheitstruppe wist waar de Rosenbaums ondergedoken zaten en dat ze van plan waren naar jullie toe te komen. Kort daarna hoorde ik dat ik de volgende dag naar het front moest. Ik had nog net genoeg tijd om een waarschuwing te schrijven. Maar het was te laat. Jullie hebben mijn briefje nooit gevonden.'

Nu kwam er leven in Isabella. Ze sperde haar ogen en mond open en staarde Eberhard sprakeloos aan. 'Je hebt ons gewaarschuwd?' vroeg ze ten slotte.

Eberhard knikte. Hij streek door zijn haren en haalde zijn schouders op. 'Ik heb het geprobeerd, maar wat heeft het voor zin gehad? Tot mijn terugkeer koesterde ik de hoop dat jullie mijn boodschap gevonden hadden, maar zij waren sneller. Ik kon niets meer voor jullie doen.'

Het geluid waarmee Isabella snikkend bezweek, klonk als dat van een gepijnigd, zwaargewond dier. Eberhard sprong overeind en sloeg zijn armen om haar heen. Ze klampte zich aan hem vast als een drenkeling.

De tijd stond stil. Isabella huilde tot ze geen tranen meer had. Aarzelend maakte ze zich na een tijdje van hem los. Ze snoot haar neus en ging weer zitten.

'Ik dacht dat je me in de steek had gelaten. Ik had geen idee, ik voelde me zo verraden. Ik was zo boos. Zo verdrietig. Zo vertwijfeld. Ze hebben mama doodgeschoten. Pang. Zomaar. En ze hebben de Rosenbaums meegenomen. De kleine Sarah was nog niet veel meer dan een baby. Wat kan een baby nou voor ergs gedaan hebben dat je die moet arresteren, Eberhard, wat?'

Maar Eberhard schudde hevig zijn hoofd. 'Niets, Isabella. De baby niet en ook de volwassenen niet. Ze hebben niets gedaan. Ze werden simpelweg gearresteerd en vermoord omdat iemand zichzelf en zijn soortgenoten als beter beschouwde.'

'Ik heb met stenen naar je gegooid,' zei Isabella ineens. Ze sloeg haar ogen neer. 'Het spijt me,' fluisterde ze.

Eberhard greep naar haar hand. Ditmaal deinsde ze niet terug, maar liet het gebeuren. 'Je hoeft nergens spijt van te hebben, Isabella. Van helemaal niets. Ik schaam me dat ik de zoon van een moordenaar ben. Ik zal mijn leven lang proberen iets van zijn verschrikkelijke daden weer goed te maken. Dat zal me niet lukken, de verschrikkingen zijn te ernstig geweest, daarvan ben ik me bewust. Maar ik moet het in elk geval proberen. Kun je het me vergeven, Isabella?'

Toen hij het uitsprak, wist Eberhard dat dat zijn levensweg zou zijn: vergeving zoeken. Het weer goedmaken. Zich uitspreken tegen de boosaardigheid en de laagheid van zijn vader. Hij zou zijn eigen koffiebranderij oprichten, geld verdienen en er iets goeds mee doen.

'Ik hoef jou niets te vergeven. Jij hebt je best gedaan. Maar ik schaam me dat ik aan je vriendschap en loyaliteit getwijfeld heb. Ik ben ondankbaar geweest, jij bent degene die mij dat moet vergeven. Het spijt me echt, maar de pijn was te groot.' Isabella staarde peinzend naar de vloer voordat ze verder sprak: 'Weet je, ik wilde doodgaan. Om de pijn niet meer te voelen verlangde ik er vooral naar om gewoon in slaap te vallen en nooit meer wakker te worden. Maar dat lukte niet. Mijn hart hield simpelweg niet op met kloppen.'

Eberhard kon Isabella's leed bijna niet verdragen, maar hij beheerste zich. Ze had nu iemand nodig die haar liet zien dat er behalve de pijn ook nog geluk was, innerlijke rust, dat er nog gelachen kon worden.

'De pijn zal altijd bij je blijven, Isabella, maar je zult er niet altijd helemaal van vervuld zijn. Je zult weer ruimte vinden om te leven, te lachen en liefde te voelen. Dat weet ik zeker.' Hij schraapte zijn keel.

Was dit het moment dat hij haar over Magdalena moest vertellen? Eberhard was blij dat Isabella en hij het hadden uitgesproken, maar ze moest weten dat hij van Magdalena hield.

'Ze is knap en heel sympathiek,' zei Isabella, en dat was de eerste keer dat er zelfs een glimlachje om haar lippen kwam. Toen ze zijn verbaasde gezichtsuitdrukking zag, werd die nog wat breder. 'Ik mag dan midden in het bos wonen, maar ik ben niet achterlijk, schat. Ik ben blij dat je een aardige vrouw hebt gevonden. Ik wil dat je gelukkig wordt.' Eberhard hoorde dat ze meende wat ze zei. Er was geen twijfel.

Hij bleef nog een hele tijd bij Isabella in de hut. Hun gesprek had hun beiden goedgedaan. Isabella begon langzaam te ontdooien, zodat hij iets terugzag van het zorgeloze, optimistische meisje dat ze ooit was geweest. Over zichzelf zei ze niet veel, maar ze vroeg hem hoe hij zich zijn toekomst met Magdalena voorstelde. Eberhard vertelde haar maar al te graag over zijn dromen.

In geuren en kleuren beschreef hij wat hij op poten wilde zetten. Hij vertelde haar hoe hij zijn koffiebranderij voor zich zag. En ook over zijn droom om naar de gebieden te reizen waar koffie werd geteeld, om misschien op een dag zelf een plantage in Zuid-Amerika te bezitten of in elk geval koffieboeren te leren kennen en met hen samen te werken. Hij wilde de mensen in die landen helpen, ervoor zorgen dat het werk voor hen lonend was.

Isabella zat zwijgend naar hem te luisteren. In de loop van hun gesprek was ze weer wat opgewekter gaan kijken. Eberhard had het gevoel dat ze de afgelopen uren een beetje was aangestoken door zijn levensmoed, dat die haar kracht had gegeven. Het leek alsof het vertrouwen in het goede – dat Isabella door de verschrikkingen van de oorlog was kwijtgeraakt – aarzelend terugkwam in haar ziel.

Bij het afscheid beloofde Eberhard haar binnenkort terug te komen.

Zich verheugend op haar reactie liep Eberhard nog geen week na zijn redding op de hut van Isabella af. Hij had een verrassing voor haar: een aantal dorpsbewoners had zich bereid verklaard hem te steunen bij het opnieuw opbouwen van Isabella's ouderlijk huis. Ze kenden haar allemaal vanaf haar geboorte en hadden medelijden met de jonge vrouw die zich sinds de oorlog in het bos verstopte. Hoewel iedereen in die tijd genoeg had aan zichzelf, bleven de mensen solidair. Ze wilden Isabella helpen weer grip op haar leven te krijgen.

Eberhard was heel benieuwd hoe zijn vriendin het nieuws zou opnemen, maar toen hij aanklopte, bleef het binnen stil. Misschien was ze op stap. Of ze sliep, dacht hij. Na een moment geaarzeld te hebben deed hij de deur open en ging naar binnen. Zijn ogen hadden even nodig om aan het donker in de hut te wennen, maar toen ontdekte hij haar.

Isabella lag in haar bed met haar blonde haar als een waaier over haar kussen, haar gezicht maakte een wasachtige indruk. Ze zag eruit als een engel. In twee passen was hij bij haar, maar het was hem duidelijk dat hij te laat kwam. Al voordat hij haar schouder aanraakte, wist hij het. Isabella was dood.

'De stress van de oorlog en de rampspoed die ze had meegemaakt, zijn te groot geweest,' zei de dokter. Eberhard had Isabella in zijn armen genomen en haar naar de dokter in het dorp gedragen. Ze was zo sierlijk en licht geweest en hij zo vertwijfeld en vol ontzetting dat hij de krachtsinspanning amper had gevoeld. Zo geniepig kon het lot toch niet zijn, dat het hem zijn pas teruggevonden vriendin opnieuw afhandig maakte. Nu moest hij in korte tijd voor de derde keer afscheid nemen.

'Zijn er familieleden?' vroeg de arts. 'Ken je iemand die we op de hoogte kunnen stellen? En die de begrafenis betaalt?'

'Er is niemand. Alleen ik. Ik regel de begrafenis,' zei Eberhard met gesmoorde stem.

De arts knikte. 'Ik geef het door aan de gemeente, de dominee zorgt dan voor de rest.'

Eberhard knikte. De arts sloeg zijn arm om zijn schouder en duwde hem zacht maar beslist de deur uit. 'Ga, mijn jongen,' zei hij. 'Ga naar huis, naar je familie. De dominee neemt contact met je op.'

Eberhard deed zoals hem werd opgedragen, maar zonder dat het echt tot hem doordrong, ging de middag voorbij. De volgende dag was de begrafenis al.

Terwijl Magdalena aan Eberhards zijde stond, hem steunde en er voor hem was, sprak de dominee een paar zalvende woorden die hem niets deden. Wat hem wel troostte, waren de rouwenden die gekomen waren: zijn moeder, de dorpsbewoners... Ze waren allemaal gekomen om Isabella de laatste eer te bewijzen.

'Wat is dit voor nare speling van het lot?' zei Eberhard, terwijl ze van de kapel naar het kerkhof liepen, want dat was de vraag waar hij sinds Isabella's dood mee zat. 'Waarom vind ik haar en verlies ik haar daarna weer?'

'Misschien was dat jullie kans,' antwoordde Magdalena stil en peinzend. 'Misschien moest Isabella zich met jou verzoenen om vrede te vinden.'

Eberhard lachte bitter. 'Dus dan heb ik haar dood op mijn geweten? Ze is gestorven omdat wij het uitgepraat hebben?'

Maar Magdalena duldde die bitterheid niet. 'Doe niet zo onnozel, Eberhard. Isabella was uitgeput en levensmoe. Ze zou de kracht niet hebben gehad om door te gaan, er weer bovenop te komen en een toekomst voor zichzelf op te bouwen. Het verlies van de mensen die haar zo dierbaar waren, was een te zware last voor haar ziel. Maar Isabella's hart was niet bereid haar te laten gaan zonder dat ze zich had verzoend met degene die de dood nog niet had weggenomen, met jou. Ook van jou heeft ze gehouden, maar haar haat en wanhoop hadden de weg naar jou versperd. Toch kreeg ze het niet over haar hart om jou in haat te verlaten. Jullie verzoening is een bevrijding voor haar geweest. Ze kreeg jou daardoor terug en jij hebt haar daardoor een vonkje teruggegeven van het geluk dat ze ooit, in betere tijden, met jou samen heeft ervaren. Je hebt haar een laatste groot geschenk gegeven.'

Nu stond hij aan Isabella's graf. Ze werd begraven in een eenvoudige kist en ze hadden voor haar een graf onder een boom uitgekozen, wat Eberhard fijn vond. Het bos was haar toevluchtsoord geweest. Hier zou ze zich ook in de toekomst veilig voelen. Eberhard gooide een handvol aarde in de kuil en bedankte haar zwijgend voor haar vriendschap. En hij beloofde haar dat hij boete zou doen voor de schuld van zijn vader.

Toen hij het kerkhof verliet, voelde hij Magdalena's zachte, koele hand in zijn grote hand. Ze gaf hem houvast.

Hoofdstuk 22

De belofte

Aken • Aachen • Oche • Aix-la-Chapelle • Aquae Granni

Heden: januari

Het was nog best vroeg in de ochtend, de dageraad brak net aan. Corinne geeuwde slaapdronken en nestelde zich heerlijk onder de warme deken. Ze kroop dicht tegen Noah aan, hij had zijn ogen nog dicht. Glimlachend steunde ze haar hoofd op haar hand en bekeek het gezicht van haar geliefde in het halfdonker van de beginnende dag. Bij het wakker worden had ze eerst gedacht dat het allemaal maar een droom was geweest, maar het was de prachtige werkelijkheid.

Nadat ze gisteren met z'n drieën tot laat in de avond in Öcher Boontje hadden gezeten, etend, lachend en plannen makend, had Sebastian afscheid genomen en het kersverse verliefde stelletje alleen gelaten. Noah had Corinne teder in zijn armen genomen en gekust. Lang en intens. Op een gegeven moment had hij haar gevraagd of ze met hem mee naar huis wilde en Corinne had ermee ingestemd.

Ze voelde kriebels in haar hele lichaam, de passie van de afgelopen nacht vibreerde nog na. Noah was overweldigend. Teder en vol invoelingsvermogen. En hij wilde telkens dat zij het fijn had. Zo intensief had ze het samenzijn met een man nog nooit ervaren.

De gedachte aan de hartstocht die ze had beleefd, wekte haar lust opnieuw op. En dat terwijl ze de hele nacht de liefde hadden bedreven, telkens opnieuw. Als ze uitgeput waren, waren ze stevig verstrengeld in slaap gevallen, om na slechts een korte onderbreking opnieuw het lichaam van de ander te onderzoeken en de golven van de lust opnieuw aan te wakkeren.

Noah bewoog zich. Hij knipperde met zijn ogen en keek meteen daarna Corinne alweer stralend aan.

'Goedemorgen, mooie vrouw.' Zijn stem klonk wat schor, maar zijn glimlach was breed en zacht. 'Het was dus geen droom,' stelde hij na een lange blik in Corinnes ogen vast.

'Goedemorgen, mooie man,' antwoordde Corinne. 'Als het een droom is, dan dromen we die nu samen,' stelde ze vast. 'Wil je me alsjeblieft niet wekken?'

Noah hief zijn hoofd en boog zich naar haar toe. Hij knabbelde aan haar oor, kuste haar in de welving van haar hals en verder naar beneden bij haar borsten. 'Niet bang zijn,' fluisterde hij, 'ik zal je niet wekken. Maar hoe zou het zijn om nog een beetje door te gaan met dromen?' vroeg hij, en door zijn blik ging er een huivering van passie door haar heen.

'Dromen is prachtig,' antwoordde ze. Ze aaide met haar vingers door zijn haar en trok Noah wat dichter naar zich toe.

Het was als een roes. Haar handen, zijn handen, lippen op elkaars huid, zuchten van geluk en elkaar vasthouden. Corinne had geen gevoel meer van ruimte en tijd, het enige wat ze nog kon waarnemen, was Noah en de hartstocht en bevrediging die hij haar schonk.

De winterzon scheen naar binnen toen ze in Noahs gezellige woonkeuken zaten. Hun eerste gezamenlijke ontbijt.

Corinne had haar voet onder haar billen getrokken en leunde achterover op haar stoel. Ze droeg een pyjama van Noah en voelde zich er behaaglijk en geborgen in. Voor haar op tafel stond een grote kom koffie verkeerd. Met haar ogen dicht hield Corinne haar gezicht in de zonnestralen.

Noah stond op en liep naar het fornuis. Hij keerde de flensjes en haalde daarna fruit uit de fruitmand. Toen hij een sinaasappel begon te pellen, keek Corinne hem met samengeknepen ogen aan.

'Laat me je helpen,' zei ze. Ze voelde zich nutteloos als ze er maar wat passief bij zat. Ze had hem eerder al haar hulp aangeboden, maar die had hij beslist afgeslagen.

Ook nu schudde hij zijn hoofd.

'Ik wil je verwennen,' zei hij, en hij voegde er ondeugend grijnzend aan toe: 'En je van mijn kwaliteiten overtuigen.'

'Klets niet,' antwoordde Corinne. 'Dat heb je toch allang gedaan,' zei ze. 'Dacht je dat ik anders met je mee naar huis was gegaan?'

'Laat me je toch lekker verwennen. Flensjes met verse fruitsalade zijn mijn specialiteit.' Hij wierp haar een luchtzoen toe en keek haar smekend aan. Hoe zou ze hem dat plezier niet kunnen gunnen?

'Nou, goed dan,' zei ze daarom. 'Je hebt me overgehaald.'

Omdat ze wat omhanden wilde hebben en niet werkeloos wilde toezien, pakte ze haar handtas en haalde Sarahs brief tevoorschijn. Regel voor regel las ze hem opnieuw. De edelmoedigheid die eruit sprak, ontroerde haar nog altijd heel erg. Ook al had ze de woorden een paar keer gelezen, ze verloren niet aan kracht.

'Het is zo jammer dat Sarah en mijn opa elkaar nooit hebben leren kennen,' zei ze.

Noah knikte. 'Uit alles wat je me over je opa hebt verteld, maak ik op dat ze vast goed met elkaar op hadden kunnen schieten,' antwoordde hij. Ondertussen ging hij naarstig door met het snijden van het fruit. Hij had net een peer in tweeën gesneden en van zijn klokhuis ontdaan.

Peinzend bekeek Corinne de gedroogde lelie en stopte vervolgens alles weer in de envelop.

De gedachte aan haar opa riep beelden in herinnering. Ze glimlachte en had weer eens het gevoel dat hij dicht bij haar was. Zou hij echt trots op haar zijn? Corinne hoopte het en was vastbesloten altijd zo te leven dat hij dat inderdaad kon zijn.

'Zo, en nu kan het gebeuren,' zei Noah toen hij twee borden vol flensjes op tafel zette, die hij had gegarneerd met vers fruit. Het rook verleidelijk en het water liep Corinne in de mond.

Verder zette Noah nog een grotere schaal met fruitsalade midden op tafel.

'Ik heb er nog wat vers geraspte gember overheen gedaan, ik hoop dat je daarvan houdt. Daardoor smaakt het lekker pittig en het versterkt het immuunsysteem,' legde hij uit.

'Hm,' zei Corinne, 'ik ben gek op gember!'

En daarna vielen ze allebei hongerig op het heerlijke ontbijt aan.

'Ik heb vandaag vrij genomen,' zei Noah even later. 'Wat vind je ervan, zullen we stellingen voor Öcher Boontje gaan uitzoeken? Of wil je vandaag liever vrij zijn en lekker doen wat we willen, naar de bioscoop of uit eten? Zeg het maar!'

Peinzend legde Corinne haar lepel neer en keek Noah ernstig aan. 'Ik wil later heel graag samen met jou nog wat stellingen uitzoeken en wat ik verder zoal nodig heb. Maar eerst wil ik iets anders doen.' Ze stopte om haar gedachten en gevoelens op een rijtje te zetten. Daarna ging ze verder: 'Ik weet nu wat ik met de gedroogde lelie wil doen. Ga je met me mee? Straks bel ik mijn moeder en Alexander om hun te vragen of ze ook komen.'

Ze hoefde het niet uit te leggen, Noah begreep meteen wat ze van plan was.

'Dat is een geweldig idee, Corinne. Natuurlijk ga ik mee. Dank je dat je me vraagt. Dat is niet vanzelfsprekend.'

Corinne gaf hem een tedere zoen. 'Dat is het wel,' zei ze. 'Voor mij wel.'

Alexander, Thomas, Noah en Corinne kwamen bijna tegelijkertijd bij de hoofdingang van het kerkhof aan. Gelukkig was het iets warmer geworden, de zon scheen uit de stralend blauwe winterhemel op hen neer en het was windstil. Zo konden ze genieten van de frisse lucht en van het buiten zijn, zonder dat ze rilden van de kou. Corinne had onderweg van Noahs huis naar het kerkhof nog een bos verse lelies gekocht.

Op het moment dat ze elkaar begroetten, kwam er een taxi voorrijden, en hun moeder stapte uit. 'Nou, ik kom precies op tijd, zie ik,' zei ze, en ze begroette niet alleen Corinne en Alexander met een hartelijke omhelzing, maar ook Thomas.

Daarna wendde ze zich tot Noah.

'Noah Engel,' stelde hij zich voor. 'Fijn u te ontmoeten, mevrouw Ahrensberg,' zei hij, en hij stak haar ter begroeting zijn hand toe.

Dat klonk vreemd stijfjes voor Noahs doen en Corinne wierp hem een verraste blik toe. Ze merkte hoe onzeker hij was; de anders zo nonchalante en zelfverzekerde Noah was bang voor het oordeel van de moeder van zijn vriendin. Als hij haar hart niet al had veroverd, dan was hem dat nu zeker gelukt.

'Welkom in onze familie,' zei Corinnes moeder heel warm. Ze schudde hem de hand, maar daarna omarmde ze hem even hartelijk als de anderen. Ze glimlachte naar hem en nam hem kort op. Daarna zei ze knipogend: 'Mijn dochter heeft haar goede smaak kennelijk van mij geërfd.'

Daarmee was het ijs gebroken.

Noah schoot in de lach en zei: 'Ik durf de moeder van mijn vriendin meteen bij onze kennismaking natuurlijk niet tegen te spreken. Dat zal ik dan maar als compliment opvatten. Bedankt, mevrouw Ahrensberg.'

'Esther, alsjeblieft. Laten we dat onpersoonlijke u meteen overslaan.'

‘Heel graag, dank je.’

‘Wil je ons dan nu verklappen wat we hier eigenlijk doen?’ Alexander mengde zich in het gesprek. Hij en Thomas stonden gearmd. ‘Wat voor geheimzinnigs ben je van plan dat we elkaar hier zo snel mogelijk per se moesten ontmoeten?’

‘Laten we naar opa’s graf gaan, dan leg ik het jullie daar uit.’ Corinne was gespannen, maar ook dankbaar en ze voelde zich eigenaardig vrolijk.

Met z’n vijven liepen ze het pad af en bleven bij het grote familiegraf staan, waar niet alleen Eberhard Ahrensberg, maar ook zijn vrouw Magdalena haar laatste rustplaats had gevonden.

Even stonden ze daar allemaal zwijgend. Het leek alsof ieder voor zich contact zocht met de mensen die hier begraven lagen.

Daarna legde Corinne de lelies die ze had meegenomen op het graf en schraapte haar keel.

‘Sarah Rosenbaum heeft me geantwoord. Ik wil jullie graag haar brief voorlezen. Vinden jullie dat goed?’ vroeg ze.

Ze knikten allemaal. Corinne vouwde de brief open en begon met vaste stem Sarahs woorden voor te lezen. Toen ze klaar was, had haar moeder een zakdoek in haar hand en snoot uitgebreid haar neus om haar zelfbeheersing te herwinnen. Ook de drie mannen waren ontroerd.

‘Die Sarah Rosenbaum lijkt me een heel bijzondere vrouw,’ zei hun moeder. ‘Mooi idee van je, Corinne, om ons de brief hier bij het graf van je opa voor te lezen.’

Alexander en de anderen knikten instemmend.

Corinne was blij dat de mensen die belangrijk voor haar waren, begrepen hoeveel dit moment voor haar betekende. Maar met het voorlezen van de brief was het nog niet klaar.

‘Ik was zo blij met de brief en ik ben er heilig van overtuigd dat ook opa dit op de een of andere manier zal merken. Maar ik heb nog iets. Bij haar brief heeft Sarah deze gedroogde lelie als teken van verzoening gedaan.’ Ze opende haar hand, waar de bloem in lag. ‘Vinden jullie ook niet dat de juiste plek daarvoor hier bij opa is? Ik wil de bloem graag hier vlak bij zijn grafsteen begraven.'

'Wat een prachtig idee,' zei Alexander enthousiast. 'Een betere plek is er niet.'

Corinne hurkte neer voor de grafsteen en schoof wat aarde opzij. In het kleine kuiltje dat ontstond, legde ze de bloem, die ze met aarde bedekte zodat de wind hem niet zou wegblazen. Daarna ging ze weer staan, met haar blik strak op de grafsteen gericht.

'Die is van Sarah, opa. Ze bedankt je voor je poging om haar te redden. Het is een verschrikkelijke tijd voor hen geweest, maar ook al kwam je waarschuwing te laat, ze hebben het kamp alle drie overleefd. Sarah heeft een gelukkig leven gehad, weet je dat? Dank je wel, opa. En ik zal je brander in ere houden, dat beloof ik je. De mensen zullen genieten van de geur van de koffie, dat weet ik zeker.'

Met die woorden draaide Corinne zich om, weg van het graf. Ze pakte Noahs hand vast. Haar moeder glimlachte. Ze kuste Corinne en gaf Alexander haar rechter- en Thomas haar linkerarm.

Nu gingen ze naar de villa om hun vader te bezoeken. Misschien, dacht Corinne, en dat misschien dat ze in zich droeg, gaf haar hoop en vertrouwen.

Koffiebonbons

Lichte ganache

Ingrediënten:
200 ml slagroom (plus iets meer ter compensatie van het inkookverlies en later het verlies door het zeven)
30 g gebrande koffiebonen
400 g witte chocolade of couverture
truffelkogels – naar keuze melk, puur of wit (in speciaalzaken of op internet)

Donkere ganache

Ingrediënten:
200 ml slagroom (plus iets meer ter compensatie van het inkookverlies en later het verlies door het zeven)
30 g gebrande koffiebonen
400 g melkchocolade
truffelkogels – naar keuze melk, puur of wit (in speciaalzaken of op internet)

Verder nodig

300-400 g bij de truffelkogels passende chocolade. Je krijgt een mooi effect als je donkere truffelkogels vult met lichte chocolade en omgekeerd.

Bereiding

Welke vulling je ook kiest, de bonbons worden allemaal op dezelfde manier gemaakt. Eerst worden de koffiebonen in een vijzel grof gestampt. Heb je geen vijzel, dan kun je de bonen in een vrieszak doen of op een plank leggen met een theedoek erover. Sla daarna met een deegroller of een vleeshamer op de koffiebonen tot ze grof gestampt zijn.

Roer de gestampte koffiebonen door de slagroom en breng die even kort aan de kook.

(Pas op: slagroom kookt heel snel over, blijf er liever bij staan.)

Haal het mengsel van de kookplaat en laat minstens vijf uur trekken. Giet de slagroom daarna door een zeef. De gestampte koffiebonen heb je niet meer nodig, die kun je weggooien. De bonen hebben hun aroma afgegeven aan de slagroom.

Smelt de chocolade of couverture au bain-marie.

Let op dat die niet te warm wordt, maximaal 40 °C, en pas op dat er geen water bij de chocolade komt, want dan gaat hij schiften en vormen zich klontjes.

Na het zeven zal er wat minder slagroom over zijn, vul daarom bij met verse slagroom, het moet in totaal 200 ml zijn.

Roer de slagroom door de gesmolten chocolade, meng goed door elkaar.

Laat het mengsel een beetje afkoelen.

(Als het mengsel te warm is als je het in de truffelkogels doet, smelten ze.)

Doe de ganache in een spuitzak, je kunt daarvoor ook een kleine garneerspuit nemen.

Vul nu de truffelkogels tot vlak onder de rand. Het mag niet overlopen, maar er mag ook niet een te grote holte overblijven.

Nu zijn de bonbons bijna klaar. Zet ze weg en laat ze afkoelen (het liefst een hele nacht).

Truffelkogels afsluiten

Smelt de chocolade die je hiervoor wilt gebruiken en laat afkoelen tot hij bijna weer stijf wordt.

Doe de chocolade in een spuitzak, sluit de truffelkogels met een paar druppels af en laat afkoelen.

Deklaag

Smelt de chocolade au bain-marie, koel daarna af tot 23 °C (niet warmer!).

Doop de kogels met (als je die hebt) een bonbonvork in de gesmolten chocolade. Haal ze er weer uit en leg ze op een grove zeef.

Laat de chocolade kort opstijven.

Rol daarna de kogels heen en weer over de zeef, waardoor er stekeltjes ontstaan.

Oorlogskoekjes

Origineel recept van oma Liselotte, Lilo genaamd

40 g boter
40 g suiker
30 g geraspte gekookte aardappels
180-200 g bloem
1 eidooier
1 tl bakpoeder

Erbovenop:
fruit als je dat hebt
eiwit en wat suiker

Bak lichtbruin. Leg er naar wens fruit bovenop en schep daarbovenop het met suiker stijf geslagen eiwit. Bak nog een keer kort met bovenwarmte.

Nepslagroom

Origineel recept van oma Liselotte, Lilo genaamd

½ l magere melk
25-30 g bloem
30 suiker
wat vanillesuiker

Maak de bloem aan met wat melk. Breng de rest van de melk aan de kook en roer het bloempapje erdoorheen. Zet een paar uur goed koel weg. Klop met suiker en wat vanillesuiker tot de massa stijf wordt. Bij fruit of op de taart, in een glas sap of in de koffie.

Kunsthoning

Origineel recept van oma Liselotte, Lilo genaamd

1 l karnemelk
500 g suiker

Meng de karnemelk met de suiker en laat inkoken tot een gewicht van ongeveer 700 g.

Koffiebavarois

Recept 1112 uit een kookboek van Henriette Davidis uit 1913

Voeg 125 gram vers gebrande mokkakoffie bij een kwart liter kokende room, dek de pan af en laat afkoelen. Giet de room door een fijne zeef en voeg daarna 150 gram suiker en 20 gram gelatine toe. Zet op ijs en roer tot het mengsel opstijft. Meng er vervolgens een halve liter stijf geklopte slagroom doorheen.

Hoe je op de juiste manier koffiezet

Aanwijzingen uit het kookboek van Luise Schäfer (ca. 1930)

Koffie branden dient met veel aandacht te gebeuren. Zet de bonen met een stukje boter ter grootte van een erwt op een hoog vuur en blijf roeren tot ze lichtbruin zijn. Nog effectiever is het om koffie in een afgesloten draaitrommel te branden. Dat dient langzaam, op een niet te hoog open vuur te gebeuren, tot de bonen flink beginnen te knisteren. Open daarna de trommel en strooi er fijngemalen suiker (15 gram op een pond koffie) overheen. Roer die een paar keer door de bonen om te voorkomen dat de aromatische stoffen ontsnappen. Neem daarna de trommel van het vuur, zwaai hem een paar keer heen en weer en controleer vervolgens of de bonen de juiste kleur hebben. Verdeel de bonen als ze klaar zijn over een blik tot ze zijn afgekoeld en doe ze daarna in goed afgesloten koffiebussen.

Breng om koffie te zetten water aan de kook in een messingen of geëmailleerde pan, waar je eventueel een stukje cichorei bij doet. Strooi het koffiepoeder erin en kook de koffie tien minuten. Neem die daarna van het vuur, doe er nog een paar druppels water bij en laat ongeveer vijf minuten afgedekt staan zodat de drab kan zakken en giet daarna af in de koffiekan.

De koffie wordt nog verfijnder als je die op de volgende manier zet:

Doe het koffiepoeder (voor twee kopjes 15 tot 25 gram poeder) in een filterzak, die je op een passende pan zet, of gebruik een koffiezetapparaat en doe het koffiepoeder in het filter. Dek de pan af met een deksel of het apparaat met de bijbehorende klep en schenk er telkens weer met een pollepel kokend water bij, dek weer af en laat de koffie langzaam doorlopen.

Voor koffie die op deze manier wordt gefilterd, is iets meer koffiepoeder nodig dan voor het koffierecept dat als eerste is beschreven, waardoor gekookte koffie geschikter is voor dagelijks gebruik.

Bronvermelding

Het citaat 'Wie wil vliegen, moet de moed hebben om de vaste grond te verlaten' op blz. 152 is van Walter Ludin, www.aphorismen.de/zitat/43228. Ludin, *Wo sind die Freundbilder?*, Verlag R. Rothenhäusler, 1994.

'Ben je er klaar voor?' 'Ik ben klaar als jij het bent', is een citaat uit de *Edelsteentrilogie – Eindeloos verliefd* van Kerstin Gier. Het komt in alle drie de delen voor (*Robijnrood, Saffierblauw* en *Smaragdgroen*). Verschenen bij Blossom Books, 2016.

Dankwoord

Het is een grote uitdaging geweest om dit boek te schrijven. En vooral om onder te duiken in het duistere verleden van de nazitijd heb ik telkens weer iets moeten overwinnen.

Veel mensen hebben me op mijn weg begeleid en gesteund.

Mijn vriendin Andrea Mecke (Mara Andeck) heeft me met veel enthousiasme tijdens het onderzoek geholpen. Zij heeft voor mij ook de oude recepten van haar overgrootmoeder Lilo opgeduikeld en me zelfs de overgrootmoeder voor mijn verhaal geleend. Dank je wel, je bent geweldig! Andrea was er ook voor me als de golven van het nationaalsocialisme me dreigden te overspoelen. Ze schrok er niet voor terug om zich samen met mij onder te dompelen in die duistere tijd, het deel van het boek dat enorm veel van me heeft gevraagd. Ik heb dat op me genomen omdat ik het heel belangrijk vind om over het verleden te schrijven en het te verwerken. We moeten de herinnering levend houden, ook en juist in deze tijd, zodat zoiets nooit meer kan gebeuren. #nooitmeer

Tijdens mijn onderzoek stuitte ik op Engels koffiebranderij en daar ben ik natuurlijk meteen blijven hangen. In werkelijkheid heet de brander echter Markus en niet Noah.

In de echte branderij Engel hangt een spreuk die in soortgelijke vorm in het boek bij Noah hangt. Bedankt voor het geweldige idee, Markus!

Het maakt ons niet uit of je zwart, wit, hetero, biseksueel,
homo, lesbisch, klein, lang, dik, dun, rijk of arm bent.
Omdat je bij ons bent, drinken we samen koffie. Heel simpel.

Heel hartelijk wil ik ook de firma Dallmayr (www.dallmayr.com) bedanken, en vooral mevrouw Mork en meneer Meyer-Lücke, die de tijd hebben genomen om mijn vragen over koffie en de grootschalige verwerking daarvan te beantwoorden.

Mocht ik ondanks de goede adviezen vaktechnische fouten hebben gemaakt, dan draag alleen ik daarvoor de verantwoording.

Mijn collega Tom Liehr, die ik al jaren ken en waardeer, slaat vaak de spijker op de kop. Bij hem las ik de zin: 'Alle nazi's zijn klootzakken, altijd en zonder uitzondering.' Uit mezelf zou ik dat waarschijnlijk nooit zo geformuleerd hebben, maar dat is wel precies het gevoel dat ik erbij heb. Juist dat heeft me waarschijnlijk zo geïnspireerd. Geen franje, zonder er doekjes om te winden. Gewoon recht voor zijn raap. Bedankt voor je moed, Tom. Toen ik die zin las, werd me weer duidelijk hoe belangrijk het voor me is om dit verhaal te schrijven. #tegenhetvergeten.

De Eifel met zijn grote beschermde natuurgebieden is een bijzonder stukje aarde. Bezoekers vinden hier rust en natuur. Het is fantastisch om er te wandelen en ik heb erg genoten van mijn onderzoek. En ik heb er de misschien wel onbeleefdste koffiebrander van Duitsland leren kennen.

Inderdaad, onderzoek doen is niet alleen koffiedrinken en koffiebonbons eten, maar kan ook een hele uitdaging zijn. In de kleine branderij had ik echter toch ook mazzel. Terwijl de humeurige brander zich meteen weer terugtrok in de achterruimte op mijn vraag of hij me iets over het branden en zijn gasgestookte trommelbrander wilde verklappen, raapte zijn geïnteresseerde medewerkster alle moed bij elkaar en legde me fluisterend, zodat haar baas het niet hoorde, de processen uit en gaf me zelfs toestemming die te fotograferen, wat me later tijdens het schrijven veel heeft geholpen. Dus toch mijn grote dank aan de Eifel!

Aken is een stad die zijn bezoekers weet te betoveren. Elke straatsteen draagt een geschiedenis met zich mee. De vele fonteinen en beelden zijn legendarisch en overal struikel je over Karel de Grote – die ik echter buiten mijn verhaal heb gelaten. Ik verheug me nu alweer op mijn volgende bezoek aan die prachtige en levenslustige stad.

Ik wil mijn literair agent Beate Riess bedanken, niet alleen voor dit verhaal, maar voor alles! Zonder Beate zou ik waarschijnlijk allang niet meer schrijven, omdat ik ondertussen de moed zou zijn kwijtgeraakt. Als we elkaar weerzien, gaan we het leven vieren, lieve Beate!

Ook wil ik mijn redactrice Christiane Branscheid, programmamanager/projectleider Heide Kloth en het hele team van uitgeverij HarperCollins bedanken voor hun enthousiasme en de fantastische ondersteuning.

Mijn man Bernd heeft de tijd genomen om het bonbonrecept uit te vogelen. Het was me een waar genoegen om als proefpersoon te fungeren. Bovendien heeft hij mij zonder klagen verdragen, ook in de intensieve schrijffase – en dan ben ik vaak zelfs voor mezelf amper te genieten.

Mijn vriendin Kerstin bood aan als testlezer te fungeren en heeft dat met veel enthousiasme en heel veel empathie gedaan. Ze slaagt er telkens weer in om me energie te geven voor de volgende hoofdstukken. Bedankt!

Mijn laatste dank is aan jullie, lezers. Bedankt voor de gemeenschappelijke reis.